Jean-Louis Debré

Jeux de haine

roman

Fayard

Couverture Atelier Didier Thimonier,
Photo © Corbis

Dépôt légal 2011
ISBN : 978-2-213-66203-9

À Camille,
Gabrielle,
Aurèle,
Vivienne,
Lila-Marianne

À Valérie

Je ne sais pas trop si l'on a le droit
de dire qu'un homme est fou ou non.

WILLIAM FAULKNER.

Principaux personnages

Lucio Antonetti, responsable d'une agence privée d'intelligence économique.

Ludovic Boulier, le narrateur. Ancien collaborateur de Marc Roquette.

Bruno Bourdalin, cadre à la Banque d'investissement et de placement (BIP).

Julie Cazavonne, juge d'instruction près le tribunal de Paris.

Nicolas Dompierre, enquêteur à la brigade criminelle.

Blandine Josse, standardiste à la Compagnie bancaire et financière (CBF).

Laurence Lexan, assistante de Mathieu Puech.

Marianne Puech, épouse de Mathieu Puech.

Mathieu Puech, responsable financier à la CBF.

Marion Pylat, commandant de police, chef de groupe à la brigade criminelle.

Simon Mandy, enquêteur à la brigade criminelle.

Loïc Robert, procédurier à la brigade criminelle.

Marc Roquette, président de la CBF.

Jacques du Tilleul, vice-président de la CBF.

Chapitre 1

J'aime à m'évader, à flotter dans cet immense ailleurs en deçà de la conscience. À me laisser lentement dériver. Un moineau qui sautille sur le trottoir, un enfant qui court à cloche-pied, une feuille qui s'envole, la pluie qui tombe à verse, le soleil qui darde ses rayons, la lumière du jour filtrant par les fentes d'un volet, tout peut m'inciter à décrocher de mon quotidien, à lui tourner le dos. Je deviens alors un voyageur sans boussole ni destination précise. Donner congé à la réalité est mon plus grand bonheur. D'autant plus que je n'ai besoin de personne ni d'aucun artifice pour jeter l'ancre dans mon imaginaire.

Ma passion est l'écriture. J'ai publié un premier roman en entrant dans ma vingt-cinquième année. Compte tenu de ma jeunesse, il a bénéficié, à défaut d'un tirage important, d'un petit succès d'estime. Depuis lors, je lis et relis régulièrement les quatre articles où mon nom a été mentionné.

Il y a trois mois, deux ans après mon premier ouvrage, j'ai écrit un autre roman. Il est passé totalement inaperçu. Pourtant, j'y avais mis beaucoup de moi-même. Mais l'itinéraire d'un adolescent de bonne famille, comme on dit, qui préfère la marginalité au conformisme bourgeois est un thème qui n'a rien de nouveau en littérature. Je croyais avoir réalisé une œuvre originale et me suis rendu compte trop tard de ma vaine prétention. J'ai été meurtri par cet échec et ai cru pendant un certain temps ne pas pouvoir m'en relever.

Je prépare néanmoins un nouveau livre. Son titre, *La Clé*, s'est imposé à moi, je ne sais trop pourquoi. Si nous pouvions disposer de l'instrument qui nous permettrait d'ouvrir et ausculter le cœur des autres, voilà qui faciliterait grandement les relations humaines. Avoir la possibilité d'expliquer le pourquoi d'événements qui vous fondent dessus sans prévenir, vous bouleversent, vous blessent, vous transportent, vous transforment, épargnerait bien des insomnies, des déprimes et des névroses.

Nanti d'un diplôme à défaut d'emploi, une licence de lettres obtenue sans difficulté, comme il faut bien vivre, c'est grâce aux relations de mon père, qui n'a jamais admis mon goût pour l'écriture, que je suis devenu cadre à la Compagnie bancaire et financière, affecté au cabinet de son président. Autrement dit, depuis trois ans, son homme à tout faire et à ne rien faire d'intéressant. Je rédige son courrier personnel, du moins celui qui n'a aucune importance, relis ses notes de service pour corriger redites et fautes de syntaxe. Lorsque le président fait attendre une haute personnalité ou qui se croit telle, je la fais patienter en lui faisant la conversation. J'accueille les chefs d'entreprise ou les hommes politiques qui viennent déjeuner en tête à tête avec lui dans la salle à manger contiguë à son bureau. Un pli confidentiel à transmettre au ministre des Finances ? Je le porte moi-même et m'assure qu'il a bien été remis à son destinataire. Nécessité de réserver une chambre pour deux dans un grand hôtel de Londres alors qu'il ne voyage jamais avec son épouse ? Je m'en charge. Prendre en toute discrétion deux billets d'avion en classe affaires pour Rome, Marrakech ou New York ? C'est aussi mon travail. Assuré de mon silence, le président me confie tout ce qui ne doit pas être su, sous peine d'entacher sa réputation d'homme austère, vertueux, concentré sur le développement de la Compagnie et l'intérêt conjoint de ses clients et actionnaires.

Pour lui, l'existence est une course sans fin pour toujours plus d'argent, de considération, d'honneurs. De fait, malgré la crise, il n'a en rien modifié son mode de vie, ni révisé, je pense, le niveau de ses rémunérations.

Il est reconnu dans le microcosme politico-financier parisien comme une personnalité influente. Pourquoi lui faudrait-il se remettre en cause, modifier ses habitudes ? « En ces temps difficiles, m'a-t-il dit un soir de confidences – rares et peu développées –, nous devons redoubler de prudence, ne pas attirer l'attention sur nous. Je compte sur vous pour vous montrer le plus discret possible dans les tâches que je vous confie. » Je lui ai répondu que j'avais bien pris note de ses recommandations et les exécuterais scrupuleusement.

La crise financière qui terrasse nos sociétés n'a pas entamé sa confiance en lui. Le malheur des uns ne freine ni ne tarit le bonheur des autres, certes, et c'est d'autant plus vrai pour lui que les miséreux ne sont pas, d'ordinaire, les clients des banques ni ne comptent parmi ses amis.

Lorsqu'il a récemment été reçu par le Président, à l'Élysée, ç'a été pour lui un jour de gloire, une véritable consécration. Pour « assurer la confidentialité de ce rendez-vous », je m'en souviens fort bien, il n'a pas voulu s'y faire conduire par le chauffeur de la banque. C'est moi qui l'ai piloté puis attendu. Cette entrevue, qui se déroula un dimanche en fin d'après-midi, devait demeurer secrète, mais il s'est arrangé dès le lendemain, par de lourdes et pathétiques allusions, pour que ses proches collaborateurs puis certains journalistes spécialisés soient mis au courant.

Il se sait puissant et reconnu au moment même où je me sens rongé par la houle de l'ennui, et par un inexorable sentiment d'inutilité.

La spéculation, les chiffres, courbes, indices et statistiques ne font pas partie de mon univers. C'est un monde qui ne me fascine même pas ; ses protagonistes ont pour moi des allures standardisées. Les petits marquis de la finance qui savent tout sur tout et ne sont responsables de rien me paraissent ridiculement prétentieux. La crise à laquelle ils ont grandement contribué est pour eux la faute des politiques, en aucun cas la leur. Les Français souffrent, le gouvernement entend rallonger la durée des cotisations en vue de financer le régime des retraites ? Cela ne les concerne en rien. On évoque devant eux le montant astronomique des rémunérations, salaires, gratifications, jetons de présence, avantages en nature que reçoivent patrons d'entreprise, dirigeants financiers, spéculateurs ? Ils ne voient pas ce qui peut apparaître choquant et devrait inciter à modifier les choses. Ils vivent en apesanteur, dans une sorte de bulle. Je ne les comprends pas. Je ne me sens pas fabriqué comme eux. Je n'arrive pas à désespérer quand la Bourse s'effondre et que les valeurs du CAC 40 cotent à la baisse. Que le dollar atteigne ses cours historiquement les plus bas ne déclenche pas en moi la moindre bouffée d'angoisse. Que les Américains tentent de faire chuter l'euro, que le yuan soit sous-évalué me laisse de glace. Que les riches clament qu'ils paient trop d'impôts ne me trouble en aucune manière ; je sais que, de toute façon, les pauvres ne deviennent jamais riches. À longueur de journée la télévision nous ressasse que nous sommes entrés dans l'ère de la rigueur, mais tous savent qu'elle sanctionnera toujours les mêmes.

Pas plus que la finance la politique ne m'attire. Je ne supporte pas tous ces discours inconsistants, ces litanies de mots déversés mécaniquement par des êtres qui ne croient en rien et sont capables de dire « franchement » le contraire de ce qu'ils ont déclaré tout aussi « franchement » la veille. J'ai l'impression que leur métier est d'abord un spectacle où défilent sur la scène publique des figurants recrutés pour leur jeu et leur image plus que pour leurs convictions.

Aujourd'hui, alors que je vois poindre à l'horizon le cap de la quarantaine, je suis seul. Emmanuelle, la femme avec laquelle je vivais depuis près d'un an, est partie. J'avais voulu lui offrir un bonheur simple. Il est vrai qu'à part l'expression de mon amour, je ne possède pas grand-chose, mais elle n'a rien voulu emporter. Elle s'est trouvé un riche financier anglais : spéculateur sans scrupules, habile séducteur, il lui a fait croire qu'il vivait avec elle la passion de sa vie alors qu'il était déjà marié et à la tête d'une nombreuse famille. Elle l'a cru et a larguée les amarres qui l'attachaient à moi. Malgré tout, je ne peux l'oublier ; son souvenir reste arrimé à mon cœur, mais elle ne s'en doute pas.

Après une période de cabotage sentimental, je n'ai pu accoster vraiment sur aucune plage. Je n'avais plus la force ni l'envie d'aimer. Dans les bras de mon actuelle compagne j'aime à me réfugier pour monologuer. Je lui expose mes angoisses qu'elle accepte d'écouter sans les juger. Nous nous comprenons bien, puisque nous ne nous contredisons jamais, ne trichons pas, ne nous trompons pas, ne pouvons donc pas nous trahir. Avec elle je peux fuir la routine d'un employé de banque. Ma compagne d'aujourd'hui, on l'aura compris, a plusieurs visages : ce sont mes songes, mes délires, mes affres. Avec elle, je puis m'évader à tout instant, fût-ce au beau milieu de l'après-midi. Peut-être est-ce dû à l'incompréhension du monde qui m'entoure et que je ne fréquente que par nécessité de service, comme on dit dans l'administration. Je veux désormais vivre ma vie, et non pas celle qu'on m'impose.

Ma journée se déroule au rythme imposé par mon patron ; je n'existe pas en tant que tel, je suis à sa disposition, dans le petit bureau au bout du couloir qui mène au sien, via celui de sa secrétaire. La sonnerie du téléphone retentit. À la petite lumière qui s'allume en même temps, je comprends que c'est son assistante qui m'appelle. Être rappelé à l'ordre par un signal m'exaspère. Mais la vie en société ne se résume-t-elle pas à une succession d'avertissements, de convocations, de bruits, de clignotants qui nous agressent en permanence ?

– Oui ?

– Le président veut te voir tout de suite.

– J'arrive.

Ayant parcouru le couloir aux murs couverts de portraits des anciens présidents de la banque, franchi la porte capitonnée, me voici debout face à Marc Roquette, le président de la Compagnie bancaire et financière. Enfoncé dans son large fauteuil, il arbore à la boutonnière de son costume croisé la rosette d'officier de la Légion d'honneur. Il en est si fier que je me demande s'il ne l'a pas fait coudre sur la veste de son pyjama, ou sur le survêtement blanc qu'il revêt quotidiennement dans la salle de sport du Cercle interallié. Cette distinction lui a été remise par le ministre des Finances en personne lors d'une grand-messe de la mondanité parisienne, parade de l'hypocrisie et de la vanité, à laquelle j'avais assisté à Bercy.

Il n'a pas le temps de me dire bonjour, encore moins celui de savoir si je me porte bien, de toute façon il ne s'intéresse qu'à lui, du moins lorsqu'il est à la banque, et ne saurait pas prêter attention à un collaborateur subalterne.

– Cher ami, vous savez combien la période est délicate, me précise-t-il en soupirant. Les perspectives ne sont pas réjouissantes et nous n'avons aucune raison de faire preuve d'optimisme pour l'avenir. Plus rien ne sera jamais comme avant...

Je comprends d'emblée que ce discours n'augure pas pour moi de bonnes perspectives. D'autant que les rumeurs courant depuis plusieurs jours dans les couloirs de la banque, abondamment alimentées par les délégués syndicaux, font état d'une réunion houleuse du directoire, et de la préparation d'un plan de licenciement du personnel. Les raisons, tout le monde ici les connaît, c'est même un secret de polichinelle : non pas la seule conjoncture économique, ni la crise boursière, mais les conséquences des turpitudes et erreurs des grands stratèges financiers de la maison. La Compagnie bancaire et financière aurait perdu des sommes considérables du fait de l'escroquerie Madoff et de quelques autres spéculations malencontreuses. L'ambiance n'est donc pas au beau fixe.

Dans un réflexe spontané d'autoprotection, les dirigeants auraient décidé de procéder à des coupes sombres dans les charges de fonctionnement. Au lieu de se mettre en cause, de se démettre de leurs fonctions pour incompétence, pour n'avoir pas su résister à l'appât de gains si substantiels qu'ils ne pouvaient pas ne pas faire naître le soupçon sur leurs origines, ils ont courageusement et unanimement décidé de se préserver, de ne pas compromettre leur avenir, de désigner une dizaine de lampistes dont, visiblement, à la façon dont je suis accueilli par le président, je fais partie, et de les virer.

Avec la mine et le ton de circonstance de celui qui vient présenter ses condoléances à la famille d'un défunt qu'il ne connaissait pas très bien, il ajoute :

– J'ai toujours, vous le savez, apprécié votre travail et vos qualités de discrétion. Cependant, nous sommes contraints de prendre des mesures drastiques. Le directoire m'ordonne, à mon grand regret, de mettre fin à notre collaboration. Mais, compte tenu de vos talents, je suis persuadé que vous aurez tôt fait de retrouver du travail. Le directeur des ressources humaines va vous recevoir pour arrêter les modalités de votre départ. Tout cela est bien pénible pour moi, vous en conviendrez aisément...

Discours convenu auquel il ne croit pas un traître mot, mais qu'il s'estime obligé de me débiter pour se donner bonne conscience. D'autant plus que, n'ayant pas le courage d'assumer sa décision, il la met sur le compte du directoire. Cette veulerie me révolte.

Habituellement réservé, respectueux, j'éclate de rire, je ne sais pourquoi, réaction inattendue qui le laisse pantois. Il me regarde fixement. Une incompréhension totale se lit dans ses yeux. Il s'attendait à une tout autre attitude, à devoir probablement affronter mes pleurs, ma colère, voire mes supplications...

– Vous savez pourquoi je ris ? Je vous trouve pathétique ! Sous votre direction, la banque se plante, et au lieu de vous remettre en question, de vous planquer, vous continuez à plastronner comme si de rien n'était. Votre seule et courageuse décision consiste à renvoyer des employés qui ne sont en rien responsables de la situation. C'est vraiment splendide ! Quand cela va mal, le président de la Compagnie bancaire est aux abonnés absents. Bravo !

Sidéré, la bouche béante comme un gamin surpris le doigt dans le pot de confiture, il ne dit mot, sonné par mon impertinence. Follement heureux de pouvoir me délester de tout ce que j'ai subi, je poursuis :

– Pour sauver des emplois, vous ne réduisez pas votre salaire ni ne modifiez votre train de vie, vous n'imaginez pas d'amputer vos considérables notes de frais ; non, vous préférez virer les autres et vous avez le culot de dire que c'est pour vous une décision humainement difficile à prendre ! La crise, pas pour vous, pour les autres ! Vous vous fichez du monde ! Regardez-vous dans une glace et vous aurez honte, si vous êtes toutefois encore capable d'éprouver un instant un tel sentiment ! Je vais de ce pas rencontrer le directeur des ressources humaines et négocier avec lui mes indemnités de licenciement sans rien lâcher. Portez-vous bien !

Après l'avoir toisé du regard, le forçant ainsi à baisser les yeux, je me dirige d'un pas tranquille vers la porte en sifflotant. Je l'entends me crier d'une voix haineuse :

– Vous allez me payer votre impertinence déplacée ! Votre attitude est minable, inexcusable, je vous rappelle que c'est sur recommandation d'un ami de votre père que je vous ai recruté ici. J'attendais de vous un peu plus de reconnaissance. Je vais vous licencier, vous jeter dehors pour faute grave ! Vous n'aurez droit à rien, pas la moindre indemnité...

Mû par un réflexe de défense, tel l'animal blessé qui attaque pour sauver sa vie ou ne pas mourir seul, je me retourne, me campe bien en face de lui et le regarde fixement. Il m'observe, inquiet, en se tassant sur son fauteuil de président. Sur un ton cinglant, je rétorque :

– Je ne sais si je suis un petit minable, mais j'ai bien pris note de toutes vos turpitudes, à commencer naturellement par le nom de la grande blonde que vous trimballez aux frais de la banque dans vos voyages d'affaires. Voilà qui pourra intéresser les membres de votre directoire, notamment le vice-président du Tilleul, ainsi que votre épouse. Il y aura peut-être là motif à plainte des actionnaires pour abus de bien social.

Il se dresse et tend la main en direction du bouton d'appel de son assistante.

– Attendez, je n'ai pas fini ! Il est sans doute préférable que certaines choses demeurent pour l'instant confidentielles...

Il se cale à nouveau dans son siège de cuir noir, inquiet de ce que je vais encore pouvoir lui rappeler.

– Vous vous souvenez certainement de ce banquier suisse que vous aviez rencontré, le jour où je remplaçais votre chauffeur souffrant, et de la conversation intéressante que vous avez eue sur la possibilité d'ouvrir des comptes chez lui en toute discrétion... Voulez-vous que je vous parle aussi de cette fondation que vous connaissez bien, dont le but affiché serait la promotion d'un humanisme environnemental, et le siège social situé au Liechtenstein ? Elle sert de paravent fiscal à certains de vos clients... Je peux aussi évoquer la structure créée au Luxembourg sous le nom d'Oréades, je crois, pour aider Madoff à développer ses agissements coupables et dont vous vous êtes activement occupé, ainsi que Luxalpha, cette Sicav qui a permis au même Madoff d'étendre ses escroqueries à l'Europe... Je crois que cela intéresserait aussi beaucoup de monde si je venais à révéler les dates de vos fréquentes rencontres avec Madoff... Oui, je suis peut-être un petit minable, mais je comprends vite. Si je ne parle pas, j'écoute, et, doué d'une excellente mémoire, je me souviens de tout, sans compter que, par surcroît, j'ai tout consigné sur un carnet. J'envisageais même d'écrire un roman sur le monde de la finance...

Au fur et à mesure que je parle, les traits de Marc Roquette se creusent, il est blême et me dévisage avec stupeur.

– Où voulez-vous en venir ? me lance-t-il d'une voix sèche.

Après un bref silence, se rendant probablement compte que sa situation vis-à-vis de moi a changé, qu'il n'est plus le patron qui assène ses ordres à l'un de ses collaborateurs qu'il a toujours pris pour un domestique, il ajoute d'un ton moins comminatoire :

– Vous voulez que nous parlions tranquillement de votre avenir ? Je suis évidemment tout disposé à vous aider...

– Non, je n'ai pas l'intention de demeurer ici. Mais laissez-moi finir, pour une fois que je peux déverser tout ce à quoi j'ai assisté à votre contact. Voulez-vous que nous évoquions vos relations houleuses avec le vice-président du Tilleul, tous les coups tordus que vous ne cessez d'imaginer pour lui nuire...

– Suffit, suffit ! hurle-t-il. Sa main tremble ; il ajoute : Vous voulez combien ?

– Rassurez-vous : sous la table, comme on dit, rien. Mais patientez une seconde encore, j'en ai presque terminé. Oui, je pourrais aussi évoquer certains circuits financiers recommandés pour que politiques foireux ou riches héritiers bénéficient de planques où dissimuler leur argent. Vous voyez à quoi et à qui je fais allusion : vos relations avec le trésorier d'un grand parti politique... Eh bien, pour répondre à votre question, mon indemnité de licenciement sera importante. Je pourrais exiger de rester dans la maison, compte tenu de tout ce que je sais, mais vous me faites trop honte, je vous trouve si pitoyable à tant baver devant le fric, à paraître, faire semblant, semer l'illusion. C'est vous, le minable !

Son arrogance paraît s'être évaporée, il est soudain devenu un vieil homme usé. Il en ferait presque pitié, avec son air de chien battu. Il évite de croiser mon regard et demeure silencieux.

Mon réquisitoire terminé, je m'apprête à quitter son bureau, soulagé mais un brin surpris par mon propre aplomb. Je ne l'entends pas cette fois stigmatiser mon attitude, mais me dire sur un ton de prière :

– Revenez, s'il vous plaît...

Je me retourne, un petit sourire narquois aux lèvres. Surprenant renversement de situation ! Me voici en position dominante alors que j'étais sur le point d'être congédié comme un malpropre, un moins que rien, une quantité négligeable.

Je ne fais pas mine de revenir vers son bureau, et je sors sans rien dire de plus.

Chapitre 2

– On fonce direct pont Mirabeau : encore un macchabée ! Putain, quelle époque ! lance le commandant Marion Pylat à l'intention de son collègue qui l'attendait devant le 36, quai des Orfèvres, au volant du véhicule de la brigade criminelle, puis elle ajoute en s'installant à son côté : Il y a huit jours, on s'est farci un règlement de comptes entre travelos ; affaire de merde : la victime était un Noir, on s'est colletés avec les associations qui gueulaient au crime raciste. Heureusement, elles se sont calmées quand elles ont compris que le dossier n'était pas du meilleur effet pour elles. Mais elles nous ont enquiquinés trois jours d'affilée en alertant la presse, le préfet puis le cabinet du ministre. Il a fallu que je me tape un rapport. Et ça repart avec ce corps trouvé aujourd'hui près de la Seine. Nous allons encore tomber sur qui, déboucher sur quoi ?

– C'est cela, la vie de flic : on ne sait jamais de quoi demain sera fait. Si tu voulais un boulot peinard, il ne fallait pas choisir ce métier, ou du moins éviter la criminelle, lui répond le capitaine Loïc Robert, le procédurier du groupe de sept enquêteurs qu'elle commande et qui conduit la voiture.

Gyrophare allumé, klaxon deux tons hurlant, il ne faut que peu de temps au véhicule de la criminelle pour parvenir à la hauteur du pont Mirabeau. Un car de police secours stationné le long du trottoir, une voiture noire dont le pare-soleil abaissé indique « POLICE », plusieurs hommes en uniforme qui s'affairent à canaliser la circulation : tout indique que le corps n'est pas loin.

Face au cadavre qui gît à même le sol, et malgré la présence de fonctionnaires de la police scientifique et technique, du photographe de l'identité judiciaire dont le métier est d'immortaliser la mort pour la faire parler, Marion Pylat se sent gênée, comme indiscrète.

Ce n'est certes pas le premier cadavre qu'elle voit depuis son entrée dans la police nationale et son affectation à la brigade criminelle, mais elle n'arrive pas à s'accoutumer au spectacle de la mort en pleine rue. Naturellement, elle n'en laisse rien paraître et demeure silencieuse. Elle observe le corps de cet homme qu'elle ne connaît pas.

L'odeur d'urine, de moisi, de pourriture qui règne sous le pont est telle qu'elle commence à ne pas se sentir très bien.

– Le suicide me paraît quelque peu douteux, indique le photographe de l'identité judiciaire, qui ajoute : La position du flingue, de la main, l'état des vêtements, tout cela pue l'embrouille. Il a vraisemblablement été assassiné et le pistolet a été sciemment abandonné sur place pour que la police croie que le type a mis fin à ses jours.

Marion Pylat se tourne vers l'un de ses collègues de la criminelle et lui demande :

– As-tu fait les environs ?

– Pas grand-chose, à part ce pouilleux qui campe là-bas. Rien à en tirer : il est incapable de débiter trois mots de suite. Il a été démoulé trop tôt et, en plus, son gosier barbote dans la vinasse. Parfumé à la piquette à deux sous, il pue tellement qu'il est impossible de s'en approcher.

– Qu'en pensez-vous, commandant ? questionne le jeune substitut du procureur qui vient de débarquer sur place et sur le visage poupin duquel se lit la peur de la mort.

– Difficile à dire. L'autopsie et la synthèse des constatations nous permettront de progresser vers telle ou telle piste, répond prudemment Marion qui ajoute : Tout cela paraît bien suspect.

Puis, s'adressant à l'un de ses collègues policiers, elle demande :

– As-tu l'identité de la victime ?

– Nous avons trouvé dans la poche de son pantalon un portefeuille avec ce permis de conduire au nom de Mathieu Puech, né le 17 avril 1975 à Paris et demeurant square de l'Observatoire, dans le VIe arrondissement de Paris.

– On va aller y faire un tour. Auparavant, passez ce nom au fichier afin de connaître rapidement son profil et de vérifier s'il est connu chez nous, ordonne-t-elle.

Chapitre 3

Voici plusieurs jours que j'erre dans Paris sans but précis, à la recherche de je ne sais quoi. Peut-être d'une raison d'espérer en mon avenir ?

Après avoir quitté la banque avec ce qui paraissait à mes yeux un confortable pactole, je me croyais désormais libre et pensais pouvoir partager mon temps entre rêveries solitaires, promenades et écriture. Quelle désillusion ! J'ai dû d'abord affronter le regard de ma famille, notamment de mes parents.

Mon père m'a opposé l'exemple de mes frères qui, « eux, m'a-t-il lancé, réussissent dans la vie et ne se font pas licencier ! ». Sa remarque m'a fait très mal. Je lui ai claqué la porte au nez et j'ai bien l'intention de ne plus jamais lui demander le moindre service. Il n'a pour moi aucune considération. Je sais d'ailleurs qu'il ne me viendra jamais en aide ; il est tellement pingre que pour lui soutirer trois sous il convient de déployer des trésors d'ingéniosité puis de lui dire cinq fois merci.

Mes frères, fiers de leur situation sociale et familiale, n'ont plus le temps d'accorder un simple regard à un marginal, quand bien même il s'agirait de leur frère. Ils sont chefs d'entreprise, et les clés de leur avenir sont la productivité, la conquête de nouveaux marchés, l'argent facile, les relations mondaines. En dehors de leur activité professionnelle, ce qui les motive, c'est le paraître social. Tous deux sont inscrits au polo de Bagatelle pour y faire vaguement du sport, en fait pour y rencontrer des gens influents. Leurs propres enfants réussissent dans tout ce qu'ils entreprennent grâce à des professeurs particuliers. Ils possèdent une maison en Sologne et passent leurs vacances sur le bassin d'Arcachon, au cap Ferret. L'hiver, le séjour à Chamonix ou à Val-d'Isère, où ils dévalent les pentes avec un moniteur qu'ils appellent par son prénom, est pour eux un passage obligé. Naturellement, ils roulent en Audi ou en BMW, une voiture de marque française ferait trop étriquée, ils changent de véhicule tout les dix-huit mois et ont toujours à portée de main non pas un mais deux portables, dont un BlackBerry.

Depuis que je me suis retrouvé sans emploi, je trouve que mes quelques amis ont eux aussi changé d'attitude à mon endroit. Une compassion mêlée d'incompréhension inspire le regard qu'ils posent sur moi. Ainsi, au lieu de me réfugier auprès d'eux, je m'isole dans une solitude qui contribue à me miner chaque jour un peu plus.

J'ai tenté de reprendre contact avec Emmanuelle, qui m'a envoyé promener en me disant que je pouvais me démolir si ça me chantait, mais qu'elle n'avait nulle intention de sombrer avec moi. Sa vie étant ailleurs, elle ne tenait surtout pas à revenir en arrière. Elle m'a donc laissé me noyer dans mon désarroi. Elle ne voulait pas gâcher une nouvelle fois les efforts qu'elle avait déployés pour se reconstruire à la suite de notre séparation. Après un éphémère et destructeur passage dans les bras de son Anglais, les mirages de l'amour-passion s'étant dissipés au contact des promesses non tenues, elle envisageait une union solide, m'a-t-elle dit, avec le président de la firme de lingerie féminine Oh Lala dont le développement des magasins, à New York, est paraît-il spectaculaire. Elle s'apprêtait à aller vivre aux États-Unis dès qu'il en aurait terminé avec les formalités de son propre divorce qu'il lui promettait d'entamer rapidement. L'annonce de son départ prochain m'a fait mal. Je n'ai pu m'empêcher de lui dire : « Tu m'abandonnes ? » Sa réponse a fusé comme l'éclair : « Cesse de m'aimer ! Tout est terminé entre nous. Le jour où je t'ai repris la clé de chez moi, j'ai tiré un trait. Je ne veux plus te voir. Maintenant, tu me laisses tranquille. Fais en sorte de ne plus te retrouver sur mon chemin. Je ne tiens pas à couler avec toi. » Et elle a mis fin à notre conversation en coupant son portable, sans me laisser le temps de réagir et de plaider ma cause.

Cette sentence, le ton sur lequel elle l'a prononcée ont été un nouveau coup terrible pour moi. Pendant de longs instants je suis demeuré anéanti.

Je ne me fais toujours pas à notre séparation. L'imaginer dans le lit d'un autre m'est une torture, tant ma passion pour elle est encore ancrée au plus profond de moi. J'ai beau tenter de me raisonner, je n'y arrive pas, et chaque fois que j'y repense, je m'enfonce un peu plus dans la nuit et le brouillard de la détresse.

L'angoisse de l'avenir, de *mon* avenir, m'obsède de plus en plus. Je ne suis plus capable de m'émouvoir, d'espérer, ni surtout de me concentrer sur ce que j'écris. Je ne peux demeurer longtemps devant mon ordinateur à travailler sur mon livre. Je me sens trop agité, trop nerveux. Je ne sais plus comment redevenir moi-même et m'enfonce dans une neurasthénie paralysante. Je m'astreins chaque jour à marcher au moins deux heures dans Paris, cela me fait du bien et contribue à dissiper mon anxiété.

Étranger à ce qui se passe autour de moi, replié sur mes rêves, je vis désormais dans une inquiétude permanente. Pour dialoguer avec quelqu'un qui soit capable de m'entendre sans me juger, je m'envoie des textos auxquels je réponds. Mais à discuter sans relâche avec moi-même, sans observateur extérieur, sans médiateur, je me rends compte que tout me préoccupe et me déstabilise, aussi bien le déraillement d'un train en Chine que l'éruption d'un volcan en Indonésie après quatre cents ans de sommeil, un nouveau massacre d'innocents en Irak, les manifestations dans le monde arabe et la chute des dictateurs égyptien et tunisien, la naissance de sextuplés en Australie ou le sort de trente-trois mineurs bloqués pour plusieurs mois au fond d'une mine au Chili.

Les sombres perspectives financières, le niveau du déficit budgétaire des pays européens, la chute des cours de Bourse m'interpellent : ce qui m'était radicalement indifférent il n'y a pas longtemps me ronge à présent. Je ne me comprends plus. Je ne m'appartiens plus. Je suis devenu étranger à moi-même. Douloureuse sensation que celle de ne plus être ce moi que j'ai connu !

Las d'être vautré sur mon lit à attendre que les heures passent, à espérer face à mon ordinateur que l'inspiration revienne, fatigué de ces promenades sans but, muré dans une solitude que je ne supporte de moins en moins, j'ai accepté – payé en argent liquide pour ne pas perdre mes allocations chômage – d'accompagner deux fois par semaine mon voisin épicier aux halles de Rungis où il va s'approvisionner. Mais même ce dérivatif n'a duré que deux mois.

Je cherche du travail sans savoir précisément ce que je souhaite faire. En attendant, je m'installe de plus en plus souvent à la terrasse des cafés du boulevard Saint-Germain. Je n'y consomme pas d'alcool, simplement des espressos. Le regard dans le vague, j'en suis arrivé à ne même plus avoir l'envie et la force de rêver. Je ne fais rien de concret : j'ouvre le journal du jour, examine distraitement les offres d'emplois, parfois échange quelque mots avec un voisin de table.

J'attends.

Chapitre 4

Comme il en a l'habitude depuis qu'il préside la Compagnie bancaire et financière, Marc Roquette quitte son bureau vers les vingt heures, sauf bien sûr s'il a des obligations professionnelles, et rentre chez lui à pied, quel que soit le temps. À l'exception des soirées par trop pluvieuses, cette heure passée entre son bureau du boulevard des Italiens et l'avenue Victor-Hugo représente pour lui un moment privilégié. Il passe devant l'Opéra, la Madeleine, puis remonte tranquillement les Champs-Élysées.

Par cette soirée d'automne particulièrement clémente, après avoir remercié son chauffeur et salué le concierge de la banque, il prend donc la direction de son domicile où l'attend son épouse. Ses enfants sont grands et n'habitent plus sous son toit.

Indifférent à ce qui se passe dans la rue, absorbé dans ses pensées, préoccupé par les problèmes auxquels il doit faire face, il n'accorde même pas un regard à la façade délicatement éclairée du palais Garnier. Il ne remarque pas davantage le joggeur qui le suit, le rattrape, le double, puis vire sur lui-même et revient face à lui. Il ne prête pas non plus attention au feu passé au vert, et traverse au grand dam d'un taxi dont le chauffeur l'évite de justesse avant de l'injurier grossièrement.

Peu lui importe, ce soir, ce qui l'entoure : les beautés de Paris, l'exceptionnelle luminosité, les invectives des uns ou des autres. La dernière séance du directoire s'est déroulée dans une ambiance pénible, moralement épuisante pour lui : voilà ce qui le préoccupe au point de ne plus se rendre compte de rien autour de lui.

Marc Roquette croyait bien avoir éteint l'incendie qui couvait, évité qu'il ne l'atteigne avec son plan d'économies et de licenciements frappant au total douze collaborateurs du siège social. Chiffre important, rapporté à la centaine de salariés qui y travaillent. Cela était censé détourner l'attention des membres du directoire, démontrer sa réactivité, éloigner sa mise en cause, rassurer ses collègues. Mais son adversaire déclaré, Jacques du Tilleul, n'a pas abdiqué pour autant.

Il lui paraît évident que le pire est encore devant lui. Il a conscience qu'il va devoir mobiliser toute son habileté manœuvrière pour esquiver une implication directe de sa responsabilité. L'agressivité du vice-président à son encontre a été telle qu'il sait désormais qu'il va devoir rendre coup pour coup, balayer tout scrupule.

Ambitieux aux limites du raisonnable, Jacques du Tilleul, quarante-six ans, a jusqu'à présent construit avec méthode sa carrière. Il entend devenir rapidement le banquier le plus influent de la place de Paris, voire d'ailleurs. On susurre même qu'il se verrait bien, dans un avenir proche, ministre de l'Économie et des Finances, et peut-être même, plus tard, à la tête de la Banque centrale européenne. Pour l'heure, il ne cesse de contester l'autorité de Marc Roquette, de critiquer tous ses choix, de remettre en cause la stratégie de développement que le patron en place envisage pour la Compagnie bancaire et financière.

Son opposition à ce dernier est de moins en moins larvée, de plus en plus frontale. Elle est connue de tout le personnel, qui après s'en être diverti désormais s'en inquiète. Dans le monde de la finance, et plus spécifiquement dans le milieu bancaire, d'aucuns s'en délectent. Tous se demandent comment le duel va se terminer et au profit de qui.

Au cours du directoire, Jacques du Tilleul a profité de la dernière séance pour prendre la tête de la contestation. S'attachant sciemment à tout confondre, il a réclamé une enquête interne pour savoir qui avait cautionné les relations étroites entre la société Luxalpha, proche de Madoff, et la Compagnie bancaire et financière. Du Tilleul s'est même demandé devant ses collègues « à la suite de quelles démarches, pour quels intérêts particuliers, sur quelles pressions externes la Compagnie s'est retrouvée faire partie des vingt-cinq clients de la société-écran dirigée en sous-main par Madoff lui-même pour gérer le fonds d'investissement de ce dernier ». Il s'est aussi interrogé sur « le taux de profit extraordinairement élevé – de l'ordre de 17 % – servi aux clients. Taux surprenant qui, à la Compagnie bancaire, n'a étonné aucun de nos responsables des placements financiers ». De manière à peine voilée, le vice-président a aussi reproché à Marc Roquette d'avoir diffusé des informations incomplètes ou fausses sur les conséquences de la crise pour la Compagnie bancaire et financière, et peut-être même volontairement sous-estimé les pertes subies.

Marc Roquette a naturellement répliqué que les difficultés de la Compagnie étaient liées à la crise économique et financière dans ses dimensions mondiale et française, à la déprime des Bourses et non pas à des placements douteux. Cette situation était commune, selon lui, à bien des établissements bancaires, en France et dans le reste de l'Europe. Il n'a pas convaincu les membres du directoire.

Marc Roquette a donc parfaitement compris que ce qui se joue dans son affrontement avec le vice-président, c'est son avenir à la direction de la Compagnie bancaire et financière. La partie est difficile, et sa position n'est pas la meilleure. Il lui faut donc très vite reprendre l'offensive. Il sait que les allégations de Jacques du Tilleul, auxquelles les membres du directoire n'ont pas été insensibles, si elles se précisaient par trop, risqueraient d'entraîner la mise en cause de ses responsabilités. Même si elles sont pour une large partie infondées ou du moins exagérées, la période étant à l'inquiétude, au scepticisme, aux doutes sur l'avenir, ces critiques visent à le déstabiliser et à l'isoler au sein du directoire, donc à l'obliger à se démettre de ses fonctions de président. Il a la conviction que, dans les milieux financiers, sa démission forcée sonnerait comme un désaveu et la marque d'une incompétence. La ruine de sa réputation s'en trouvait scellée. C'est donc bien son avenir qui se joue dans cet affrontement avec du Tilleul. Il ne peut pas perdre. Il n'a d'ailleurs aucunement l'intention de capituler.

Tout en marchant, Marc Roquette cherche à élaborer une stratégie destinée à contrer du Tilleul. Une autre réunion du directoire est programmée dans quinze jours. Il faudra alors qu'elle tourne clairement à son avantage. Mais il se rend compte qu'il ne sait pas grand-chose de la personnalité de son adversaire. Il lui faut rapidement trouver des renseignements, fussent-ils d'ordre privé, pour le ramener à la raison. Il a conscience que du Tilleul ne lui fera aucune concession : ambitieux, il estime que son heure est venue et est donc prêt à tout pour ne pas rater ce rendez-vous avec son destin.

Tandis qu'il remonte les Champs-Élysées, l'interrogation qui trotte dans la tête du banquier à l'instar d'une obsession est de savoir comment dénicher assez de « munitions » pour lui permettre, avant la prochaine séance, d'amener Jacques du Tilleul à ne pas franchir la frontière du raisonnable et du tolérable, et, pourquoi pas, pour l'inciter lui-même à démissionner.

Chapitre 5

Le Fouquet's, avenue des Champs-Élysées, est encore quasi désert : il est à peine huit heures et les habitués des petits déjeuners d'affaires commencent juste à arriver. Par souci de discrétion, Jacques du Tilleul évite la grande entrée, passe par la petite porte et monte directement au salon Joyce, au premier étage.

Il aurait pu choisir un autre endroit, réserver un discret salon au Bristol ou au Plaza Athénée, c'était assurément mieux, mais – force de l'habitude – il n'a pas eu ce réflexe. De toute façon, il risquait aussi bien d'y croiser Marc Roquette. Ils fréquentent les mêmes établissements.

Il a donné rendez-vous à Lucio Antonetti qui dirige une agence de chasseurs de têtes. Conséquence de la concurrence sur ce marché de la recherche de collaborateurs, le cabinet Antonetti se veut aussi spécialiste de l'« intelligence économique » ; en réalité, pour le compte de grandes sociétés, il tente de lutter contre l'espionnage industriel. D'une manière générale, pour ses clients privilégiés, Antonetti ne rechigne plus aujourd'hui à procéder à des enquêtes en tout genre, concernant même la vie privée.

La Compagnie bancaire et financière a déjà eu recours a ses services à plusieurs reprises : quand il s'est agi de recruter des collaborateurs de haut niveau, ou de bien veiller à la protection de la confidentialité d'informations qu'elle pouvait détenir sur des investissements à réaliser. Il a été aussi sollicité pour enquêter sur la solidité de certains nouveaux clients de la banque.

Patiemment, depuis de longues années, Lucio Antonetti a constitué autour de lui un réseau efficace de contacts qu'il entretient avec un grand professionnalisme. Il a su se rendre indispensable à de nombreux grands patrons d'entreprises ou d'institutions financières. Ainsi, porté avant la crise par une conjoncture particulièrement favorable, sa petite entreprise est encore florissante : elle emploie huit salariés de façon permanente.

Lucio Antonetti paraît volontiers dans les mondanités parisiennes, souvent accompagné d'une jolie femme, rarement la même. Depuis qu'il s'est séparé sans beaucoup d'élégance de son épouse, il mène une existence de séducteur d'autant plus intense que son train de vie et son goût du luxe y sont des atouts majeurs.

Volontiers fourbe, mais efficace et discret, l'homme ne suscite pas la sympathie. Il ne ménage pas sa peine, mais, en dehors de son métier et des femmes, particulièrement les grandes blondes aux formes généreuses, il a la passion du jeu. À l'origine attiré par les paris hippiques, il a aujourd'hui déserté les champs de courses pour les salles de poker. Le soir, une fois par semaine, dans des cercles spécialisés ou dans une salle louée à un grand restaurateur complaisant, il passe avec des amis ou avec les relations de ceux-ci des heures à jouer, parfois des sommes importantes.

Nerveux, Jacques du Tilleul consulte sans arrêt sa montre. Il tient maintenant à évincer au plus vite Marc Roquette de la présidence de la Compagnie bancaire et financière. C'est un homme pressé et il a l'intuition qu'avec la crise, le temps risque de jouer contre lui. Surtout, aux infos de sept heures, sur RTL, il a appris en se rasant que Mathieu Puech, l'un de ses protégés, avait été retrouvé mort sur le quai de la Seine, et que la brigade criminelle était chargée de l'enquête.

Cette nouvelle l'a bouleversé. Il voudrait bien savoir ce qui s'est passé : mort naturelle ? suicide ? assassinat ? Le journaliste ne l'a pas précisé. Il est encore trop tôt pour appeler le ministre de l'Intérieur, il le connaît mais pas suffisamment pour le déranger de si bon matin. Il n'a pas les coordonnées de la femme de Mathieu Puech mais il serait délicat de l'importuner dans de telles circonstances, même pour lui présenter ses condoléances, alors qu'il ne sait rien des causes du décès.

Toujours ponctuel, Lucio Antonetti arrive à l'heure prévue. Ils commandent un jus d'orange et deux cafés, sans viennoiseries. L'un et l'autre prêtent attention à leur silhouette.

Leur conversation n'excède pas une trentaine de minutes. Ils sortent séparément : Jacques du Tilleul attend un court moment qu'Antonetti se soit éloigné, puis, sans s'attarder, regagne son véhicule stationné avenue George-V, où son chauffeur l'attend.

*

À plat ventre sur mon lit, la tête enfouie dans l'oreiller, la couette rabattue, je fuis comme je peux cette société qui m'éjecte. Une migraine lancinante a vrillé mon sommeil, cette nuit. Et puis, je n'ai rien à faire de précis. Alors, pourquoi me lever de si bonne heure ? Je me sens déjà fatigué, usé par l'inaction. Une journée qui débute, c'est mon angoisse qui se réveille pour m'escorter jusqu'au soir, me miner de l'intérieur. Au bout d'un long moment, à la troisième tentative, je m'extirpe du lit, vide d'un trait un tiers de la bouteille d'eau que je garde toujours à portée de main, et m'installe devant mon écran d'ordinateur.

Je relis ce que j'ai imprimé hier soir, quand l'idée m'était venue d'écrire un roman sur mon propre naufrage professionnel, familial et sentimental. La sonnerie de mon téléphone portable retentit alors à ma surprise : il n'y a plus guère de monde qui s'intéresse à moi et cherche encore à me joindre.

– Allô ? Ludovic Boulier ?

– C'est moi.

– Lucio Antonetti. Vous me remettez ?

– Tout à fait. Nous nous sommes déjà croisés à plusieurs reprises.

– Serait-il possible d'avoir rapidement un entretien en tête à tête ?

– Je ne suis plus à la Compagnie bancaire et financière.

– Je le sais. Je souhaite justement évoquer avec vous votre avenir professionnel. Cela vous intéresserait-il de retrouver un emploi ?

– Naturellement ! Quelle sorte de travail ?

– Nous en parlerons si vous acceptez de me rencontrer. Je vous propose un rendez-vous à mon bureau aujourd'hui à onze heures. Vous connaissez l'adresse, vous y êtes venu à plusieurs reprises. Cela vous convient-il ?

– C'est bien rue de Richelieu, dans le Ier arrondissement ?

– Absolument, vous avez bonne mémoire !

Que me veut-il, cet Antonetti ? Je me rappelle lui avoir apporté, de la part de mon patron, des documents que je devais lui remettre en mains propres. Il ne va quand même pas me proposer de devenir une barbouze ! Je me vois mal dans ce genre de job, caché derrière de grosses lunettes noires, le col de mon vieil imperméable relevé, à faire le guet sous une porte cochère ou à filer une personnalité pour rendre compte de ses agissements. Cela ne correspond en rien à mes ambitions.

Je ne me vois pas du tout dans la peau d'un flic privé !

Mais je n'ai rien à perdre, et, de toute façon, rien d'autre à faire de la journée : voilà qui me distraira.

Chapitre 6

À la lecture des *Échos*, Marc Roquette comprend tout de suite que la machine à l'éjecter de la Compagnie bancaire et financière est en marche. En deuxième page s'y étale sur trois colonnes le compte rendu de la dernière réunion du directoire. Surtout, y sont relatés les doutes de certains de ses membres à propos de la véracité des informations qui ont été communiquées sur les pertes subies par la banque.

Pour faire se lever une vague de panique chez les actionnaires et les désorienter, il n'y a pas mieux ! Certes, les allusions l'emportent sur les affirmations, mais il n'en reste pas moins que le venin de la déstabilisation est inoculé.

Pour Marc Roquette, remonter la trace de cet article est l'enfance de l'art : il a été inspiré par son rival, l'ambitieux Jacques du Tilleul.

Calé dans son fauteuil, il cherche comment mettre rapidement au point une parade crédible, reprendre la main et imposer sa marque aux événements.

La sonnerie du téléphone retentit. Il ne bouge pas, attend, le regard dans le vague, sans parvenir à se concentrer. Les traits de son visage se creusent, il a pris un coup de vieux. Il a peur de l'avenir, pour son avenir. Il se lève péniblement, fait le tour de son bureau, ouvre grand la fenêtre ; même s'il fait frisquet au-dehors, il a besoin d'inspirer de l'air frais. Il contemple ses objets familiers : la photo avec le président de la République, celle avec le directeur du FMI… Il hésite, referme la fenêtre, se laisse choir dans son fauteuil, prend puis repose son portable. Pour la première fois depuis longtemps il doute de lui-même, de sa capacité à s'opposer a cet arriviste, au surplus arrière-petit-fils du fondateur de la Compagnie.

Jacques du Tilleul a intégré la banque après des études d'économie à l'université de Paris-Dauphine. Pour les clients, le patronyme du Tilleul peut semer l'illusion que la Compagnie bancaire et financière est encore une institution pénétrée et respectueuse des traditions et valeurs familiales. Peu importe si les détenteurs de ce nom ne sont plus aujourd'hui que des actionnaires minoritaires ; dans ce monde de la finance dont les acteurs ne respectent rien, apparaître comme un établissement qui a des racines anciennes, apparemment dirigé par un héritier de l'une de ces dynasties qui ont contribué à la réputation de la place de Paris, c'est, en termes de stratégie commerciale, un élément positif qui rassure les clients. Mais Jacques du Tilleul ne se contente pas, comme son grand-père et son père, d'être un leurre et de profiter d'une grasse rémunération, prix de son effacement, non, il aspire à régner sans partage. Il aime autant l'exercice du pouvoir que la puissance que confère l'argent.

Jacques du Tilleul apprécie le luxe. Il a acquis un magnifique appartement qui domine la Seine, quai de Béthune. Chaque fin de semaine, il rejoint son splendide manoir en Sologne et se promène à cheval dans sa propriété de deux cents hectares. À la période de la chasse, il reçoit dans des conditions particulièrement raffinées nombre de personnalités politiques, économiques, littéraires ; deux académiciens notamment raffolent de ces moments passés en Sologne où ils se font luxueusement traiter. Lui-même, appréciant peu les grandes stations balnéaires du Midi, y séjourne d'ailleurs aussi lors des vacances d'été. Mais naturellement, l'hiver, il passe une semaine à l'île Maurice, au Royal Palm.

Sa femme, née Oriane de Bandarguin, cavalière émérite et de bonne renommée dans le monde de l'équitation, deux fois championne de France de dressage, continue avec bonheur la compétition. Elle a développé en Sologne un petit haras qui bénéficie d'une flatteuse réputation.

Marc Roquette vit lui aussi dans le luxe, mais tout sépare les deux hommes. Passionné de voile, il a acquis un splendide voilier à bord duquel il navigue, l'été, au large du Croisic. Comme il n'est pas très mondain, il fuit autant qu'il le peut ces réceptions et dîners où le Tout-Paris de la politique, de la finance et du spectacle cancane, médit, dénigre, fustige, se complaît dans le rôle de procureur et de donneur de leçons.

Alors que les du Tilleul savourent ces moments ou ils retrouvent des personnalités connues ou qui croient l'être, les Roquette préfèrent se réfugier dans leur manoir normand, au seuil du Perche, ou, en été, régater sur l'Atlantique avec leur marin professionnel et un couple d'amis.

Au bout d'un long moment, Marc Roquette se redresse, attrape son portable et appelle Isabelle Bordas, la spécialiste qui suit le secteur bancaire à *L'Écho des Finances*. Elle est absente ; il lui laisse un message sur son répondeur pour la prier de le rappeler au plus tôt.

Il ne peut accepter de se faire déposséder de ses fonctions de président de la Compagnie bancaire et financière par un Jacques du Tilleul dont le grand-père avait choisi, lors de la Seconde Guerre mondiale, de suivre le Maréchal à Vichy et affiché un antigaullisme viscéral, alors que le sien, sous le pseudonyme de Nonancourt, avait rapidement rejoint les maquis, et, à la Libération, été fait compagnon de la Libération par le Général. Dans certaines familles, les haines sont tenaces, elles ne s'effacent pas toujours avec le temps, pas plus qu'elles ne s'estompent avec les générations qui se succèdent.

*

– J'ai une parfaite confiance en vous et nos relations sont suffisamment amicales pour que je fasse appel d'urgence à vos services, déclare d'emblée Marc Roquette à Lucio Antonetti, qu'il a convié à un petit déjeuner au Bristol, rue du Faubourg-Saint-Honoré.

– Monsieur le Président, depuis le temps que nous travaillons ensemble, vous me connaissez. Je sais ce que je vous dois. Soyez donc assuré de mon total dévouement et de ma plus parfaite discrétion, répond Lucio Antonetti.

– Voici ce dont il s'agit. La crise a fait tourner la tête à un membre du directoire de la Compagnie bancaire et financière. Il se croit tout permis, veut tout révolutionner, s'inscrit dans une rupture totale avec mon action, bref, je dois rapidement refroidir son activisme. Il perturbe le bon fonctionnement de la maison. Nous n'avons vraiment pas besoin de cela par ces temps troublés. En somme, avant d'avoir une conversation d'homme à homme avec lui, il me faut trouver des arguments pour l'amener à redevenir raisonnable. Vous comprenez ce que je veux dire ?

– Parfaitement. Vous voulez, afin de calmer ses velléités, des éléments relatifs à ses activités extraprofessionnelles : des munitions, appelons cela ainsi, destinées à le rappeler à un peu plus de dignité. De qui s'agit-il ?

– Du vice-président, Jacques du Tilleul.

Lucio Antonetti ne bronche pas. Surtout, il n'avoue pas à Marc Roquette qu'il y a quelque jours, au Fouquet's, du Tilleul lui a confié une mission identique le concernant. Fidèle a lui-même, il s'engage vis-à-vis de Marc Roquette à lui transmettre les renseignements qu'il recherche. Il a fait la même promesse à du Tilleul.

Chapitre 7

Le commissaire divisionnaire Yves Pinasse, chef de la brigade criminelle de Paris, examine le rapport encore officieux de l'autopsie. Il n'y a place pour aucun doute : d'après le médecin légiste, le fait que la victime ait l'épaule droite déboîtée démontre qu'elle a été traînée ; la rupture de cartilages, les multiples déchirures musculaires, les ecchymoses visibles aux poignets corroborent cette hypothèse. L'homme était décédé quand il a été transporté sous le pont Mirabeau où il a été découvert par un passant.

Mort d'une balle tirée en pleine tempe : les constatations du médecin légiste, comparées aux indices relevés sur place par les techniciens de la police, notamment concernant la position de l'arme retrouvée dans la main droite de la victime, ne permettent pas plusieurs hypothèses pour ce qui est de l'origine du décès.

La mise en scène est médiocre : il est manifeste qu'elle est le fait d'amateurs. L'assassinat a bel et bien été maquillé en suicide, laisse entendre dans son rapport le légiste. Cette thèse semble corroborer le résultat des investigations diligentées par la police scientifique et technique.

Le test de la paraffine effectué sur les mains du cadavre est négatif : preuve que la victime ne s'est pas suicidée ; à défaut, elle porterait des traces de poudre sur la main censée avoir appuyé sur la détente.

Les policiers ont relevé des empreintes de pneus non loin du lieu où a été découvert le cadavre, mais l'averse tombée sur Paris au petit matin rend impossible une exploitation intéressante de ces traces.

– Qui est-ce ? interroge le commissaire Pinasse.

– Il s'agit d'un certain Mathieu Puech. Il avait ses papiers sur lui, répond le commandant de police Marion Pylat qu'il a chargée de conduire l'enquête sur ce meurtre.

– Cela ne me dit pas grand-chose. Un voyou fiché chez nous et déjà recherché ? Un personnage connu pour fréquenter le milieu du grand banditisme ? Un escroc ?

– Pas à ma connaissance. Casier vierge. Il était responsable des placements financiers à la Compagnie bancaire et financière...

– Responsable de quoi ?

– Du service chargé d'effectuer les transactions financières, d'après ce que j'ai cru comprendre. Au sein de la direction financière de cette banque, selon les documents internes, il devait plus particulièrement veiller au respect des procédures que sont censés suivre ceux qu'on appelle les traders. Il dirigeait plus ou moins ceux qui font du fric en spéculant, vous voyez ce que je veux dire ?

– Avez-vous interrogé les dirigeants de la banque ?

Contrairement à certains de ses prédécesseurs, le patron de la criminelle vouvoie ses collaborateurs, fussent-ils les plus directs comme les chefs de groupe. Peu importe qu'il les connaisse parfois depuis plusieurs années, il estime que chacun doit demeurer à sa place, et lui à son rang. Ne dirige-t-il pas la plus prestigieuse brigade de la police judiciaire ?

– Pas encore. J'ai rendez-vous avec le président, tout à l'heure. Nous avons entendu succinctement la femme de Puech.

– Cela donne quoi ?

– Pas grand-chose. Elle venait d'apprendre le décès de son mari. Elle le décrit comme étant obsédé par son travail. Mais elle admet que, depuis un certain temps, elle l'avait trouvé nerveux, inquiet, se relevant en pleine nuit, car il n'arrivait pas à dormir. Elle vivait avec lui mais, semble-t-il, ne lui posait pas beaucoup de questions sur son activité professionnelle.

– Quelle impression vous a-t-elle donnée ?

– Une belle femme, digne, repliée sur son malheur et sa peine. Elle n'était pas en état d'être longuement entendue ; il faudra reprendre son audition un peu plus tard.

– Il y a des enfants ?

– Oui, Nicolas : un adolescent.

– Avez-vous demandé à la veuve si son mari avait fait l'objet de menaces particulières, ces derniers temps ?

– Naturellement. Pas à sa connaissance.

– Pourquoi avoir pris la peine de maquiller cette mort en suicide ? Et pourquoi cet assassinat ? À qui profite-t-il ? s'interroge le commissaire Yves Pinasse.

– Toutes les hypothèses sont possibles, se borne à répondre Marion Pylat.

– Si ce n'était pas un voyou fiché au grand banditisme, avez-vous au moins des précisions sur sa réputation à la banque où il travaillait ? s'enquiert le patron de la criminelle. Était-elle bonne ou sulfureuse ? Était-il homosexuel ? joueur ? considéré comme un flambeur ou un sauteur ? Quel était son train de vie ? Avez-vous vérifié s'il n'avait pas un casse-croûte qui lui en voulait parce qu'il l'aurait laissé tomber comme une vieille chaussette ?

– Un quoi ? interroge Marion Pylat, perplexe.

– Une maîtresse qu'il sautait en fin d'après-midi ou qu'il trimballait dans ses voyages d'affaires pour égayer ses soirées…

« Élégante et délicate expression ! » ne peut s'empêcher de songer Marion Pylat avant de répondre :

– Nous allons fouiller sa vie privée ; nous n'en sommes qu'au tout début de l'enquête. Il faut attendre la commission rogatoire du juge d'instruction.

– Je viens de la recevoir, et je vous confirme que c'est votre groupe que je charge de cette affaire. C'est la juge Julie Cazavonne qui instruit le dossier, vous tombez plutôt bien, elle est réglo avec nous ; mais elle a son caractère, qui n'est pas toujours commode.

Chapitre 8

En avance sur l'heure du rendez-vous, je fais le tour du quartier, admire le surprenant passage Colbert, passe devant la maison où vécut Colette, rue de Beaujolais, m'attarde à détailler la singulière façade du théâtre du Palais-Royal, puis l'élégante fontaine Molière. Par une plaque apposée sur un immeuble, j'apprends que le grand Diderot habitait rue de Richelieu, pratiquement en face de l'endroit ou Molière est né.

Lucio Antonetti me reçoit dans son bureau donnant sur la même rue, près de l'ancienne Bibliothèque nationale. Je ne sais toujours pas pourquoi ce personnage que je ne connais que fort peu tient à me rencontrer. Pour me procurer un emploi ? Je suis sceptique. Ce genre d'individu ne fait rien gratuitement ou par philanthropie. S'il se préoccupe soudain de mon avenir, ce n'est pas le simple fruit du hasard, il doit avoir une idée derrière la tête, mais laquelle ?

– Cher ami, entrez donc, ici c'est un peu la pagaille, nous allons déménager, nous quittons nos locaux du Ier arrondissement pour le XVIe, ce sera plus accessible à la fois pour le personnel et pour nos clients, m'indique Antonetti dès mon arrivée.

Le personnage m'apparaît d'un abord plutôt sympathique : ses tempes grisonnantes montrent qu'il vogue autour du cap de la cinquantaine, mais une cinquantaine élégante, surveillée, svelte et dynamique, ne présentant aucun signe annonciateur d'un quelconque déclin physique, d'une surcharge pondérale naissante ou d'un début de calvitie. Comme il ne porte pas de lunettes, j'en conclus qu'il utilise des lentilles de contact. En vérité, il fait tout pour ne pas paraître son âge.

Après le café servi par une secrétaire souriante, avenante, bien agréable à observer, après les habituelles formules d'usage introduisant tout entretien, en guise de préambule à ce qu'il souhaite me demander il me décrit l'activité de son agence. Il évoque la nécessité de s'attacher la collaboration de jeunes entreprenants, astucieux, dynamiques. Son métier, précise-t-il, consiste à réaliser de plus en plus des enquêtes sur les personnes que les sociétés et même des particuliers recrutent ou emploient déjà depuis un certain temps. Les sociétés affrontent en permanence une concurrence terrible, un espionnage inimaginable, à tel point que les chefs d'entreprise se doivent d'être de plus en plus vigilants vis-à-vis de leurs collaborateurs, confie-t-il.

Je le laisse glisser insensiblement vers la raison de notre rendez-vous. Comme les chemins qu'il emprunte pour y parvenir sont un peu longuets – il est parti sur une présentation des moyens technologiques dont se sert l'espionnage industriel –, profitant d'une reprise de souffle après ce panorama apocalyptique de la guerre que livrent les patrons d'entreprise, je lui demande

– Qu'attendez-vous au juste de moi ?

Il se lève, referme la fenêtre – le bruit montant de la rue de Richelieu le contraignait à hausser un peu la voix – et s'installe à nouveau derrière son bureau, se cale dans son fauteuil et me dévisage :

– Eh bien voilà : j'ai besoin d'un collaborateur de votre niveau...

– Je viens d'être viré de...

– Je sais, mais je me suis renseigné sur les motifs : vous n'avez commis aucune faute, mais êtes victime d'un concours de circonstances, disons de la conjoncture. Votre licenciement est injuste. Le président de la Compagnie bancaire et financière ne tarit d'ailleurs pas d'éloges sur votre compte.

– Alors, pourquoi m'a-t-il licencié ?

– Il ne pouvait faire autrement. Cela faisait partie d'un plan de réduction des effectifs destiné à affronter une conjoncture durablement délicate. Les marchés dépriment, les affaires sont ardues, l'avenir très incertain.

– Et vous me recruteriez pour faire quoi ?

– Nous définirions ensemble le contenu de votre collaboration.

– Donc, rien de précis ?

– Pas encore. Je n'en suis qu'au principe même de votre venue parmi notre équipe.

– Il y a là quelque chose qui m'échappe : vous ne me connaissez pas, et tout à coup – miracle ! – vous m'appelez, me faites venir dans votre bureau et proposez de m'embaucher. Surprenant !

Lucio Antonetti ne me semble pas particulièrement à l'aise, il évite à présent de croiser mon regard, me propose une autre tasse de café, et, sans attendre ma réponse, sonne sa secrétaire à cette fin.

– Cher ami, il n'y a rien là de surprenant. J'ai besoin d'un collaborateur qui connaisse bien le monde des banques, les personnes qui y travaillent, la personnalité de certains dirigeants. C'est votre cas.

– Vous vous faites des illusions sur mon rôle passé…

– Vous étiez le principal collaborateur du président Roquette, ce n'était pas rien. Vous avez croisé des banquiers, des présidents de sociétés, des financiers. Votre carnet d'adresses est sans doute bien rempli. C'est un capital qu'il convient de valoriser. Le laisser sans emploi serait un véritable gâchis !

– Vous voulez en somme que je vous raconte ce qui se passait à la Compagnie bancaire et financière, que je vous livre le nom des clients, que je déblatère sur les agissements de Marc Roquette, que je vous balance des informations confidentielles et compromettantes. Si c'est cela que vous voulez, dites-le clairement ! Pourquoi ? Pour qui ?

– Ne vous énervez pas. Je travaille pour moi, réplique aussitôt Antonetti.

– Avez-vous rallié le camp du Tilleul et comptez-vous m'utiliser contre Roquette, avec qui, je crois, vous entretenez pourtant des relations amicales ? Vous vous dites : « Comme il l'a viré, je vais le faire parler, et j'aurai ainsi de quoi faire chanter les uns et les autres, tout en continuant à bénéficier de contrats de la Compagnie bancaire et financière ! » Astucieux ! En somme, vous me prendriez en otage. Vous voulez vous servir de moi comme appât, ou comme assurance.

– Ne déformez pas, ne dramatisez pas tout ! Soyons positifs. Vous cherchez un job. Je vous en propose un. Certes, en ces périodes troublées, il est normal que certains s'agitent, que des ambitions se fassent jour, que des rivalités s'exacerbent...

– Comment avez-vous eu mon numéro de portable ?

– Euh... je me suis débrouillé. C'est mon métier. Votre rémunération sera substantielle. Ne réagissez pas sur un coup de tête. Pensez à votre avenir. Saisissez la chance que je vous offre : elle ne repassera pas deux fois. Vous pourriez commencer à travailler pour moi officieusement. Si le job ne vous convient pas, cela vous permettra de conserver vos indemnités chômage, ce qui n'est pas négligeable par ces temps difficiles. Réfléchissez bien, avant de refuser. Je ne veux pas vous forcer à accepter, mais, encore une fois, songez à votre avenir.

Il se lève, ouvre la fenêtre, me serre chaleureusement la main. Il n'ose croiser longuement mon regard, et je ne le sens pas à l'aise : il a parfaitement perçu que je n'étais pas dupe de l'intérêt soudain qu'il me portait. Néanmoins, il me redemande de bien peser sa proposition et de lui donner réponse « dans les prochains jours ».

Je prends congé et quitte son bureau en lançant à la dérobée un sourire complice à sa charmante secrétaire.

*

Tout en déambulant à travers le jardin du Palais-Royal, je repense à ma conversation avec Lucio Antonetti. Elle me laisse un sentiment confus, désagréable. Que me veut-il ? Sur quel chemin espère-t-il m'entraîner ? Entend-il se servir de moi, peut-être même me compromettre, mais, encore une fois, pour quoi ? pour qui ? Je suis convaincu qu'il est chargé de s'informer sur ce que je sais du fonctionnement de la banque, de ses luttes intestines, de l'affrontement entre Roquette et du Tilleul. Quand j'ai été viré, j'ai laissé entendre au premier que j'avais consigné dans mon carnet de nombreuses informations compromettantes sur les turpitudes et rivalités dressant les uns contre les autres les dirigeants de la Compagnie bancaire et financière. Je suis persuadé que c'est là l'origine de la démarche d'Antonetti. C'est cela qui l'intéresse. Soit il est actionné par Roquette pour acheter mon silence, soit il est commandité par du Tilleul pour me soutirer des indiscrétions sur Marc Roquette. Je deviens un enjeu. Compte tenu des dissensions internes et des difficultés de la Compagnie, peut-être est-il aussi commandité par une banque concurrente pour l'absorber ?

Je m'assieds autour du bassin pour mettre un peu d'ordre dans ma tête, réfléchir à la juste réponse à apporter à l'offre d'Antonetti.

Mon portable vibre dans ma poche.

– C'est Blandine. Tu me remets ? Blandine Josse, la standardiste de la Compagnie.

– Bien sûr que j'ai reconnu ta voix. Comment vas-tu ?

Elle a un léger accent du Nord, elle vient de Lille, et une façon de parler particulière, un tantinet vulgaire

– Bien. Tu nous manques, ici. Depuis ton départ, l'ambiance est pourrie, déglinguée. Ton ex-patron et du Tilleul s'aiment de moins en moins. Entre eux c'est la guerre ouverte et ils ne font pas dans la dentelle. Tu connais la dernière ?

– Non, raconte !

– Tu te souviens de Mathieu Puech ? Eh bien, il est mort. C'est terrible...

– Que lui est-il arrivé ?

– Certains disent qu'il s'est foutu en l'air, d'autres qu'il aurait pu être liquidé. Je ne sais pas. Toujours est-il que son cadavre a été retrouvé le long de la Seine. Tu te rends compte ?

– Sait-on pourquoi ?

– Aucune idée. Ça fout les jetons. J'en ai encore la tremblote. Mais je ne t'appelais pas pour cela. La raison en est que Jacques du Tilleul, le vice-président, voudrait avoir ton numéro de portable. Il a téléphoné de l'étranger à sa secrétaire pour qu'elle se le procure, et celle-ci me demande si je l'ai. Veux-tu que je le lui refile ou préfères-tu que je lui dise que je ne l'ai pas, ou encore que tu en as changé ?

– Que me veut-il ?

– Je ne sais pas. Si j'étais toi, je ferais gaffe. Entre lui et Roquette, je te l'ai dit, c'est la guerre, et on se planque aux abris pour ne pas avoir à prendre parti. Comme du Tilleul veut la place de Roquette, il n'y a pour nous que des coups à recevoir. Tout cela va mal se terminer. En plus, les flics de la brigade criminelle sont ici depuis ce matin, et leur chef, c'est une poulette pas commode ! Elle interroge tout le monde, et ses collègues farfouillent partout. Pas des marrants, les mecs, ni des enfants de chœur, même s'il y en a un beau comme un ange. Si j'ai un conseil à te donner, c'est de rester en dehors de cette embrouille. Ça ne sent pas bon et ça ne finira pas bien. Il y a déjà un cadavre.

– Tu crois que la chose a un rapport avec l'affrontement entre Roquette et du Tilleul ?

– Les syndicats disent que ça n'est pas impossible. En tout cas, ne va pas te foutre dans ce merdier, tu n'as rien à y gagner !

– Tu dois avoir raison. Dis que j'ai changé à la fois de portable et de numéro.

– On fait comme ça, je lui ferai gober ce bobard. À plus ! Je t'embrasse.

À la suite d'un tour complet du jardin, j'appelle Lucio Antonetti pour lui faire savoir que ma réponse à son offre est pour l'instant négative. Je ne lui en fournis pas les raisons. Je n'ai pas du tout envie de replonger dans le marigot de la banque.

Chapitre 9

Arrivés aux alentours de neuf heures, Marion Pylat et cinq enquêteurs du groupe de la brigade criminelle prennent leurs quartiers pendant plus de quatre heures dans les locaux de la Compagnie bancaire et financière.

Ils procèdent d'abord à une perquisition minutieuse du bureau de Mathieu Puech. Assistés d'un collègue de la brigade financière, ils examinent les dossiers, au demeurant assez peu nombreux. Le coffre dissimulé dans le placard est ouvert : comme personne n'en connaît la combinaison, on fait appel à un spécialiste connu des services de police dont la dextérité, plus remarquable que la réputation, permet aux enquêteurs de ne pas trop perdre de temps. Ce qui se trouve à l'intérieur est inventorié et, pour certains documents, dont une courte liste d'initiales et une autre de chiffres, placé sous scellés.

Les policiers auditionnent l'assistante de Mathieu Puech, Laurence Lexan, qui travaillait à ses côtés depuis moins de deux ans. Auparavant, elle était la collaboratrice du directeur des ressources humaines. Intelligente, consciencieuse, c'est elle qui, désireuse de progresser, de ne pas céder à la facilité et à l'immobilisme, a demandé à changer d'emploi et s'est ainsi retrouvée promue à son poste actuel. Plus avenante que jolie, elle a su s'imposer comme une collaboratrice incontournable.

Les enquêteurs de la criminelle l'interrogent sur l'emploi du temps de son patron, ces dernières semaines, sur ses relations professionnelles et personnelles. Mais, choquée par ce qui est arrivé, elle se montre peu diserte, et ne cesse de pleurer. En définitive, elle ne leur confie aucun renseignement utile à l'enquête.

Les policiers font parler l'ordinateur de Puech. Il leur livre des noms, des adresses, des chiffres, vraisemblablement des numéros de comptes. Tout cela est dupliqué et fera ultérieurement l'objet d'investigations. Les enquêteurs cherchent ensuite – vainement – ses deux portables. Des réquisitions adressées aux opérateurs de téléphones mobiles permettront peut-être aux policiers de connaître les contacts de Mathieu Puech.

La standardiste n'échappe pas non plus à la curiosité des policiers. Ils veulent savoir si elle a gardé trace d'appels récents reçus par Puech ou ordonnés par lui. Réponse décevante :

– Il n'est pas dans mes habitudes de conserver les numéros de téléphone ou les noms des correspondants, interlocuteurs ou clients des collaborateurs de la maison, rétorque-t-elle au policier qui l'interroge, ajoutant même, avec une certaine vulgarité : Moi, monsieur, j'ai des principes, je ne cause pas. Je ne balance pas. Bouche cousue. Sans compter que les portables nous bouffent à présent notre boulot !

Les collaborateurs de la Compagnie bancaire et financière doivent aussi répondre aux multiples questions des enquêteurs portant sur l'activité professionnelle de la victime et éventuellement sur sa vie privée.

Les responsables syndicaux demandent pour leur part à être entendus par les policiers : c'est l'occasion pour eux – elles sont toutes bonnes à saisir – de dénoncer le climat social au sein de l'établissement. Naturellement ils y voient, vieille litanie, une conséquence du système capitaliste et du libéralisme échevelé du gouvernement. Ils ne peuvent s'empêcher aussi de dénoncer « les liaisons dangereuses entre le pouvoir en place et les forces du profit et de la spéculation ». Les enquêteurs de la criminelle se fichent complètement des discours idéologiques, mais ils notent dans leur procès-verbal de synthèse qu'il émane de tous les témoignages recueillis « une ambiance, au sein de la Compagnie bancaire et financière, qui s'est fortement dégradée, semble-t-il, à la suite des licenciements décidés par la direction, mais aussi du fait de l'affrontement connu de tous entre le président Marc Roquette et le vice-président Jacques du Tilleul ».

L'audition dans son bureau de Marc Roquette dure un peu plus d'une heure. Interrogé par Marion Pylat, le président de la Compagnie précise le rôle exact de Mathieu Puech. Il s'engage à fournir le bilan de son activité professionnelle, les noms des clients « privilégiés » dont il était chargé de suivre l'évolution des placements financiers, enfin ceux qu'il avait dernièrement décidés. Naturellement, il minimise son opposition frontale à Jacques du Tilleul, la considérant comme banale « par ces temps troublés qui perturbent les esprits faibles ».

Le portrait que Roquette livre de Mathieu Puech est contrasté, plutôt peu flatteur. Il le décrit comme compétent, mais avide de gagner beaucoup d'argent, et donc sans scrupules. « Un brin affairiste », précise-t-il. Mais surtout, il lui reproche d'être inféodé au vice-président du Tilleul : « Sa créature, avec les mêmes défauts. Comme son mentor, il était prêt à tuer père et mère pour assouvir ses ambitions. »

Les policiers s'attardent un moment à la direction des ressources humaines. Ils saisissent le « dossier Puech », se font communiquer la liste du personnel, avec les noms et adresses des salariés qui ont récemment quitté l'établissement ou ont été licenciés.

Si cette perquisition est douloureusement ressentie par le personnel, ce n'est pas du fait d'une attitude particulièrement agressive des policiers : les fonctionnaires de la criminelle ont agi avec efficacité, sans complaisance, mais aussi avec tact. Tous ont cependant compris que Mathieu Puech ne s'est pas suicidé, mais a bel et bien été assassiné.

Chapitre 10

J'ai été très surpris de recevoir une convocation à la brigade criminelle. Je me suis d'emblée senti coupable, je ne sais trop de quoi, mais coupable. Je ne voyais pas pourquoi les policiers tenaient à recueillir mon témoignage. C'est terrible d'avoir peur même quand on n'a rien à se reprocher.

C'est donc avec appréhension que je franchis le porche d'entrée du 36, quai des Orfèvres, gardé par deux policiers en uniforme équipés de gilets pare-balles, et dont l'un est armé, me semble-t-il, d'une mitraillette. Ils me dévisagent comme si j'étais un suspect.

Après avoir exhibé ma convocation, présenté ma carte d'identité, je suis les indications d'un des policiers, toujours aussi peu affable, et traverse une lugubre courette, puis prends l'escalier A. Tout y est aussi sinistre : peinture défraîchie, murs écaillés, propreté douteuse, caméras de surveillance.

Je croise une femme qui, épuisée, gravit péniblement l'escalier en s'agrippant à la rampe. Ses traits creusés, ses yeux cernés, et un énorme hématome au niveau de la pommette droite lui confèrent une allure de sorcière. Elle n'a plus d'âge. Je la regarde avec compassion. Descend face à moi un grand Noir en djellaba bleue, menottes aux poignets, encadré par deux policiers. Il crie. Je ne comprends pas ce qu'il hurle. Trois autres hommes dévalent l'escalier et je m'écarte pour ne pas être bousculé. Le pan de la veste de l'un d'eux se soulève et je distingue à sa ceinture la crosse d'un pistolet. J'ai envie de fuir. Un avocat dans sa robe noire me croise et me fixe avec insistance, peut-être voit-il en moi un client potentiel ?

Au deuxième étage, sans même me dire bonjour, un planton planqué derrière une vitre me réclame ma convocation et une pièce d'identité. Il les examine attentivement, vérifie si la photo me correspond bien. J'ai envie de clamer : « Oui, c'est bien moi ! Mais je suis innocent ! » Il consulte un écran d'ordinateur. Je me sens humilié d'attendre ainsi.

Une porte vitrée s'ouvre. J'hésite, puis pénètre dans la pièce dont la porte se referme aussitôt. Le claquement sec de la serrure m'inquiète. Je ne peux plus faire demi-tour ni m'échapper au plus vite. J'ai l'impression de suffoquer et terriblement envie de m'extraire de ce piège pour respirer un peu d'air frais.

Je patiente durant un instant qui me paraît interminable. Puis un homme vient me chercher, probablement un autre policier. Encore un étage à monter. Une porte s'entrouvre pour me laisser entrer dans un petit bureau sordide et mansardé. Elle se referme aussitôt sur moi.

– Je suis Nicolas Dompierre, enquêteur à la brigade criminelle. Asseyez-vous, me lance mon vis-à-vis.

Je dois répondre à toute une série de questions posées par ce Dompierre. Il n'est pas trop désagréable. À vrai dire, il est même plutôt courtois et m'interroge sans mettre la pression ni aboyer, comme je l'ai vu faire dans certains films.

Il ne me le cache pas : il est chargé d'une enquête criminelle, car pour lui Mathieu Puech a bien été assassiné ; il n'a pas mis fin volontairement à ses jours.

Audition de routine, me précise-t-il encore. Assurément pour lui, mais pas pour moi. Je lui indique les conditions de mon départ sans évoquer les menaces que j'ai proférées à l'encontre du président Roquette. Il m'interroge longuement sur l'affrontement entre celui-ci et du Tilleul. C'est essentiellement ce point qui l'intéresse. Je lui décris l'ambiance à la Compagnie bancaire et financière lorsque j'y travaillais. Le policier m'incite à reconnaître qu'elle était délétère. Il insiste pour que je lui dise que Puech avait des problèmes au sein de la maison. J'ai beau lui déclarer que je n'étais alors qu'un modeste employé, il a du mal à me croire, à cause de mon titre, à ses yeux impressionnant, de « collaborateur » du président.

– Avez-vous une idée de qui aurait eu intérêt à éliminer Puech ? me demande-t-il.

– N'étant pas de ses proches, je n'en ai franchement aucune.

Il souhaite aussi savoir quelles étaient les relations entre Puech et le vice-président du Tilleul, d'une part, et de l'autre avec le président Roquette. Il peine à accepter l'idée que je ne puisse lui apporter là-dessus la moindre information précise. Mais, n'en sachant rien, je ne puis inventer quoi que ce soit pour lui faire simplement plaisir. Je sens néanmoins qu'il ne me croit pas. Il est persuadé que, de par mes fonctions, rien n'a pu m'échapper des rapports entre les dirigeants de la Compagnie bancaire.

– De toute façon, quand cette affaire a éclaté, je n'étais déjà plus salarié de la Compagnie.

– Vous aviez été licencié bien peu de temps auparavant…

Lorsqu'il m'interrompt pour me rappeler que j'ai été viré, je comprends que l'idée lui a traversé l'esprit que j'aurais pu chercher à me venger. Voilà : je deviens un suspect et rejoint la liste de ceux qui peuvent avoir eu une bonne raison d'assassiner Puech !

– Vous savez, mon patron était le président Roquette, en aucun cas le vice-président du Tilleul.

– Comme ils ne s'entendaient pas, vous auriez pu vouloir aider votre président à s'en débarrasser, me lance-t-il en me regardant d'un air dur.

Je lui rappelle que je me bornais à gérer modestement le quotidien du président, que mon rôle ne regardait en rien la finance, la spéculation, les affaires, et que je n'avais pas à me mêler de la querelle opposant les deux dirigeants de la banque.

– Vous me croyez capable d'avoir assassiné Mathieu Puech ?

– Je ne crois rien, je cherche, répond-il d'un ton sec.

– Vous me trouvez un profil de criminel ?

– Vous savez, le ressentiment, la haine, l'esprit de vengeance gisent en chacun de nous.

– Je n'ai rien à voir avec ce crime.

Pour achever de ne pas me rassurer, il conclut :

– L'enquête le dira.

Sitôt sorti du Quai des Orfèvres, pour me réconforter, je file tout droit au café le plus proche. En attendant au zinc que le garçon daigne s'occuper de moi, je lorgne le titre du *Parisien* que lit mon voisin. Il est éloquent : « Un banquier assassiné en plein Paris. La brigade criminelle enquête… »

Je ne suis pas d'un tempérament agressif. Je ne m'emporte que rarement et, aussi loin que remontent mes souvenirs, je ne trouve que répulsion pour la violence, quelle qu'en soit la forme. Je me sens plus en sympathie dans le camp des colombes que dans celui des faucons.

L'idée qu'on ait pu assassiner Mathieu Puech, que j'ai simplement croisé à plusieurs reprises dans les couloirs de la Compagnie bancaire, me révulse. Mais le fait que la police puisse me suspecter fait se lever au plus profond de moi une vague de colère.

Tout le reste de la journée, je repense à ce crime et à Mathieu Puech. Cela tourne même à l'obsession. Je ne cesse de rechercher qui pourrait être son assassin. Cette idée fixe tourne dans ma tête comme, à la roulette, la petite boule qui ne trouve pas le trou où se nicher. Je ne peux rien faire d'autre. Et parce que je suis justement dans l'incapacité d'agir, tout en ne me fiant pas a priori à la police pour retrouver nécessairement l'assassin, l'envie me vient de m'y forcer.

Il est vrai que, par culture politique et par tempérament, je n'aime point trop les flics. J'en ai un peu honte, mais on ne se refait pas. Je revendique la qualité d'intellectuel et adopte donc par principe une posture assez systématiquement hostile à ceux qui ont pour mission de faire régner l'ordre.

La société m'apparaissant de plus en plus comme un grand bal costumé d'où l'authenticité est bannie, où je range les banquiers dans la catégorie des puissants alliés et protégés du pouvoir, je n'imagine pas que puisse jamais être révélé un jour le nom de l'assassin de Mathieu Puech.

Chapitre 11

Marc Roquette appréhende cette réunion du directoire. L'offensive de Jacques du Tilleul pour continuer à le déstabiliser lui paraît évidente et, il le craint, va dresser contre sa gestion la majorité des membres, donc l'acculer à la défensive et à se justifier, ce qui n'est pas une posture favorable.

L'assassinat de Mathieu Puech le rassure quelque peu. Le moment n'est pas venu de susciter une inquiétude supplémentaire parmi les actionnaires, de troubler la confiance des clients et de perturber le personnel. Mais il sait aussi que l'ambition de du Tilleul est telle que tout reste imaginable. Car ce qui compte pour lui, ce sont ses intérêts, pas ceux de la banque.

Dans cette magnifique salle de réunion du troisième étage aux boiseries anciennes, les membres du directoire arrivent les uns après les autres. Voici Pierre de Larbodie de la Motte, inspecteur des Finances, banquier de père en fils, compétent mais si imbu de sa personne qu'il en est devenu insupportable à tous ceux qu'il côtoie. Vestige d'une aristocratie en déshérence, on le surnomme dans la maison « l'Accélérateur de Particules », tant il est vaniteux et imprégné de sa conscience de classe. Il est suivi par Marguerite Dubois, représentante du personnel, qui se sent obligée de laisser croire qu'elle est socialiste alors que son positionnement à gauche est des plus modérés : à chaque réunion ou presque, elle ne peut s'empêcher de s'en prendre à la politique gouvernementale et à ce monde libéral où « la finance s'est mise au service d'elle-même et non à celui de l'économie réelle ». Pierre Tassandier, qui arrive en même temps, est polytechnicien et le rappelle souvent, tant il en est fier. Il a accompli la majeure partie de sa carrière dans la banque. Son autorité est respectée, tout comme celle de Gabrielle Vasco, diplômée de l'ESSEC, titulaire d'un diplôme de l'université de Colombia et d'un doctorat ès sciences financières de la faculté de Paris-Dauphine. Pénètrent ensuite dans la salle du directoire Odile Gidarot, surnommée « Coco » par référence à Coco Chanel, car elle arbore toujours un tailleur et un sac portant cette griffe. Certains, à la banque, affirment même qu'elle se parfume avec le fameux 5. Chef d'entreprise dynamique, elle dirige avec une grande autorité et efficacité une société de nettoyage industriel. Active supportrice du vice-président, elle ne rate jamais une occasion de faire comprendre au président Roquette, ne serait-ce que maladroitement, qu'il devrait désormais laisser la place à du Tilleul. En même temps qu'elle entre Jacques Lamotte, plus gras que gros, le regard fuyant, la main moite, redoutable par sa connaissance du monde de la finance internationale ; lui est favorable au maintien à la présidence de Marc Roquette. Malgré son physique peu avenant, son influence est loin d'être négligeable.

Les autres membres – ils sont quatorze à faire partie du directoire – s'installent à leur place habituelle. Jacques du Tilleul puis Marc Roquette s'assoient l'un à côté de l'autre. Leurs regards évitent soigneusement de se croiser.

– La situation est délicate, indique d'emblée le président Roquette. Selon la police judiciaire, notre collaborateur Mathieu Puech aurait été assassiné. La brigade criminelle a procédé à une perquisition. Je souhaite bien sûr que toute la lumière soit faite sur ce crime odieux. J'ai adressé de notre part nos plus sincères condoléances à la famille de Mathieu Puech. Les articles publiés dans la presse depuis plusieurs jours placent notre maison dans une position difficile…

– C'est en effet cela qui doit nous préoccuper. Notre tâche n'est pas d'élucider un crime, mais de prendre les mesures destinées à éviter le naufrage de la Compagnie bancaire et financière, l'interrompt du Tilleul. Je crois en la nécessité d'ordonner à cette fin un audit de notre gouvernance…

Il n'a pas le temps de terminer sa phrase ; Marc Roquette n'entend pas qu'il mène les débats en imposant son point de vue et lui coupe sèchement la parole :

– Cela va naturellement être fait dans le cadre de l'enquête judiciaire. La juge s'intéresse de près au travail de Puech et, par là, à la façon dont sont décidés investissements et placements. N'ajoutons pas à la confusion par notre agitation. Chaque chose en son temps. D'autre part, à la suite de la première perquisition, certains d'entre vous, d'après ce que je sais, vont recevoir une convocation des enquêteurs afin d'être interrogés. Les policiers ont saisi le dossier de Puech et il apparaît qu'il a été embauché à la suite de votre intervention pressante..., précise Marc Roquette en tournant la tête vers Jacques du Tilleul.

Celui-ci ne s'attendait pas à une telle attaque, et il accuse le coup.

– Je n'ai rien à me reprocher ! réplique-t-il.

– À coup sûr, affirme sans conviction le président Roquette. Je dis seulement que dans la tempête, nous devons faire preuve de sang-froid, de dignité et de sens des responsabilités. Nous ne savons pas encore ce qui se profile derrière ce meurtre. Montrons notre calme et notre sérénité face à l'adversité. Nos clients nous observent, le personnel est traumatisé, nos concurrents nous guettent. Apparaissons comme unis et solidaires. Est-ce aussi l'avis des membres du directoire ?

Ceux-ci, que Marc Roquette interroge un à un du regard, semblent l'approuver. Il indique donc :

– Ce n'est pas la peine de voter. Contentons-nous aujourd'hui de faire part de notre émotion à la suite de la disparition de notre collaborateur, et levons la séance en signe de deuil. Pas d'opposition ? Il en est ainsi décidé. La séance est levée. Je vous remercie.

Sans le montrer, Marc Roquette est tout heureux de la façon dont il a mené cette réunion à son avantage et d'avoir su mettre son adversaire en difficulté. Tout en ayant su esquiver un débat, il a pu rappeler que c'était Jacques du Tilleul qui était à l'origine de la venue de Puech à la Compagnie bancaire. L'attaque a porté ses fruits et semé le doute dans l'esprit des membres du directoire.

Le vice-président, en tout cas, ne s'y trompe pas. Il quitte la salle, bougon, sans saluer ses collègues. Il n'aime pas perdre. De toute façon, il a un bon motif pour ne pas s'attarder : il prend l'avion en début d'après-midi pour Pékin et Hong Kong.

Chapitre 12

– Curieuse affaire, madame la Juge. Un banquier assassiné dont on a voulu faire croire qu'il s'était suicidé et dont on a traîné le corps sous le pont Mirabeau…

Chargée d'instruire le dossier Mathieu Puech, la juge d'instruction Julie Cazavonne fait le point sur les résultats des premières investigations et des auditions diligentées par le groupe de fonctionnaires de la criminelle dirigé par le commandant Marion Pylat.

– Le rapport d'autopsie est formel ? interroge-t-elle.

– Sans ambiguïté : Puech a été tué d'une balle en pleine tempe.

– Je sais, mais je voulais parler du fait que le corps aurait été traîné là où vous l'avez trouvé.

– Les ecchymoses relevées sur les poignets, entre autres marques, ne laissent planer aucun doute aux yeux du médecin légiste. Le corps a été déplacé et tiré soit par les pieds, soit plus vraisemblablement par les bras.

– Quel pourrait être le mobile du crime ? questionne Julie Cazavonne.

– Difficile de savoir. Il nous manque encore beaucoup d'éléments. Qui est Mathieu Puech : voilà la question centrale.

– Avez-vous un début de réponse ?

– Pas vraiment. Nous avons entendu son épouse : cela n'a pas donné grand-chose. Elle est larguée, à la dérive. Le fils est trop jeune, nous ne l'avons d'ailleurs pas interrogé. Il semble bien que la victime menait une double vie. C'est la loi du silence. Même son assistante est muette sur le sujet.

– Dans le cadre de son activité professionnelle, n'y aurait-il pas trace de placements douteux, de détournements de fonds, n'aurait-il pas outrepassé ses pouvoirs ? Il faut vous faire mieux préciser le rôle de Puech au sein de la Compagnie bancaire et financière. Tout peut partir de là, et c'est probablement une des clés de l'affaire.

– Effectivement. Si j'ai bien compris, son rôle consistait à gérer des actifs de clients importants et à superviser le travail de ses collègues en ce domaine. D'après certains d'entre eux, Puech aimait surfer au gré des « bulles » dont il discernait parfaitement l'apparition. Il les anticipait très bien, semble-t-il.

– De quoi s'agit-il ?

– Je me suis fait expliquer tout cela par un spécialiste de la brigade financière. Je ne suis pas non plus une familière de cet univers…

Marion Pylat évoque ce qu'elle a retenu des précisions fournies par son collègue :

– Dans cet univers particulier des marchés financiers, une bulle serait l'occasion d'une spéculation folle, passionnelle, hystérique, d'une durée de quelques heures, voire moins. Pendant un court laps de temps, se fiant à des rumeurs, des informations parfois manipulées qui s'emparent du monde de la finance, des spéculateurs s'enflamment, acquièrent un grand nombre d'actifs, de valeurs, de devises... Par le jeu de l'offre et de la demande, ils font monter les cours, puis, comme cette spéculation ne repose sur rien de réel, ils revendent très rapidement ce qu'ils ont acquis dès que les cours sont suffisamment élevés, avant qu'ils ne retombent et s'effondrent. Il s'agit de spéculation boursière basée sur de faux renseignements. Cela peut rapporter beaucoup à quelques-uns et ruiner un grand nombre d'autres : ceux qui ne sont pas assez réactifs, qui attendent trop longtemps, espérant que les cotations du secteur en question continueront de grimper. En somme, une bulle croît tant que les spéculateurs restent convaincus qu'il ne s'agit pas d'une bulle et que la hausse des cours est justifiée. Et elle explose brutalement dans le cas contraire : le doute succède alors à l'euphorie, engendre la panique et des dégâts considérables. Mon collègue de la financière m'a cité le cas d'un spéculateur qui, en une journée, pour avoir trop attendu, a perdu près de huit millions d'euros.

– Puech s'amusait donc, semble-t-il, à ce petit jeu, et a pu perdre d'importantes sommes. Pouvait-il par exemple détourner aussi des fonds ?

– Naturellement, on vous répondra que non, que tout est parfaitement contrôlé, que de nos jours une telle dérive n'est plus concevable. En réalité, les choses sont plus complexes qu'on ne l'affirme. Avec du métier et des complicités, il est possible d'y parvenir. Je vous résume là ce que m'a expliqué mon collègue : il est envisageable de créer un compte anonyme ou, mieux, sous un nom fictif ; sur ce compte, le gérant effectue des opérations avec l'argent d'un autre client au bénéfice duquel il a réalisé des plus-values, mais qui ne le sait pas encore. Ce client pourra seulement reprocher au gérant, en cas de pertes, d'avoir médiocrement ou insuffisamment valorisé son capital...

– Tout cela est bien compliqué et je me demande comment il est possible d'ouvrir ce qui s'apparente à un faux compte ?

– Toujours d'après notre spécialiste, il convient de passer par un comité qui donne son aval à l'ouverture de ce nouveau compte. En choisissant bien votre moment, et surtout si vous bénéficiez d'un a priori favorable ou carrément de la complicité de membres de ce comité, cela devient facilement réalisable. Les dirigeants de la Compagnie bancaire et financière sont peu bavards. Simplement, dans le dossier de la victime que nous avons saisi à la direction des ressources humaines, on constate qu'il avait un protecteur en la personne du vice-président de la banque, Jacques du Tilleul.

– Vous l'avez interrogé ?

– Pas encore : il est en voyage d'affaires en Asie. Il devrait revenir prochainement. D'après nos renseignements, sa place est réservée sur un vol d'Air France pour dans quatre jours exactement.

– Les autres pistes ne doivent pas être pour l'instant écartées : affaire de mœurs, crime passionnel ou crapuleux… Vous devez tenter au plus tôt de cerner la vraie personnalité de la victime. Mme Puech s'est constituée partie civile, je vais devoir l'entendre prochainement. J'en profiterai pour tenter de la faire parler de la nature des relations qu'elle entretenait avec son mari…

Chapitre 13

Comme chaque nuit, le hors-bord *Cormoran* de la brigade fluviale quitte son port d'attache, quai Saint-Bernard, dans le Vᵉ arrondissement de Paris. Patrouille de routine pour l'équipage de trois policiers. Il bruine. Le clapotis de la Seine rend la navigation peu agréable. L'été paraît bien loin, l'hiver s'annonce précoce. On assiste à une chute brutale des températures assortie d'un petit vent froid venu du nord.

Avant l'heure officielle, la lune a présenté un disque d'une blancheur glacée qui diffuse sur la ville un étrange sentiment d'angoisse.

Il est une heure du matin. Vêtus de gros blousons, deux d'entre eux coiffés d'un bonnet de laine peu réglementaire, les policiers ressemblent plutôt à des braqueurs de pharmacie. Ils n'ont pas un regard pour les monuments qui, dominant le fleuve, n'étant plus illuminés, y projettent encore leurs ombres majestueuses. Les ponts défilent au-dessus de la tête des policiers aux aguets.

Avec l'aide, si besoin est, du phare du hors-bord, ils scrutent les berges, observent les marginaux qui y sont installés, examinent les péniches et barges amarrées, inspectent les flots.

Ayant dépassé le pont du Garigliano, l'embarcation de la fluviale vire de bord, change de rive ; les policiers poursuivent leur mission en quête de l'anormal, du suspect. Ils savent que le froid, la pluie, le vent sont souvent la garantie de patrouilles sans problème. Les intempéries anesthésient ou font fuir les détraqués et pervers sexuels qui, dès qu'il fait beau, particulièrement au printemps, envahissent les quais, surtout la nuit. Mais, forts de leur expérience, ils ne relâchent pas leur attention. L'an passé, ils ont ainsi pu sauver d'une noyade quatre-vingt-huit personnes qui, grâce à leur vigilance et à leur rapidité d'intervention, ont pu être repêchées. Ils ont – c'est moins valorisant – découvert aussi, en l'espace de douze mois, quarante-sept cadavres.

– Putain, regarde ! s'exclame un policier. Coupe les gaz, approche doucement. Allume le phare et braque-le à tribord. Tu vois ? Il y a un corps à demi échoué près de l'escalier.

Son collègue signale aussitôt la macabre découverte à l'état-major. Il requiert l'intervention de police secours.

– Nous sommes peu après la passerelle des Arts, précise-t-il.

Le car de police secours, suivi d'une ambulance, parvient rapidement sur les lieux. Trop tard : l'homme dont le corps, au gré du courant et du vent, s'est accroché au filin d'amarrage d'une péniche n'est plus en vie. Surviennent alors l'officier de police judiciaire du Ve arrondissement, un photographe de l'identité judiciaire, deux fonctionnaires du service de la police scientifique et technique, bientôt rejoints par le commandant de police Patrice Lefèvre, de permanence à la criminelle, et par le substitut du procureur de la République.

Beaucoup de monde autour de ce cadavre abîmé par l'eau. Équipé de gants en latex, Patrice Lefèvre palpe le corps de l'homme, à la recherche de son portefeuille ou d'un indice permettant son identification. Le cadavre ne demeure pas longtemps anonyme : dans la poche intérieure de la veste, le policier trouve une carte d'identité, heureusement plastifiée, au nom de Bruno Bourdalin.

Sans émotion apparente, le policier retourne le corps pour l'examiner sommairement et permettre aux techniciens de l'identité judiciaire d'opérer.

Lorsqu'il a terminé sa mission, le photographe lâche :

– C'est bon pour moi. J'ai tout ce qu'il me faut.

Le commandant de la criminelle ordonne alors qu'on transporte le corps à l'Institut médico-légal, qu'on appelait jadis la morgue. Basculé sur une civière, recouvert d'un drap blanc, le cadavre est hissé à bord d'une camionnette banalisée.

Pendant ce temps, munis de puissantes lampes-torches, deux policiers cherchent aux alentours des traces qui pourraient se révéler utiles pour la suite des investigations. Ils savent que ce premier examen des lieux est primordial et conditionne souvent le succès rapide de l'enquête. Ils ont beau tout inspecter avec minutie, ils ne trouvent rien. Ils ne se faisaient d'ailleurs aucune illusion : le cadavre a flotté un bon moment dans la Seine avant de venir s'échouer là où ils l'ont trouvé. C'est par acquit de conscience qu'ils ont ratissé les lieux.

Quand l'équipage de la fluviale rejoint sa base, il est près de trois heures du matin. Le chef de groupe va devoir à présent rédiger son rapport.

Chapitre 14

Je ne trouve pas d'emploi, mais je n'en cherche pas vraiment. J'arrive encore à vivre de mes indemnités de licenciement et de mes allocations chômage. Je ne fais que traîner mon ennui. Je voudrais écrire mais n'y arrive pas. Chaque fois que je m'installe devant mon ordinateur, c'est la panne : mon imagination s'est tarie. Je n'ai déjà plus rien à dire, ni la capacité d'exprimer quoi que ce soit. Ma déprime en est amplifiée.

Je me sens devenu vieux, usé, inutile. Seul point positif : je suis parvenu à oublier Emmanuelle. Je ne me soucie plus de ce qu'elle devient. Mais elle a été remplacée par une obsession nouvelle : venger Mathieu Puech en trouvant son assassin.

Impulsion absurde, mais je n'arrive pas à me raisonner. Puech n'était pas un ami, je n'ai jamais travaillé avec lui, je l'ai simplement croisé de temps à autre dans un couloir de la Compagnie bancaire et financière. Alors, pourquoi cette idée fixe ? Pourquoi vouloir jouer les enquêteurs, les justiciers, estimer qu'il est de mon devoir de mettre au jour la vérité sur ce meurtre et confondre son auteur ?

Je ne résiste pas à l'élan intérieur qui me pousse à déambuler autour de son domicile, du lieu où réside sa famille, et dont j'ai trouvé l'adresse tout simplement sur Internet. J'attends parfois une heure ou deux sur le banc du jardin public du square de l'Observatoire, d'où je peux surveiller l'entrée de l'immeuble. Une occupation dérisoire, puisque je ne sais même pas qui est sa femme, ni s'il a des enfants.

Après un nouvel après-midi perdu à traîner dans le jardin du Luxembourg, je me convaincs que je dois réagir. Sitôt franchie la porte de chez moi, j'ôte mes chaussures sans même les délacer, les abandonne au beau milieu de l'entrée, jette ma veste sur le canapé. Au lieu de me vautrer sur mon lit, et afin de me prouver que je peux m'intéresser à quelque chose, j'allume la télévision pour regarder les informations.

« Temps difficiles pour les banquiers, énonce la journaliste avant de poursuivre : En effet, il y a peu, c'était l'assassinat, toujours mystérieux, d'un cadre de la Compagnie bancaire et financière ; c'est aujourd'hui le tour d'un employé de la Banque d'investissement et de placement, dont le corps a été repêché dans la Seine près de la passerelle des Arts. Meurtre, suicide, noyade accidentelle ? L'enquête le dira. La brigade criminelle a été saisie de l'affaire. »

Cette annonce suscite en moi une bouffée de violence. Le fait que, moi qui regarde si rarement les informations, j'aie allumé mon poste au moment précis où était diffusée cette nouvelle me replonge dans un univers d'agressivité d'où je voulais m'extraire et ressuscite en moi l'obsession de la vengeance.

Je demeure un long moment silencieux et repense à Emmanuelle. Cicatrice qui se rouvre, intime souffrance...

Après une nuit agitée où je n'ai fait que courir après un sommeil qui m'échappait chaque fois que je m'en approchais, me laissant ruminer mes hantises, je songe à retourner au Quai des Orfèvres afin de décrire aux enquêteurs l'ambiance qui régnait à la Compagnie bancaire et financière, de leur montrer mes notes et de contribuer ainsi à élucider ce crime. Peut-être pourrais-je ainsi m'en sortir, tout en frayant la voie à la vérité ? Cependant, après mûre réflexion, je décide de travailler pour mon compte et d'utiliser plutôt mes notes pour la rédaction de mon livre. Témoignage sur ce que j'ai vu pendant trois ans dans les coulisses d'une grande banque d'affaires, ce sera peut-être un succès.

Cette perspective me redonne le moral. Je m'attelle à bâtir un plan. Toute la journée, je relis mes notes. Il faut qu'au surplus je mène une véritable enquête sur l'assassinat de Puech, que je perce le mystère de sa personnalité, que je trouve des relais à la Compagnie bancaire et financière pour mieux m'informer de ce qui s'y dit et s'y trame.

J'en viens à me demander si la mort de Puech ne serait pas une conséquence de l'affrontement entre Roquette et du Tilleul. J'ai cependant conscience que c'est a priori difficile à concevoir. Mais ne se mènent-ils pas une guerre farouche que ni l'un ni l'autre ne peut se permettre de perdre ? Dans les luttes pour le pouvoir, tous les moyens sont bons. Puech était un protégé de du Tilleul, un de ses pions au cœur même de la maison, une tête de pont dans les manœuvres d'encerclement du président Roquette.

Cette violente opposition entre les deux principaux dirigeants et les dégâts qu'elle entraîne peuvent fournir l'architecture de mon roman, dont le premier chapitre serait consacré à décrire la personnalité de ces deux hommes de pouvoir, qui partagent une même ambition sous le signe de laquelle ils ont placé toute leur carrière : la direction et le contrôle de la Compagnie bancaire et financière. Il ne s'agit pas là d'un affrontement entre générations, sept années seulement les séparent ; ni d'une opposition de classe ; s'ils ne sont pas issus exactement du même milieu social, du moins rien ne les oppose foncièrement en ce domaine. Leur rivalité ne trouve pas sa source dans la recherche d'un plus grand profit financier : l'un et l'autre sont à l'abri de tout aléa en ce domaine. La guerre qu'ils se livrent est uniquement celle de deux hommes luttant pour un pouvoir qu'ils ne conçoivent pas de partager. Cette guerre, ils le savent parfaitement, ne peut se terminer par un compromis ni par un statu quo.

Tout cela m'apparaît obéir à une logique implacable. Pour desserrer l'étau qui devait l'étouffer, Roquette a fait éliminer Puech. C'est si clair dans mon esprit que je ne comprends pas pourquoi il n'a pas déjà été interpellé. À qui profite le crime ? quel en est le mobile ? C'est tout simple. Et si la police n'a pas déjà arrêté Roquette, c'est qu'il est protégé par le pouvoir. Telle est ma conviction.

Je détiens au surplus les éléments d'un véritable scandale d'État. Le gouvernement protège donc un banquier et bloque la vérité sur l'assassinat de Puech. Dans quel but ? Certainement pour cacher certaines de ses propres turpitudes...

J'ai donc une histoire, un cadavre, un coupable, un mobile, un scandale. Il ne me reste plus qu'à trouver celui qui, matériellement, a commis le crime. Je ne vois pas Roquette tirant sur Puech. Je finirai bien par le confondre, cet assassin, cet exécuteur. Je suis persuadé de détenir là matière à un polar à succès. Il ne me reste plus qu'à trouver un titre assez racoleur.

Chapitre 15

Le ministre de l'Intérieur termine sa réunion hebdomadaire avec le directeur du Renseignement intérieur, celui de la police nationale et son collègue de la police judiciaire. Sont également présents le préfet de police, le directeur central du Renseignement intérieur et son propre directeur de cabinet.

Il s'agit de faire le point, chaque mardi matin, sur les divers risques qui planent sur la France. Sont naturellement évoqués la situation dans les banlieues ou les quartiers difficiles, les menaces terroristes, les agitations sociales pouvant entraîner des troubles sur la voie publique, les conséquences pour la sécurité publique des événements qui agitent le monde arabe. En fin de réunion sont abordés les dossiers particuliers ou ceux signalés comme tels, qui risquent de mettre en cause des personnalités ou de donner lieu à des commentaires dans les médias.

– Avant de nous séparer, évoquons ce que la presse qualifie de « Grand Soir des banquiers », pour reprendre le titre de *Libération*. Avez-vous des informations sur ces deux décès ? interroge le ministre en se tournant vers le directeur de la police judiciaire.

– Effectivement, monsieur le Ministre, deux banquiers ont été retrouvés morts à quelques jours d'intervalle sur les quais de la Seine. Le premier, c'est quasiment certain, a été assassiné. Pour le second, je n'ai pas encore eu connaissance du rapport d'autopsie, mais l'hypothèse d'un meurtre n'est pas non plus à exclure.

– Y a-t-il un lien entre les deux morts ? interroge le ministre.

– Trop tôt pour l'affirmer. Les deux victimes n'appartenaient pas à la même banque. L'un était à la Compagnie bancaire et financière, l'autre à la Banque d'investissement et de placement. En l'état actuel de nos informations, rien ne nous dit qu'ils se connaissaient ou avaient des intérêts voisins. Le mobile de ce ou de ces meurtres n'a pas encore été établi. Toutes les hypothèses sont toujours envisageables : règlement de comptes, affaire de mœurs, déception sentimentale, voire, pourquoi pas, acte terroriste… C'est la même juge d'instruction, Julie Cazavonne, qui est chargée des deux dossiers.

– Y a-t-il une connexion possible avec la politique ?

– Nous savons depuis hier soir que la seconde victime, Bruno Bourdalin, serait l'ancien beau-frère de Paul Calibri.

– Calibri, le trésorier de l'Union républicaine progressiste, financier et organisateur de la dernière campagne des législatives pour la majorité ? J'ignorais qu'il avait une sœur et qu'elle était divorcée. Le lien ne paraît pas évident. Mais on ne sait jamais, avec ces journaleux avides de scandales, toujours prêts à écrire n'importe quoi pour faire vendre leurs torchons, capables d'affirmer que le parti du Président est ou a été financé par les enveloppes de privilégiés du régime ou de rétrocommissions sur des ventes d'armes. Vous me tenez régulièrement informé de tout élément nouveau, n'est-ce pas ? À propos de ce deuxième meurtre, je compte sur la plus parfaite discrétion des enquêteurs.

Le directeur de la police judiciaire indique par ailleurs que, l'enquête ne faisant que débuter, il ne détient aucune information sur une quelconque relation entre Mathieu Puech et les milieux politiques.

Une fois que ses interlocuteurs ont quitté son bureau, le ministre s'empresse de composer, sur l'interministériel, le 234 puis le 202 afin d'informer successivement le secrétaire général de l'Élysée puis le Premier ministre de ce qu'il vient d'apprendre sur les liens entre Bruno Bourdalin et Paul Calibri.

Chapitre 16

L'autopsie pratiquée à l'Institut médico-légal, qui a amené la découverte dans ses viscères de nombreux sédatifs, l'audition pénible de son épouse, la remise par celle-ci d'une lettre de son mari reçue le matin même de la découverte du corps, tout cela ne laisse aux enquêteurs aucun doute sur les causes du décès de Bruno Bourdalin : c'est volontairement qu'il s'est donné la mort en se jetant dans l'eau glacée de la Seine après avoir ingurgité des barbituriques.

Son épouse a précisé que, depuis plusieurs semaines, il passait par des phases de déprime ou de prostration, entrecoupées d'accès de nervosité. Alors qu'elle lui avait demandé à maintes reprises s'il allait bien, son mari aurait éludé sa réponse. Une seule fois il lui aurait dit : « Ils vont finir par m'achever. »

Les motifs de son geste, qui devront encore être vérifiés, paraissent évidents. Dans sa lettre, il demande pardon à ses clients, à ses amis, sans autres précisions, pour avoir imprudemment géré des fonds qu'il était censé faire fructifier. Il s'excuse aussi envers les dirigeants de sa banque pour avoir outrepassé leurs instructions et abusé de leur confiance.

Interrogés par la police, ceux-ci confirment qu'une enquête interne était effectivement en cours, suite à d'importantes « anomalies » constatées.

La première synthèse transmise au patron de la criminelle par Marion Pylat précise que « Bruno Bourdalin aurait été entraîné par une première série de placements spéculatifs risqués, à la rentabilité contestable. Il aurait cru pouvoir conjurer le sort et prendre des risques démesurés. La crise économique, la faillite de certaines sociétés, la chute persistante des cours de Bourse l'auraient conduit, au fil d'un enchaînement de placements de plus en plus aléatoires, à faire ce qu'on appelle de la cavalerie. » Mais il semblerait aussi, d'après ce rapport, et selon un collègue de la victime qui en a fait part confidentiellement aux policiers tout en ne souhaitant pas que « les patrons le sachent », qu'il y aurait eu certaines « évaporations », autrement dit des détournements de gains cachés aux clients pour profiter à d'autres.

Cependant, pour Olivier Duquesnois, président de la Banque d'investissement et de placement, moins on parlera du suicide de son employé, mieux cela vaudra. « Vous comprenez, a-t-il avoué au policier venu l'interroger, ce n'est pas une bonne publicité pour nous. La conjoncture n'est pas facile. » Peu affecté, semble-t-il, par le décès de son collaborateur, il a ajouté : « Il s'était enfermé dans une impasse ; ne pouvant en sortir qu'en s'enfuyant, il a décidé de rejoindre un autre monde où il espérait ne pas être broyé par une course aux profits qui, hélas, est notre raison d'être. Là-haut, il n'aura pas à affronter le regard de ceux de ses amis à qui il a tout fait perdre, ni la réprobation de ses collègues, de sa famille, ni non plus de poursuites pénales. Là où il est, je lui souhaite bonne chance... »

Cette thèse du suicide, les policiers ne la contestent pas, ils ne disposent pas d'éléments pour le faire, mais l'instinct de Marion Pylat et de ses collègues leur dicte qu'ils ne doivent pas refermer ce dossier trop rapidement, sans procéder à des investigations complémentaires pour mettre au jour tous les mobiles du geste de désespoir de Bruno Bourdalin.

D'ailleurs, son portable, saisi par la police lors de la perquisition opérée dans son bureau, et que les techniciens de l'identité judiciaire se sont empressés de sonder, indique plusieurs appels récents qui méritent explications et recherches. Ainsi, il apparaît que Bourdalin et Jacques du Tilleul avaient des contacts sinon fréquents, du moins réguliers. Avant son assassinat, Mathieu Puech a joint à plusieurs reprises Bourdalin. Dans les jours et les heures qui ont précédé son suicide, ce dernier a appelé plusieurs numéros, notamment à Londres. Les enquêteurs de la criminelle ont bien l'intention de pousser l'enquête grâce à ces indices. Ils le savent d'expérience, un suicide peut cacher bien des turpitudes parmi les vivants.

Chapitre 17

– Monsieur du Tilleul, voulez-vous nous suivre, s'il vous plaît.

Jacques du Tilleul est surpris quand Marion Pylat, accompagnée de deux hommes en civil arborant un brassard orange indiquant « Police », l'accueille à l'aéroport Charles-de-Gaulle à sa descente de l'avion en provenance de Shanghai.

– De quoi s'agit-il ?

– Commandant Marion Pylat, de la brigade criminelle. Nous devons vous entendre dans les locaux de la police de l'air et des frontières…

– À quel sujet ?

– La mort d'un collaborateur de la Compagnie bancaire et financière dont vous êtes le vice-président.

– De Mathieu Puech ? Je suis au courant de son assassinat, mais je n'ai pas le temps : passez cet après-midi à mon bureau, c'est bien volontiers que je répondrai alors à vos questions.

– Vous ne nous avez pas bien compris, l'interrompt Marion Pylat cependant que les autres passagers sortent un à un de l'avion, surpris par ce petit attroupement. C'est maintenant que nous allons vous interroger, et si vous ne nous suivez pas tranquillement, nous procéderons à votre interpellation. Je vous placerai alors en garde à vue et nous vous déférerons devant la juge chargée de cette affaire.

– Et ma valise, qui va la récupérer ?

– Nous nous en occupons.

Résigné, sans rien ajouter, du Tilleul suit les policiers de la criminelle. Ils sont escortés d'une femme qui connaît manifestement les chemins dérobés : avec une carte magnétique, elle ouvre toute les portes de l'aérogare. Ils ont tôt fait de se retrouver dans les locaux de la police de l'air et des frontières. Marion Pylat fait asseoir Jacques du Tilleul, cependant que son collègue s'approche d'un ordinateur portable déjà ouvert sur le bureau.

Comme à son habitude, elle a préparé les questions qu'elle entend poser à Jacques du Tilleul pour ce premier face à face. Il est important : il s'agit pour elle d'obtenir le plus possible de détails précis qui pourront soit orienter l'enquête, soit mettre plus tard du Tilleul en contradiction avec des faits déjà constatés ou divers témoignages recueillis. Marion Pylat se doit aussi de lui montrer, dès cette première confrontation, que c'est elle et non pas lui qui dirige l'interrogatoire.

Un interrogatoire de police, c'est comme un match de boxe, le premier round est en effet essentiel, et, souvent, conditionne l'issue de l'affrontement. Par expérience, Marion Pylat sait qu'il en va de même lorsqu'on interroge, surtout au début d'une enquête, un suspect ou un témoin important. En imprimant sa marque, son rythme et son style, elle peut éviter que, plus tard, le suspect revienne trop facilement sur ses déclarations, ou le témoin change sa version des faits.

Après lui avoir fait décliner son identité complète, Marion Pylat demande :

– Vous avez embauché Mathieu Puech à la Compagnie bancaire et financière : dans quel but ?

– Votre information est exacte. L'efficacité de Puech était reconnue dans le monde de la finance. Mais permettez-moi d'évoquer rapidement dans quel contexte cela s'est passé. Quand je suis entré à la Compagnie, institution imprégnée de la marque de ma famille, tout allait bien. J'ai navigué entre Paris, New York, Londres, et ai gagné beaucoup d'argent. Comme j'étais performant dans les placements financiers et comme, à cette époque, tout le monde débordait d'optimisme sur les perspectives économiques, j'ai gravi les échelons de la banque, et il y a un peu plus de trois ans, j'ai accédé aux fonctions de vice-président, c'est-à-dire numéro deux de cet établissement. Au début, tout a bien marché, avec le président...

– Marc Roquette, fait préciser Marion Pylat.

– Oui. Pas de nuages entre nous. Il me laissait faire ce que je voulais, ne contestait pas mes décisions concernant les placements importants et les risques que nous osions prendre. Nous formions un tandem efficace.

Avec une exceptionnelle dextérité, le policier prend note intégralement de ce que déclare Jacques du Tilleul. Il estime cependant qu'il a tendance, pour esquiver des questions embarrassantes, à délayer un historique quelque peu fastidieux. Néanmoins, pas plus sa collègue que lui-même ne manifestent leur impatience, et Marion Pylat bride son envie de l'interrompre. Du Tilleul continue donc :

– Il y a un peu plus de trois ans, j'ai pensé que l'euphorie excessive et irresponsable des professionnels de la finance était préoccupante. Ils n'avaient pas la capacité de se projeter dans l'avenir. Ils jouissaient des grasses commissions et rémunérations qu'ils obtenaient. Des incompétents se sont installés sur ce marché des placements. Même si vous n'en aviez pas les capacités, vous pouviez pomper du fric à tout va, à droite et à gauche. Tout le monde se persuadait que nous étions enfin entrés, grâce au libéralisme économique et à la mondialisation des échanges, dans une ère de prospérité durable tirée notamment par les besoins phénoménaux de la Chine. Pardon d'être un peu long, mais je crois que cet exposé vous expliquera pourquoi j'ai souhaité faire venir Mathieu Puech. Au fait, avez-vous des nouvelles de ma valise ?

– Elle a été récupérée, affirme Marion Pylat sans trop savoir si c'est le cas, mais comme elle en a donné instruction à sa collègue de la police de l'air et des frontières, elle ne doute pas une seconde qu'elle ait bien été exécutée.

Rassuré, du Tilleul reprend son récit :

– Pour ce qui me concerne, j'étais donc persuadé que ça ne pouvait durer, qu'on courait à la catastrophe, à une crise de grande ampleur, à la chute de l'empire américain. Nous étions alors à la fin de l'ère Bush et je voyais la faillite arriver. Quand, au printemps 2007, la crise des « subprimes » à déferlé sur les États-Unis, nous autres, en France, nous ne nous sommes pas sentis concernés, nous réfugiant dans une insouciance aussi arrogante qu'irresponsable. Dans certains cercles, nous évoquions certains placements suspects de Madoff, mais, comme la SEC, le gendarme de la Bourse new-yorkaise, qui ne comprenait rien à ce que cet escroc fabriquait, ou plus vraisemblable était complice de ses agissements, en tout cas ne réagissait pas, personne ne s'est méfié. Vous savez, quand les profits sont considérables, certains ne veulent rien savoir pour mieux en profiter...

– Venons-en, si vous le voulez bien, à l'assassinat de Mathieu Puech.

– J'y arrive. Donc, je pressens la catastrophe, j'en parle à Roquette. Lui prétend qu'il nous faut seulement faire preuve de plus de rigueur dans nos décisions de placements. Il ne partage pas mon pessimisme, estime que la conjoncture n'est que la traduction d'une déprime passagère, et que la seule stratégie valable consiste finalement à faire le gros dos et à attendre patiemment des jours meilleurs. Nos relations professionnelles se dégradent. Je travaille, il profite de la vie, voyage, soi-disant pour développer la notoriété de la banque, en fait pour retrouver sa maîtresse et l'éblouir dans la vie de palace. La crise a fini par survenir. Il n'a jamais voulu reconnaître que j'avais eu raison, et nos relations ont tourné au vinaigre. Persuadé que je voulais l'éjecter…

– Ce qui n'est pas faux ? le coupe Marion Pylat.

– Il avait fait son temps. Il n'était déjà plus l'homme de la situation.

– Venons-en à Mathieu Puech, insiste Marion Pylat.

– J'y arrive. Puech avait une excellente réputation, connaissait bien les caractéristiques des marchés financiers. Je l'ai fait embaucher en remplacement de l'incapable, un protégé de Roquette, qui occupait le poste auparavant, voilà la réalité. Je vous l'ai dit et vous le répète, c'est essentiel pour votre enquête : avec la crise, un monde nouveau est né, celui de la persistance d'une guerre économique et financière entre les États. Il n'y a plus place pour l'amateurisme…

Marion Pylat interrompt du Tilleul qui se croit en train de prononcer une conférence et oublie qu'il ne se trouve pas dans un amphithéâtre de faculté, mais dans un local de police, qu'il a en face de lui des enquêteurs et non des étudiants :

– Mathieu Puech a-t-il pu décider de certains placements douteux ?

– Je ne le crois pas. C'était un bon professionnel. Il savait jauger les aléas. Vous savez, c'est sur sa réputation que je l'avais fait venir, je sais sélectionner les meilleurs...

– Justement, il a peut-être pris trop de risques et perdu ?

– Je ne le pense pas. Mais il est vrai que, dans ce métier très particulier, celui de la spéculation financière, on ne gagne rien sans risques. Il convient de trouver une alchimie équilibrée entre le risque et la chance.

– Pourtant, vous parliez boulot avec lui ?

– Naturellement. Mais je n'ai pas eu connaissance de problèmes particuliers. Dans notre métier comme dans le vôtre, un jour ça marche, un autre ça va moins bien...

Marion Pylat sourit. Elle pense que les risques ne sont pas du tout les mêmes. Quand le banquier gagne, cela lui rapporte beaucoup, et quand il perd, cela coûte à son client. Dans la police, quand vous réussissez, vous recevez les félicitations de vos chefs et, au mieux, une belle médaille de la police nationale ; par contre, lorsque vous échouez, vos patrons vous battent froid, votre avancement en prend un coup, vous avez souvent droit à des réprimandes, vous risquez une sanction.

En observant Jacques du Tilleul, elle admire sa parfaite maîtrise de lui-même. Seule sa jambe qui trémule traduit une grandissante exaspération. Cueilli à sa descente d'avion, interrogé dans un bureau fort peu avenant, il se garde d'extérioriser son impatience.

– Qui aurait eu selon vous intérêt à assassiner Mathieu Puech ? reprend Marion Pylat.

– Aucune idée. Vous savez, je travaille beaucoup, je voyage souvent...

– À qui profiterait le crime ?

– Je ne vois pas qui pourrait en tirer un quelconque bénéfice.

– Celui au moins de vous priver d'un bon collaborateur.

– Fort heureusement, il y a d'autres jeunes gens compétents.

– Mathieu Puech avait-il un engagement politique marqué ?

– Je l'ignore. Il ne m'en a jamais parlé.

– En ce qui vous concerne, la politique vous intéresse-t-elle ?

– Bien évidemment. Soyez assuré que je ne suis pas de gauche, mais je ne suis pas pour autant un militant. Je n'appartiens à aucun parti.

– Votre banque a-t-elle contribué financièrement à la campagne électorale d'un candidat aux dernières présidentielles ou effectué des dons à tel ou tel parti ?

– Non. Si c'était le cas, je vous le dirais.

– Je repose ma question différemment : Mathieu Puech ou vous-même, avez-vous effectué des placements financiers pour le compte d'hommes ou de partis politiques ?

– Pour ce qui me concerne, non. Ce n'était pas mon rôle. Du côté de Puech, je ne crois pas : il m'en aurait parlé.

– Connaissiez-vous la vie privée de Mathieu Puech ?

– Non, c'était un collaborateur pour lequel j'avais de l'estime, pas un ami. Je ne peux donc vous apporter de renseignements à ce sujet. Interrogez son épouse, que je ne connais d'ailleurs pas.

– Avait-il des relations privilégiées avec d'autres collaborateurs de votre maison, et entretenait-il des rapports particuliers avec certains clients de la banque ?

– Forcément, il avait des contacts avec nos clients, mais cela passait souvent par mon intermédiaire. Il a pu entretenir des relations directes avec certains. Quant à ses relations avec d'autres personnes de la maison, je n'en sais rien.

– Bourdalin : ce nom évoque quoi, pour vous ?

– Cela me dit en effet quelque chose. Ce nom-là ne m'est pas étranger. Vous savez, je reviens de Chine, le voyage est épuisant ; même si le personnel d'Air France est d'une remarquable amabilité, nous ne sommes pas bien installés…

– Surtout en première classe ! ne peut s'empêcher de marmonner le policier qui transcrit la déposition de du Tilleul.

Il se souvient que, l'année passée, il était allé visiter Pékin mais avait pris un charter, enduré la classe unique, encore moins confortable que la classe économique d'une compagnie régulière, sans compter de nombreuse escales et attentes prolongées. Il trouve que du Tilleul ferait mieux de ne pas se plaindre, d'autant moins que c'est probablement la Compagnie bancaire et financière qui a réglé le prix du voyage et du séjour en hôtels de luxe.

Du Tilleul, qui n'a pas entendu sa remarque, considère son audition comme terminée. Il marque sa surprise quand Marion Pylat revient à la charge :

– Bruno Bourdalin : cherchez bien dans votre mémoire. Quand a eu lieu votre première rencontre ? L'avez-vous présenté à Mathieu Puech ? Se connaissaient-ils ?

– Pourquoi me demandez-vous cela ? Y a-t-il quelque rapport avec le meurtre de Puech ?

– Je ne sais pas. Je veux seulement savoir si vous le fréquentiez.

– Oui. Il travaille à la Banque d'investissement et de placement. Il a une bonne réputation. Je voulais le débaucher. Mais je ne le connais pas très bien. Je l'ai discrètement rencontré pour savoir à quelles conditions il pourrait venir chez nous.

Mais rien n'a été formalisé. Pourquoi me posez-vous cette question ?

– Il a été retrouvé mort.

Marion Pylat n'entend pas lui préciser que la thèse du suicide est celle qui prévaut.

Du Tilleul demeure coi un court instant, puis fait mine de se lever, signifiant par là qu'il en a assez et entend s'éclipser. Il s'exclame :

– J'ai oublié de prévenir mon chauffeur de mon retard ! Il doit être parti. Je l'appelle...

Il sort de sa poche un portable : « Jacques, vous êtes encore là ? Parfait ! J'arrive. Quelle porte de sortie ? »

Marion Pylat n'apprécie pas du tout qu'en plein milieu de son interrogatoire du Tilleul se soit permis d'appeler son chauffeur, semblant oublier qu'il répond à des policiers au sujet du meurtre d'un de ses collaborateurs. Pour bien le lui faire comprendre, elle poursuit son audition :

– J'ai encore un certain nombre de questions à vous poser, indique-t-elle d'un ton sec.

Elle lui rappelle aussi que ses réponses sont retranscrites dans un procès-verbal qu'il devra relire et signer.

– Pouvez-vous me préciser si Bruno Bourdalin et Mathieu Puech se connaissaient ?

– Franchement, je ne sais pas, répond du Tilleul. Peut-être, mais je ne puis l'affirmer. Ce n'est pas impossible : la finance, la banque sont des micromilieux. Tout le monde se croise à un moment ou à un autre.

– Mathieu Puech entretenait-il des relations avec certaines personnalités politiques. Parmi ses clients, y avait-il des personnalités célèbres ?

– A priori non, du moins pas à ma connaissance

– Pour en revenir à Bourdalin, et avant de lui proposer de venir travailler à la Compagnie bancaire et financière, vous avez certainement pris des renseignements sur son parcours professionnel et personnel. Peut-être même avez-vous sollicité une agence spécialisée pour vous les fournir ?

– Lorsqu'on escompte recruter un collaborateur de haut niveau de responsabilités et de rémunération, c'est la moindre des choses que de se renseigner le plus complètement possible. Je crois me souvenir que j'ai fait appel au cabinet Antonetti.

– Il vous a fait parvenir un rapport ? s'enquiert Marion Pylat.

– Forcément ; si les renseignements n'avaient pas été favorables, je n'aurais pas perdu mon temps à prendre contact avec lui.

– Aviez-vous évoqué avec le président Roquette votre dessein d'embaucher un deuxième collaborateur, après Mathieu Puech ? interroge Marion Pylat.

– Non.

– Pourquoi ? C'était lui, le patron.

– Je n'ai pas donné suite à mon intention de recruter Bourdalin. Il n'était donc pas nécessaire d'en parler…

– Pourquoi avez-vous renoncé à embaucher Bourdalin ?

– Ce n'était pas le moment idoine. J'étais persuadé qu'il convenait de dégraisser nos effectifs : la crise s'annonçait, du moins la voyais-je poindre à l'horizon.

– Si je vous comprends bien, avec Puech et peut-être avec Bourdalin, vous vouliez contenir la liberté d'action du président Roquette et renforcer votre propre influence…

– Non, je souhaitais que nous devenions plus performants dans un monde agressif, je l'ai dit, où seule la compétence compte. Encore une fois, la conjoncture imposait la prudence pour ce qui concerne l'embauche de collaborateurs.

– Saviez-vous alors que Bourdalin était apparenté à un homme politique important ?

– Oui, ou du moins, si ma mémoire est bonne, je crois qu'il l'avait été. Mais je ne me rappelle plus au juste avec qui.

Marion Pylat relève avec un petit sourire l'habileté de Jacques du Tilleul qui, malin, ajoute aussitôt, pour devancer la prochaine question :

– Je recherche toujours l'efficacité, le dynamisme, non les relations de copinage. Alors qu'il soit le frère, le beau-frère, l'oncle ou le cousin de tel ou tel homme politique, cela ne change pour moi en rien mon appréciation, quand j'embauche un collaborateur. De toute façon, je n'ai pas conclu avec Bourdalin.

– Je vous remercie, j'en ai terminé. Nous serons sans doute appelés à vous interroger à nouveau. En attendant, voici votre déposition.

Marion Pylat présente à Jacques du Tilleul le procès-verbal que son collègue vient de tirer sur l'imprimante de l'ordinateur. Elle lui précise :

– Vous voudrez bien parapher chaque page, et signer la dernière.

Ces formalités effectuées, du Tilleul serre la main de Marion Pylat, salue d'un hochement de tête son collègue, récupère sa valise et s'en va, l'air manifestement soulagé.

Chapitre 18

La perspective d'écrire un livre me tire de ma déprime. J'avais pris l'habitude de ne me raser qu'un jour sur deux ; désormais, je le fais quotidiennement. Je dépose à la blanchisserie le linge sale qui s'empilait dans ma chambre, range mes chaussures disséminées sur le sol de mon petit appartement, prie la gardienne de monter y faire le ménage.

Je me consacre exclusivement à la rédaction de mon livre. J'y réfléchis tout en marchant, l'après-midi, après avoir mis de l'ordre dans mes notes. Je me demande une nouvelle fois si Mathieu Puech n'est pas la victime des luttes et rivalités au sein de la Compagnie bancaire et Financière, de cette folle course pour garder ou gagner le pouvoir dans laquelle se sont engagés ses dirigeants.

Les patrons des banques doivent avoir les mains libres pour choisir leurs investissements, opérer leurs choix stratégiques, décider du niveau des risques à affronter. Or, il est de notoriété publique que Marc Roquette, en ce domaine, fait partie des prudents, de ceux qui considèrent qu'il convient de faire le dos rond et de laisser passer doucement la crise. Jacques du Tilleul, lui, veut au contraire utiliser la conjoncture, me semble-t-il, pour prendre la direction de la Compagnie bancaire et, vis-à-vis de l'extérieur, déployer son influence sur les politiques et conforter sa prééminence sur ses confrères.

À quel camp s'était rallié Mathieu Puech ? Il me faut répondre à cette interrogation. Apparemment, il figurait dans celui de Jacques du Tilleul. Mais est-il exclu qu'en cette période d'incertitudes il ait voulu jouer pour lui-même, simplement cherché à s'assurer des profits importants, pris des risques inconsidérés, et ait perdu en entraînant dans sa déconfiture des clients qui, dès lors, se seraient vengés de lui ?

Ce sont là mes hypothèses de départ. Il me faut trouver des renseignements sur l'ambiance qui règne à la Compagnie depuis que j'ai été licencié. Roquette et du Tilleul poursuivent-ils leur affrontement ? Que dit-on de l'assassinat de Puech ? Sait-on où en est la police dans son enquête ?

Blandine Josse, qui avait eu la gentillesse de me téléphoner pour m'informer que du Tilleul souhaitait me joindre, doit devenir mon informatrice. Je l'appelle pour lui signifier combien cela me ferait plaisir de la revoir.

Elle vient au rendez-vous que je lui ai fixé dans un petit bar de l'avenue de l'Opéra. Je ne lui précise naturellement pas mon objectif. Je la fais parler de ce qui se passe dans mon ancienne maison.

En réalité, elle ne colporte que des rumeurs imprécises, sans grand intérêt pour moi.

Elle pensait que je voulais la draguer et que ce rendez-vous était avant tout, pour elle et moi, le prélude à des rencontres amoureuses. Blandine Josse jouit en ce domaine d'une réputation qui n'est d'ailleurs pas usurpée.

– Tu veux faire l'amour avec moi ? me demande-t-elle tout à coup, puis elle ajoute en roucoulant : Je suis une femme libre qui aime faire l'amour. Je suis encore belle et désirable. Pourquoi se priver de ce qui procure du plaisir ? La vie est si courte !

Et, se penchant vers moi, elle m'embrasse à pleine bouche.

Nous avons passé une semaine à nous retrouver chaque soir chez moi. Cela a été, je dois l'avouer, des moments assez inoubliables. Elle venait juste de mettre un terme à une liaison qui, d'après ce qu'elle m'en a dit, avait duré deux ans.

J'ai profité de nos rencontres pour lui demander de glaner certains échos sur l'ambiance maison. J'ai fini par lui avouer que j'écrivais un roman dont l'action était censée se dérouler dans un grand établissement bancaire. Grâce à sa complicité, j'ai pu rencontrer Laurence Lexan, l'assistante de Mathieu Puech.

D'abord sur la réserve, traumatisée par l'assassinat de son patron, perturbée par le souvenir de la fouille policière dans son bureau, du viol de son ordinateur, puis par son audition au Quai des Orfèvres, Laurence se refuse au moindre commentaire, à la plus infime confidence.

Je la regarde avec douceur pour tenter de lui faire comprendre que je partage son désarroi, qu'elle peut me parler en toute confiance, comme elle se livrerait à un ami. Je mesure combien mon attitude est hypocrite, mais Laurence est une pièce essentielle de l'histoire que j'entends raconter. Vaincre ses réticences est mon unique objectif.

– Tu avais du respect et de l'admiration pour ton boss ?

– C'était quelqu'un de bien, un gros travailleur, répond-elle sans hésiter.

– Pour sa mémoire, il importe de débusquer la vérité, où qu'elle se cache. Nous devons reconstituer son itinéraire, savoir pour quelles raisons il a été tué.

– C'est le rôle de la police.

– Pour elle, il s'agit d'une affaire parmi d'autres. Les flics ne sont pas pressés. J'ai l'intention d'écrire un livre à la gloire de Mathieu Puech. J'avais pour lui une grande estime.

J'avance cela sans rougir, du moins je l'espère ; heureusement, elle ne paraît pas se rendre compte de l'énormité de mon mensonge.

Comme je la sens prête à parler, je lui précise qu'elle pourra relire le manuscrit, puis lui demande si elle avait constaté chez Mathieu Puech des traces d'inquiétude, les derniers temps.

– Oui. Je me souviens : il était anxieux, irritable, pas comme à l'ordinaire, mais je n'ai pas osé lui poser de questions, répond-elle, ajoutant : Chaque fois que son portable vibrait, il se précipitait et sortait dans le couloir pour que je ne puisse pas entendre sa conversation. J'ai pensé qu'il avait rompu avec sa dernière conquête. Il aimait beaucoup les femmes, en changeait assez souvent. Quand il partait en déplacement pour Londres, New York ou ailleurs, il y allait rarement seul. Il donnait rendez-vous à ses favorites au terminal de Charles-de-Gaulle, s'ils ne voyageaient pas ensemble, il faisait parvenir un billet à la dame en question. Mais il s'est toujours montré très correct avec moi.

– Mais il était marié…

– Oui. Sa femme n'était visiblement pas au courant de cette seconde vie. Les hommes sont tous les mêmes.

– Quand l'as-tu vu pour la dernière fois ?

– La veille du jour où on a retrouvé son corps.

Elle se met alors à fondre en larmes. Malgré mes efforts, elle ne parvient pas à se calmer. Je demeure assis à côté d'elle dans ce bar de l'avenue de l'Opéra où plusieurs clients, sans grande délicatesse, la regardent ostensiblement sangloter. Au bout d'un moment, je lui propose d'aller marcher au grand air, le jardin du Palais-Royal n'est pas loin. Nous nous y promenons longuement, mais je n'arrive plus à lui extirper la moindre information. Je n'insiste pas et la reconduis au métro, puis m'en vais rejoindre Blandine Josse et son insatiable fringale de caresses amoureuses.

À deux reprises, par la suite, j'ai rencontré à nouveau Laurence Lexan. Cela n'a rien donné. Elle m'a seulement avoué qu'elle avait eu le sentiment que quelqu'un, pour reprendre son expression « avait mis la pression » sur Mathieu Puech. « Avait-il peur ? » lui ai-je alors demandé. Après avoir hésité, elle m'a répondu qu'elle ne savait pas, qu'il consultait régulièrement son ordinateur, mais que cela n'avait rien d'extraordinaire. Elle m'a dit avoir été une nouvelle fois entendue dans les bureaux de la criminelle pour fournir des indications sur certaines informations engrangées sur l'ordinateur de son patron, auxquelles la police avait eu accès. Je la prie de me préciser lesquelles. Elle ne me répond pas, ou demeure évasive et confuse.

Sa prudence à mon égard est consécutive à son récent passage au quai des Orfèvres. Même si elle m'a précisé n'avoir pas mentionné mon nom, je n'en crois rien. Les policiers ont dû lui conseiller instamment de ne rien me confier.

Chapitre 19

Comme elle en a l'habitude, chaque matin Marion Pylat réunit dans son bureau du quai des Orfèvres les membres de son équipe pour faire ensemble le point sur les dossiers dont ils ont la charge. C'est alors qu'en tant que chef de groupe elle écoute leurs remarques, communique ses instructions, assure la coordination des investigations.

Assise derrière son bureau, elle observe successivement ses sept collègues qui ont pris place face à elle sur des chaises inconfortables. Après avoir dressé une synthèse des recherches déjà effectuées, elle indique ce qui doit être entrepris au sujet de l'assassinat de Puech et de l'élucidation des circonstances de la mort de Bourdalin :

– Nous ne progressons que lentement. Certes, nous n'avons pas encore reçu le résultat des expertises sur ce que recèle l'ordinateur de Puech, mais les indications fournies par son assistante sont de peu d'intérêt. Je pense que nous devrions entendre à nouveau son épouse. Lors de sa première audition, elle n'était pas en état de parler. Il faut reprendre calmement son interrogatoire et lui faire évoquer les fréquentations de son mari. Tu t'en chargeras, indique-t-elle en désignant son collègue Nicolas Dompierre.

Arrivé depuis seulement dix-huit mois, Nicolas Dompierre s'est bien adapté à l'ambiance de la criminelle et s'est intégré parfaitement au groupe de Marion Pylat. Il faut dire que chez les Dompierre, la police est une affaire de famille : son père est commissaire principal, affecté à la sécurité publique à Versailles, et son frère aîné fait partie, avec le grade de commandant, de l'Office central pour la répression du trafic illicite de stupéfiants.

– Il ne serait pas superflu – nous ne l'avons pas fait – d'examiner attentivement les voitures, dit Loïc Robert. J'ai lu dans un procès-verbal que le couple Puech en possédait deux. N'oublions pas que le corps de Puech a été trimballé. Il importe de trouver avec quel véhicule, comment il est arrivé là où il a été découvert.

– Que veux-tu insinuer par là ? interroge Marion Pylat.

Elle est très attentive au flair et à l'intuition de son collègue, dont elle apprécie le professionnalisme et la rigueur, même si son physique et sa tenue l'exaspèrent. Trop gros, il transpire beaucoup et s'éponge alors le front avec un vieux mouchoir. À force de préférer les nourritures roboratives aux plats allégés, les viandes en sauce au poisson vapeur, les pommes de terre frites aux légumes cuits à l'eau, Loïc Robert arbore un tour de taille impressionnant. Quand il est assis, son ventre menace à tout instant de faire exploser le dernier bouton de sa chemise dont il ne peut déjà plus fermer le col. Quant à sa sempiternelle veste grise, elle mériterait de plus fréquentes stations chez le teinturier. Il n'en reste pas moins que c'est un policier dont le sérieux et l'instinct sont rehaussés par un singulier talent d'enquêteur et une capacité de travail hors norme. Il connaît par cœur les prescriptions du Code de procédure pénale relatives à la phase de l'enquête et de l'instruction et assume avec compétence le rôle délicat de procédurier. Rien ne lui échappe, sa vigilance est constamment en éveil.

– Nous devons tout vérifier, ne rien laisser dans l'ombre. Je ne dis pas que le véhicule de madame ou même celui de monsieur a servi à transporter le corps. Examinons-les. Si nous ne trouvons rien, tant pis ; si nous découvrons un indice, tant mieux. Par ailleurs, en forçant du Tilleul à parler un peu plus, nous pourrions sans doute progresser. Il ne nous livre pas tous ses secrets. C'est lui qui chapeautait Puech, c'est lui qui l'a recruté. Son nom apparaît dans notre deuxième dossier, celui concernant Bourdalin. En principe, ces deux affaires ne sont pas liées, du moins jusqu'à preuve du contraire. Néanmoins, force est de constater que le nom de Tilleul apparaît dans les deux. D'après les documents saisis, il était en relation avec Bourdalin et l'appelait régulièrement. Étrange coïncidence ! Au reste, en naviguant sur Internet, j'ai découvert des choses intéressantes...

Marion Pylat écoute avec attention. Passionné d'Internet, Loïc Robert passe de longues heures à surfer à la recherche d'éléments insolites susceptibles de lui permettre de progresser dans les investigations. Ce n'est pas la première fois qu'il agit ainsi.

– Dis-nous ce que tu as découvert.

– Notre du Tilleul semble s'intéresser beaucoup plus à la politique qu'il ne le laisse entendre. Il a été, lors des dernières élections, un maillon important du « Cercle des dirigeants », qui à plusieurs reprises a organisé à Paris, Lille, Lyon et Marseille des soirées dont le but était avant tout de lever des fonds pour le parti majoritaire... Pour participer à ces agapes, il en coûtait dans les cinq à six cents euros le couvert, les sociétés faisant bien sûr passer ce type de dépenses sous la rubrique « frais de formation permanente ». Ces soirées traitaient de thèmes variés : « Quelle législation sociale ? », pour celle tenue à Paris avec la participation du ministre du Travail ; le dîner lyonnais regroupait une centaine de personnalités sur le point de savoir « Comment investir en Asie ? » et c'est la ministre du Commerce extérieur qui était venue l'animer... En fait, il s'agissait purement et simplement d'alimenter les caisses du parti. Mais j'ai découvert autre chose qui pourrait aussi nous intéresser...

– La pioche a été manifestement intéressante ! l'interrompt Marion Pylat avec un léger sourire d'admiration.

– En effet ! Du Tilleul s'est à maintes reprises prononcé, pour faire face à la crise, pour une fusion de la Compagnie bancaire et financière avec la Banque d'investissement et de placement. Mais le président de cette dernière, un certain Olivier Duquesnois, s'y est farouchement opposé. Alors – le fait est dénoncé par certains –, avec l'aide de Mathieu Puech, du Tilleul s'est lancé dans une campagne de déstabilisation de cette banque. Je pense que ses contacts avec Bourdalin, d'ailleurs confirmés par sa première audition, s'expliquent par ce contexte.

– Pas mal ! opine Marion Pylat. Voilà qui pourrait en effet établir une connexion entre nos deux dossiers. L'urgence est de pousser les feux sur la Banque d'investissements et de placement. Qui en sont les dirigeants ? Quelle est la face cachée de cet Olivier Duquesnois ? Quelle réputation a-t-il ? Laurent et Françoise, vous vous y consacrerez, ordonne-t-elle à l'intention de ses deux collègues.

Elle conclut la réunion en faisant part de sa satisfaction :

– On avance ! Je vais aller de ce pas en informer la juge d'instruction. Merci à tous !

Chapitre 20

Jour après jour, je m'interroge sur ma capacité à m'extraire du marécage où je barbote. Je n'obtiens aucune information intéressante qui me permette, en liaison avec mes notes, de progresser dans la rédaction de mon roman. Mon imagination n'est pas suffisamment fertile, ma connaissance de la banque est trop sommaire pour échafauder une intrigue sur le monde de la finance. J'ai beau naviguer sur Internet, me plonger dans un livre écrit anonymement sur les turpitudes d'un banquier pourri, ces consultations ne m'avancent guère. De surcroît, je n'ai aucune idée de l'évolution des investigations policières sur le meurtre de Mathieu Puech.

J'ai laissé tomber Blandine Josse. Elle ne pense qu'à faire l'amour. Les moments passés dans ses bras étaient fort agréables, mais rien d'autre ne l'intéresse et sa fréquentation ne fait surtout pas avancer mon enquête.

Même si elle m'a fui, refuse tout contact avec moi, je recommence à penser régulièrement à Emmanuelle. Je n'ose pas, avec une autre femme, voiler les moments de bonheur que j'ai partagés avec elle. En fait, si je me suis donné à Blandine, c'était, de façon intéressée, pour soutirer des renseignements utiles à mon projet de livre. Il n'y avait entre nous aucun attachement profond.

Aux fins de vérifier si, lors de mon licenciement, mes droits ont bien été respectés, je prends contact avec le délégué syndical de « Sud banques » au sein de la Compagnie bancaire et financière. Professionnel de la revendication, Julien Cajal n'est jamais satisfait. Petit-fils d'un réfugié politique espagnol persécuté par le régime de Franco, devenu français, sa raison de vivre est la contestation. Syndicaliste professionnel, il ne sait rien faire d'autre. Il est en permanence et par principe pour tout ce qui est contre, et tout aussi systématiquement opposé à ce qui est proposé par les dirigeants de la banque ou n'a pas été arraché par l'affrontement ou la négociation.

Dialecticien redoutable, il est prêt à bondir sur n'importe quelle cause, même la plus indéfendable. Je le rencontre hors des locaux de la Compagnie, dans un bar situé non loin où il a manifestement ses habitudes.

Après avoir écouté ses recommandations sur ce que je pourrais obtenir de plus – mais cet aspect m'est complètement égal –, je l'interroge sur la rivalité entre Roquette et du Tilleul, puis sur ce qu'il pourrait savoir des mobiles de l'assassinat de Puech. Comme il a un avis sur tout, il ne peut se détacher de sa lutte idéologique, il y voit « une manifestation des ravages du capitalisme financier : c'est la dictature de l'argent ; les marchés dictent leur loi aux politiques ». N'étant pas habité par le moindre doute, il affirme que « Puech a voulu profiter de la crise pour s'en foutre plein les poches ».

Pour lui, les ressorts de l'exécution de Puech doivent certes être recherchés dans la guerre pour le pouvoir que se livrent Roquette et du Tilleul, mais également dans les placements « foireux » dont il a pris l'initiative et dans les « entourloupes » auxquelles il s'est livré lors de la redistribution de gigantesques plus-values. Il est naturellement incapable d'étayer ses affirmations par des faits incontestables. Comme toujours avec lui, l'à-peu-près devient réalité, la base de ses récriminations et de sa contestation permanente. Son ennemi est encore et toujours le capitalisme qui pourtant le fait vivre, ce « système injuste au service des riches et des puissants, qui opprime les pauvres et les faibles »... mais l'autorise à ne pas travailler pour consacrer la majeure partie de son temps à l'agitation syndicale.

Je rentre chez moi, abattu par cette rencontre dépourvue d'intérêt. Toute la nuit, je cherche le sommeil, ballotté entre l'envie de me laisser sombrer à nouveau dans la dépression et celle de réagir contre cet attrait du vide dont je sens que, cette fois, je ne sortirai pas vainqueur. Harassé par ces heures de combat intérieur, je me lève péniblement, me traîne jusqu'à mon ordinateur. En naviguant sur le Net, je recherche une idée, un événement qui me stimulerait, m'inciterait à me raser, m'habiller, secouer ma léthargie.

La sonnerie de l'entrée retentit. Elle me fait sursauter. Dans un début de panique, j'enfile mon peignoir, me passe la main dans les cheveux. Qui peut bien venir me déranger chez moi ? Que me veut-on alors que je n'attends et n'espère plus personne ? À part les Assedic, EDF, le fisc ou les démarcheurs en tout genre, nul ne pense à demander de mes nouvelles ni ne se soucie de moi. Je n'ai plus de réalité, je suis devenu un souvenir, une ombre. Voilà déjà un certain temps que ma famille m'a inscrit dans la colonne « pertes » de son bilan et ne songe même plus à savoir si j'ai besoin de quoi que ce soit et suis encore en vie. En bons catholiques pratiquants, mon père et ma mère assistent à la messe chaque semaine, versent régulièrement leur écot aux œuvres de la paroisse, mais il ne leur viendrait pas une seconde à l'idée de tendre la main à leur fils en perdition. Pour ce qui est de mes frères, je me suis projeté hors de leur schéma social et me suis exclu moi-même de leur vie.

J'ouvre, c'est la gardienne. Elle me reluque avec inquiétude, parce qu'à onze heures je ne suis pas encore habillé alors que son mari est parti au travail depuis six heures du matin. Elle me remet une lettre.

Je décachette l'enveloppe. Il s'agit d'une nouvelle convocation pour demain à la brigade criminelle. Que me veulent-ils encore ? La perspective de me retrouver quai des Orfèvres ne m'enchante pas. Je retourne devant mon ordinateur : il n'y a qu'à lui que je peux parler franchement, faire part de mes angoisses. C'est alors que mon portable vibre :

– C'est Blandine. Tu vas bien ? Je t'appelle pour te dire que Laurence Lexan, l'assistante de Puech, voudrait te rencontrer. Elle a des choses à te confier. Elle te propose ce soir, à dix-sept heures. Comme l'autre fois, elle t'attendra au bar des Italiens. Je t'embrasse. Je ne peux parler plus longtemps, j'ai du boulot par-dessus la tête. Je peux dire que tu es d'accord ?

– J'y serai. Je t'embrasse, moi aussi.

Est-ce un signe ?

Comme si ce rendez-vous était dans l'heure qui suit, je prends une douche, me rase, m'habille, puis sors marcher pour me détendre. La gardienne, qui m'observe, constate avec soulagement que je quitte l'immeuble dans la tenue d'un locataire ordinaire, donc normal.

Elle et son mari travaillent depuis l'âge de dix-sept ans. Rarissimes sont les jours où, souffrants, ils ont dû rester chez eux. L'absentéisme au travail, ils ne connaissent pas. Voilà pourquoi les chômeurs professionnels et les paresseux, elle ne supporte pas.

*

J'attends Laurence, impatient et même fébrile. J'espère que ses confidences vont me permettre d'avancer dans mon enquête et, pourquoi pas, de griller la police. Mon livre deviendra alors un succès, sera même adapté au cinéma. Emmanuelle en sera fière et me reviendra peut-être.

J'en suis pour l'instant à mon quatrième café. Toujours seul dans ce bar du boulevard des Italiens. Cela fait une heure que je poireaute. Rester ? Partir ? Je ne sais que décider. À trois reprises je me lève, pour me rasseoir aussitôt.

J'appelle Blandine pour savoir ce qui se passe. Elle me répond que Laurence est coutumière du fait, me conseille de prendre mon mal en patience et de continuer à attendre. Je commande un nouveau café, observe mes voisins, remarque un couple de jeunes qui découvrent la saveur des premiers baisers. Le souvenir de mes étreintes avec Emmanuelle resurgit et me fait plus de mal que de bien. Blandine me rappelle :

– Je viens d'avoir Laurence. Elle m'a demandé ton numéro de portable, je le lui ai donné. Elle semblait bizarre. Elle m'a dit que les poulets étaient à nouveau dans la maison. Je le savais : je les ai vus arriver avec leur air méchant. Bref, elle voulait aussi connaître ton adresse, je la lui ai filée.

– Pourquoi ?

– Elle passera probablement te voir.

– Que fait encore la police à la Compagnie bancaire ?

– Je ne sais trop. De là où je suis, je ne vois pas tout, répond-elle avant d'ajouter : Je crois qu'ils sont fâchés avec du Tilleul. De toute façon, je ne fais rien ce soir. Je passe chez toi et y resterai pour la nuit. Je suis en manque d'amour !

Sans attendre mon accord, elle raccroche.

Chapitre 21

C'est la seconde fois qu'ils s'affrontent. Jacques du Tilleul n'est pas près d'oublier leur première rencontre, ni de lui pardonner son attitude d'alors. Marion Pylat était venue le cueillir comme un vulgaire malfrat à sa descente d'avion. Se faire interpeller ainsi sous le regard du personnel d'Air France et des passagers l'a profondément meurtri. Se retrouver ensuite dans une salle de police à répondre à des questions insidieuses, sans qu'on lui laisse le temps de se détendre après un long voyage, l'a mis hors de lui. Il espère au moins que tout cela ne s'ébruitera pas. Dans le petit monde de la finance, certains ont vite fait de ternir votre réputation pour mieux compromettre votre avenir et favoriser le leur.

Avec cette nouvelle descente de la criminelle, la perquisition opérée dans son bureau, Jacques du Tilleul a du mal à cacher son exaspération. Il envisage même de téléphoner au ministre de l'Intérieur, qu'il connaît, pour lui faire part de son indignation devant le recours à de telles méthodes. S'il y renonce, c'est par souci de discrétion. Et puis, cette Marion Pylat l'insupporte, par son attitude froide et dure, son refus de toute concession. Sa conviction est qu'elle veut se payer un banquier : ça ferait une bonne prise à son actif et profiterait à son avenir, se dit-il quand elle est introduite dans son bureau. Il a décidé de lui tenir tête, cette fois.

– En vertu de quoi vous permettez-vous, cet après-midi, de perquisitionner nos locaux ? demande-t-il en toisant la femme policier avec mépris.

Sans se laisser impressionner le moins du monde, d'un ton ferme, elle réplique du tac au tac :

– J'agis sur commission rogatoire de Madame Julie Cazavonne, juge d'instruction au tribunal de Paris. J'ai bien l'intention de l'exécuter sur-le-champ et scrupuleusement.

– Pourquoi ne pourrais-je pas faire venir mon avocat pour m'assister ?

– Madame la juge me prescrit de vous entendre comme simple témoin. La présence d'un avocat n'est donc pas nécessaire.

– Je ne suis donc pas accusé, pas déjà condamné ? Quelle chance ! Que cherchez-vous ? Que veut savoir votre juge ?

– Mathieu Puech a été assassiné, notre mission est d'identifier le ou les coupables. Nous devons trouver le mobile de ce meurtre.

– La recherche de la vérité ne passe pas par moi. Je ne sais rien. La clé de ce malheureux drame, je ne puis vous la procurer. Je vous ai déjà dit tout ce que je savais.

– Peut-être, mais c'est bien vous qui avez engagé Puech à la Compagnie bancaire et financière.

– Un patron se doit toujours de rechercher les meilleurs. Et ce n'est pas parce que je l'ai fait embaucher que je suis son meurtrier. Au reste, les mobiles du crime ne sont pas forcément liés à son activité professionnelle, rétorque Jacques du Tilleul

– Certes, nous n'excluons aucune piste. Dans l'ordinateur de Puech, nous avons trouvé mention de deux sociétés qui nous intriguent. La première est la « J.M. Consulting » ; la seconde, « Environnement et placements ».

Marion Pylat ne précise pas à Jacques du Tilleul que les recherches effectuées avec l'aide de ses collègues de la brigade financière montrent que « J.M. Consulting » propose des offres d'achats de produits financiers et garantit des rendements nets de l'ordre de 15 % à 20 %, en fonction du montant des fonds investis. Or, il apparaît également que les dirigeants de « J.M. Consulting » se sont soudain volatilisés dans la nature. Par ailleurs, la société baptisée « Environnement et placements » a déjà attiré l'attention de la Commission des opérations de Bourse. Ses responsables ont eux aussi disparu.

– En effet, des dirigeants de ces deux sociétés avaient pris contact avec Puech pour devenir nos clients. Comme il est naturel, il m'en avait parlé. Ma réponse fut très prudente : avant de faire examiner ces demandes par le comité de la maison, il nous fallait un dossier solide, que nous n'avions pas.

– La trace des noms de ces deux sociétés se trouve dans votre propre ordinateur ?

– Cela n'a rien d'étonnant. J'y note tout, notamment la teneur des entretiens que j'ai avec mes collaborateurs, répond sans hésiter Jacques du Tilleul.

– Avez-vous remarqué des anomalies dans les placements décidés par Puech, ou une prise de risques financiers anormaux ?

– Puech avait tendance à ne pas prendre de longues vacances. C'est souvent suspect qu'un collaborateur qui effectue d'importants placements financiers ne souhaite pas quitter son poste. Cela veut dire qu'il ne désire pas qu'un remplaçant s'occupe de ses placements et vérifie son travail. Mais Puech était extraordinairement performant, il montrait un talent exceptionnel pour dénicher les meilleurs placements et était très réactif, ce qui est essentiel dans son métier. Il y a quelques mois, il est venu me dire qu'il était fatigué, qu'il allait prendre dix jours de congés. C'était pour nous l'occasion de contrôler son travail. Il est parti et m'a aussi demandé d'autoriser son assistante à profiter de cette absence pour aller voir sa mère en Bretagne. Je dois dire que nous n'avons pas trouvé dans sa gestion de quoi nous inquiéter.

– Où est-il alors allé ?

– Il est revenu dix jours plus tard et m'a déclaré avoir fait du tourisme à l'étranger, sans préciser où. Je n'en sais pas plus. Je ne m'occupe jamais de la vie privée de mes collaborateurs.

– Comment a-t-il réglé ce séjour ? A-t-il demandé une avance ? Nous n'avons pas trouvé trace de dépenses importantes sur son compte bancaire, ni, à notre connaissance, d'achat d'un billet d'avion.

– Il n'a rien sollicité. Il gagnait très bien sa vie.

– Vous ne voyez pas autre chose à me dire ? insiste Marion Pylat.

– Non. Je suis persuadé que le mobile de ce crime est étranger à cette maison. En cette période de crise, je surveille avec une particulière attention le travail de nos employés, les placements financiers opérés, et si je constate la moindre anomalie, j'ouvre aussitôt une enquête interne. Après le scandale de la Société générale, la Compagnie bancaire et financière, comme d'autres banques d'affaires, se doit d'être spécialement vigilante. Il en va de notre réputation. Certes, nous n'avons pas fait que de bons placements, nous avons pris parfois des risques et perdu, mais il n'y a rien là d'anormal en cette période où les cours de Bourse évoluent en dents de scie. La conjoncture est incertaine, mais nous faisons face. Probablement même mieux que d'autres !

C'est avec une satisfaction non dissimulée que du Tilleul signe le procès-verbal de sa nouvelle audition. De leur côté, les policiers ont saisi deux minces dossiers aux noms de « J.M. Consulting » et d'« Environnement et placements ».

Après le départ de Marion Pylat et de ses collègues de la criminelle, du Tilleul se fait servir un verre de puligny-montrachet, son vin préféré. Il marque ainsi son soulagement et attrape son portable :

– Elle est très chiante, mon vieux, ta petite juge. J'espère qu'elle va me lâcher les baskets. Elle est beaucoup trop fouineuse. Faudrait faire en sorte qu'elle se calme et ne m'emmerde plus ; ça risque de mal finir et je ne veux pas être contraint de balancer ce que je sais ! grince-t-il d'un ton menaçant, puis il ajoute avant de raccrocher et de vider son verre : J'ai bien autre chose à foutre que répondre à ses questions, c'est clair ?

Chapitre 22

Rentrant chez moi, je ne remarque rien d'anormal et c'est sans inquiétude que je gravis les trois étages avant d'accéder à mon modeste appartement. Légèrement claustrophobe, il y a longtemps que je n'utilise plus l'ascenseur, préférant éviter de me retrouver bloqué dans une cabine.

En introduisant ma clé dans la serrure, mon attention est attirée par un bruit ténu provenant de l'étage au-dessus. Je ne m'en soucie pas. La porte d'entrée refermée, à peine ai-je le temps d'ôter mes chaussures et de balancer ma veste sur le canapé qu'un bref coup de sonnette retentit. J'hésite, ne bouge pas, attends, puis m'approche sans bruit de la porte. Deuxième coup de sonnette, aussi furtif que le premier. J'ouvre. C'est Laurence. Tout de suite je suis impressionné par son air harassé, ses yeux cernés, striés de rouge. Elle sanglote et s'effondre en larmes dans mes bras.

– Que se passe-t-il ?

Son désarroi est si profond qu'elle est incapable de me répondre. Je la conduis à la cuisine, lui offre un grand verre d'eau.

– C'est terrible. J'ai peur !

Elle continue de pleurer à chaudes larmes, puis se ressaisit, me regarde, m'adresse un petit sourire.

– Je suis au fond du trou, me dit-elle d'une voix chevrotante.

– Calme-toi, dis-moi plutôt ce qui ne va pas.

– Je vais tout te raconter, cela me soulagera et tu me conseilleras sur ce que je dois faire. Je ne sais pourquoi, j'ai confiance en toi.

Elle s'assoit, me regarde, passe la main droite dans ses cheveux et entame son récit :

– Il y a quelque temps, Mathieu m'a proposé de partir en vacances, tous les deux. J'ai hésité. Je n'étais pas encore sa maîtresse. Je savais qu'il était marié et avait un enfant, mais il m'attirait. J'étais célibataire. Finalement, nous sommes allés dans l'île d'Aruba, dans les Caraïbes, au large du Venezuela. Dix jours de rêve dans un vrai palace pour milliardaires. Nous avons passé nos journées à nous aimer dans une totale insouciance. Le soir, après dîner, il jouait au poker avec des gens qu'il ne connaissait pas auparavant, du moins est-ce ce qu'il m'a affirmé. À la fin du séjour, il a perdu des sommes importantes. Mais il m'a dit que cela ne le préoccupait pas, qu'il rembourserait progressivement. De retour à Paris, son caractère s'est assombri. J'ai su qu'on le faisait chanter. Il a fini par prendre peur, m'avouant qu'on exigeait de lui des choses impossibles, qu'il était honnête et ne pouvait mettre la Compagnie bancaire et financière en difficulté. Il n'a pas voulu m'en dire davantage.

Comme il refusait la pression qu'on exerçait sur lui, je suis persuadé qu'on l'a liquidé.

– Qui le faisait chanter ?

– Je ne sais pas.

– Qui a réglé les billets d'avion et l'hôtel ?

– Aucune idée. Je n'ai rien eu à débourser.

– Qui avez-vous rencontré, pendant ce séjour ?

– Des inconnus. Mais il y avait un étrange personnage qui me faisait peur. Un grand type claudiquant légèrement, parlant bien le français, mais avec un accent étranger.

– Quelle sorte d'accent ?

– Je ne sais pas... Anglais, espagnol ? Un peu des deux.

– Il y avait d'autres Français avec vous ?

– Un collègue de Mathieu et sa petite amie.

– Comment s'appelait-il ?

– Bruno.

– Bruno Bourdalin ?

– Oui, je crois que c'est ça... Depuis le meurtre de Mathieu, j'ai reçu un coup de téléphone anonyme, au bureau, pour me dire que si je parlais, on me réserverait le même sort. J'ai paniqué. Je ne veux pas mourir !

C'est à ce moment précis que la sonnette de l'entrée retentit de nouveau. Laurence s'empare de ma main, se blottit contre moi, me murmure à l'oreille qu'elle a très peur et me prie de ne surtout pas ouvrir. Nous attendons, serrés l'un contre l'autre, et elle finit par me communiquer son angoisse.

Nouveau coup de sonnette, cette fois avec beaucoup plus d'insistance. Nous ne bougeons toujours pas. Laurence se serre encore un peu plus contre moi.

– Ils m'ont retrouvée, souffle-t-elle. C'est terrible, ce qui va m'arriver !

– Ouvrez-moi ! Je sais que vous êtes là !

Je reconnais la voix de Blandine. Je me lève et la fais entrer.

Nous passons tous trois la soirée à regarder tranquillement *Rabbi Jacob* que rediffuse pour la énième fois la télévision. Nous rions aux pitreries de Louis de Funès. Vers onze heures, Laurence et Blandine envahissent mon lit pour y dormir. Je me réfugie sur le canapé du salon sans pouvoir fermer l'œil de la nuit. De temps à autres, je me lève pour contempler les deux femmes qui sommeillent paisiblement.

À huit heures, Blandine, après avoir pris sa douche, s'en va au travail. Laurence demeure couchée. Elle se remet à pleurer. Je m'installe à son côté. Elle se blottit aussitôt contre moi. Nous passons une partie de la matinée sans parler, à nous aimer lentement mais avec une rare intensité.

– Que faire ? me demande-t-elle.

Je lui suggère d'aller tout avouer à la police, mais elle se refuse à sortir de chez moi. Elle a trop peur de croiser ses poursuivants, persuadée qu'ils recherchent sa trace et ne la lâcheront pas. Elle est convaincue qu'ils lui feront subir le même sort qu'à Mathieu Puech. Elle écarte l'idée d'aller travailler. Je lui propose alors de mettre noir sur blanc tout ce qu'elle m'a raconté et de m'autoriser à porter sa confession aux enquêteurs. Je suis d'ailleurs convoqué à la criminelle. Elle finit par accepter cette solution.

*

Cette nouvelle audition, qui m'avait tant inquiété quand j'en avais reçu la convocation, s'est déroulée dans une atmosphère plutôt sympathique quand j'ai eu transmis au policier qui m'interrogeait la confession de Laurence. Il a aussitôt prévenu sa « chef ».

Dans le petit bureau mansardé du troisième étage du 36, quai des Orfèvres, j'ai vu débarquer une femme, le commandant Marion Pylat, qui m'a demandé de lui préciser comment je m'étais procuré ce document. Elle a alors tenu absolument, et le plus tôt possible, à prendre sur procès-verbal la déposition de Laurence. Elle m'a convaincu que c'était nécessaire, pour assurer la sécurité de la jeune femme.

– On peut contester des confessions écrites dans des conditions imprécises ; ce n'est plus le cas quand elles ont été enregistrées par un officier de police judiciaire, a fortiori dans nos locaux, m'a-t-elle fait remarquer.

Il n'a pas été facile de persuader par téléphone Laurence, terrée chez moi, de se rendre au quai des Orfèvres. Finalement, avec deux policiers, je suis allé la chercher dans un véhicule de police banalisé pour l'accompagner à la criminelle.

Aux policiers Laurence Lexan a intégralement confirmé sa confession. Elle a fourni des détails sur les compagnons de voyage de Mathieu Puech et les personnages rencontrés là-bas, notamment l'« homme qui claudiquait ». Elle a de nouveau précisé que Bruno Bourdalin était du séjour, et l'a formellement reconnu sur une photo que lui a présentée un enquêteur. Elle a aussi indiqué que l'amie de Bourdalin était une « grande brune aux magnifiques yeux clairs, avec un léger accent étranger et prénommée Alexandra ».

Chapitre 23

– Tous des nuls, des incapables ! éructe le Président dans l'interministériel.

Fou de rage, il jette au travers de son bureau son stylo-feutre qui n'a plus d'encre et repousse d'un geste brusque le dossier ouvert devant lui. Avec beaucoup de précautions, le secrétaire général vient de lui montrer le dernier numéro du *Canard enchaîné*, à paraître le lendemain. Il a laissé alors éclater une de ces colères dont il est coutumier, surtout lorsqu'il est fatigué ou contrarié. Il parcourt le journal et se remet à invectiver au téléphone son ministre de l'Intérieur.

Fidèle du Président, vieux compagnon de route politique, celui-ci est habitué à ses excès d'humeur et ne s'en formalise pas. Sachant qu'il est nécessaire d'attendre que colère se passe il ne dit mot. Le Président continue en criant à tue-tête :

– C'est quoi, ces nouvelles conneries ? Il est inadmissible que j'apprenne ça par la presse ! Vous êtes tout simplement bons à jeter ! La police n'est plus tenue, il n'y a plus de secrets d'État, tout est désormais sur la place publique !

En caractères gras ne pouvant échapper à aucun regard s'étale ce titre ravageur : « La République des scandales ». Puis un encadré lui aussi bien visible annonce un long article en page trois et précise que « le banquier "suicidé" était l'ancien beau-frère du trésorier du parti du Président ».

– J'en avais informé directement le secrétaire général il y a quelques jours, le prévenant qu'un employé de la Banque d'investissement et de placement, retrouvé flottant dans la Seine, était l'ex-beau-frère de Calibri...

– Je m'en fous ! hurle à nouveau le Président. Pourquoi cela sort-il maintenant dans cette feuille de chou, alors que ça va polluer mon déplacement, demain, à Lille ? Je vais être harcelé de questions. Ces connards de la presse ne vont plus s'intéresser qu'à cela. J'en ai marre, de toutes ces fuites. Il faut virer tous ceux qui parlent à tort et à travers. Qu'ils ferment leurs gueules, tous ! J'en ai ras le bol de leurs bavardages... Tout est faux, comme d'habitude, mais peu importe, le mal est fait, la rumeur court et plus personne ne pourra l'arrêter. Il me faut un communiqué pour signifier que ces informations sont tronquées, sans fondement, de la pure calomnie ! Bien dire que ces attaques scandaleuses relèvent de la basse politique. De la désinformation !

– Ce n'est pas possible, hasarde le ministre de l'Intérieur. D'abord, la victime est bel et bien l'ancien beau-frère de notre trésorier...

– Rien à foutre ! Il n'a pas été « suicidé », comme le laisse entendre ce journal de merde ?

– Il s'est volontairement donné la mort.

– Le communiqué doit être adressé sur-le-champ aux agences de presse.

– Je ne peux pas...

– Pourquoi ? explose le Président, de plus en plus hors de lui.

– Une instruction judiciaire a été ouverte et l'affaire est entre les mains d'une juge d'instruction pas commode. Ce n'est donc pas au ministre de l'Intérieur de communiquer sur un sujet dont la justice est saisie.

– Vous êtes tous encore plus cons que je ne pouvais l'imaginer !

Il raccroche brutalement.

Se tournant vers le secrétaire général, demeuré stoïque, au garde-à-vous, pendant son échange avec le ministre de l'Intérieur, le Président, toujours aussi agité, ajoute :

– Vous n'avez décidément aucun flair politique ! Un banquier qui se suicide alors que peu auparavant un autre a été descendu, ç'aurait dû vous donner à réfléchir, et, pour ce qui est du suicidé, à ne pas vous précipiter pour ouvrir une information judiciaire, en filant l'enquête à une juge d'instruction qui rêve probablement de bouffer du politique et de m'emmerder ! C'est une aubaine, pour elle, que de pouvoir se payer le Président. Tous ces ministres ne sont que des connards et des lâches : courage, fuyons ! Si je ne leur dis pas ce qu'ils ont à faire, ils n'ont qu'une envie : courir aux abris ! Vous devez exiger du procureur qu'il dise à la presse que les informations du *Canard enchaîné* sont mensongères. Appelez-le directement sans passer par la place Vendôme, évitez les intermédiaires, les bavards. Voyez les types du *Figaro* pour organiser la contre-attaque. Il convient de vite déclencher la riposte si nous ne voulons pas être submergés par la calomnie. Il ne manquait plus que cela !

Chapitre 24

– Voici, madame la Juge, le point sur l'enquête relative à l'assassinat de Mathieu Puech.

Marion Pylat est venue rendre compte à Julie Cazavonne de l'évolution des investigations de la criminelle. Elle apprécie de travailler avec cette magistrate. Elle sait qu'elle lui fait confiance, qu'elle est précise, que les instructions qu'elle ordonne brillent souvent par leur pertinence. Au surplus, elle ne nourrit aucun a priori contre la police.

Le courant passe bien entre les deux femmes. D'ailleurs, Julie Cazavonne a récemment avoué à Marion Pylat qu'au sortir de la faculté de droit de Bordeaux elle avait hésité entre la police et la magistrature. Finalement, si elle avait préparé le concours d'entrée à l'École nationale de la magistrature, c'est qu'elle prolongeait ainsi une tradition familiale, son grand-père ayant achevé son propre parcours professionnel comme président de chambre à la Cour de cassation, et son père à la tête de la cour d'appel de sa région natale, à Bordeaux.

– Finalement, nous progressons, et le mobile du crime commence à s'esquisser. Sauf preuve du contraire, Puech aurait été victime de sa légèreté et d'une bande de criminels qui voulaient profiter de ses fonctions pour faire fructifier de l'« argent sale ». En savez-vous plus long sur ces personnages qui ont gravité autour de lui dans cette île lointaine ? questionne la juge.

– Aux dires de son assistante Laurence Lexan, il y avait parmi eux un individu de grande taille, et parlant français avec un fort accent étranger. Cet homme boitait légèrement.

– Avez-vous pris contact avec Interpol pour savoir si, dans leurs nombreux fichiers, il ne se trouverait pas un personnage répondant à ce signalement. Tout les voyous et criminels ne sont pas boiteux…

– C'est fait, mais nous n'avons pas encore reçu de réponse.

– Que me proposez-vous ? demande la juge.

– J'ai besoin d'une commission rogatoire internationale pour vérifier les propos de Laurence Lexan.

– À qui l'adresser ? Où se trouve cette fameuse île dont, je dois l'avouer, j'entends parler pour la première fois ?

– J'ai regardé sur Internet. Elle fait partie des îles Sous-le-Vents, dans les Petites Antilles, et est située au large du Venezuela. C'est un territoire rattaché aux Pays-Bas, précise Marion Pylat.

– Bigre ! Une commission rogatoire internationale adressée aux Hollandais ? Autant dire qu'on aura peu de chances de bénéficier d'informations fiables. Peut-être conviendrait-il de l'adresser directement aux autorités locales ? Je m'en vais vérifier. Mais qui ne tente rien n'a rien. Comment se rend-on dans cette île ?

– Par une compagnie hollandaise qui assure des vols réguliers entre Caracas et la capitale du lieu, Oranjestad.

– Avez-vous examiné la liste des passagers ? Sur la période en question, il doit être possible de découvrir si des billets ont été délivrés à l'aller et au retour aux noms de Puech et de son amie ?

– Nous allons le faire.

– Votre enquêteur doit se montrer plus incisif avec Lexan. Dans le procès-verbal d'audition que vous m'avez communiqué, je ne la trouve pas très claire. Je me demande si elle n'affabule pas un brin. Demandez-lui si, pour se rendre dans cette île lointaine, un visa est nécessaire, et qu'elle vous montre son passeport. Elle vous précisera combien d'heures de vol et sur quelle compagnie elle a voyagé, s'il y a eu des escales, et si oui lesquelles… Poussez-la dans ses retranchements, que votre collègue ne se contente pas de détails invérifiables sur ses compagnons de voyage.

– Vous avez raison, madame la Juge, admet Marion Pylat.

Sans rien en montrer à la magistrate, elle est contrariée de se laisser infliger une leçon sur la façon dont il convient de mener l'audition de témoins importants. Elle change donc rapidement de sujet et ajoute :

– Une précision qui n'est pas dépourvue d'intérêt : selon Laurence Lexan, faisaient également partie de l'expédition Bruno Bourdalin et son amie Alexandra.

– J'ai vu. C'est en effet très intéressant.

– Comme Puech et Laurence Lexan, ils n'ont rien réglé, pas plus le voyage que le séjour. Nous avons examiné leurs relevés bancaires.

– D'où la nécessité d'entendre à nouveau cette Lexan. Vous voyez : j'ai un doute sur sa présence dans cette île. Elle vous a d'abord dit n'être pas la maîtresse de Puech, mais être partie avec lui. Elle ne fournit pas de détails vérifiables sur leur vie pendant ce séjour. Qu'elle vous précise comment étaient les paysages, l'hôtel, l'uniforme des policiers qui règlent la circulation, si on roule à droite ou à gauche... Je me demande si elle ne raconte pas n'importe quoi, ou si elle ne fait pas que rapporter ce qu'elle aura pu entendre.

– Quel serait son intérêt ? questionne Marion Pylat.

– Je ne sais. Mais de son audition, je le dis d'instinct, émane un étrange parfum. Nous verrons bien. Quoi qu'il en soit, puisque Puech a été assassiné à Paris près de la Seine et que Bourdalin se serait suicidé dans la Seine, cela tendrait à prouver que cette bande de criminels a des ramifications jusque chez nous.

– Probablement. D'autant plus que Laurence Lexan affirme avoir été menacée par téléphone de subir, si elle parlait, le même sort que son patron et amant.

– Avez-vous interrogé son portable pour connaître l'origine de l'appel ? questionne Julie Cazavonne.

– L'appel lui est parvenu par le standard de la banque. Dès lors, les vérifications sont difficiles. Au cours de cette période, nous avons retrouvé plusieurs communications provenant de cabines publiques.

– Poursuivez vos investigations. Nous progressons, mais est-ce dans la bonne direction ? Nous devons explorer toutes les pistes, même celles qui paraissent douteuses. Je vais rédiger cette commission rogatoire internationale, mais deux choses encore avant de vous laisser partir. D'abord, il me faudrait des photos de Puech, Laurence Lexan et Bourdalin, ainsi que de son amie Alexandra. Cela permettra de faire vérifier si quelqu'un les reconnaît dans l'hôtel où ils étaient descendus. Je pense ensuite, comme je vous l'ai dit, qu'il est urgent d'entendre à nouveau Laurence Lexan. Elle doit vous indiquer le nom de l'hôtel, le décrire, répondre à des questions précises sur les conditions du voyage. On ne peut pas exclure qu'elle soit mythomane.

– Vous pensez donc qu'elle affabule ? questionne Marion Pylat, troublée par le scepticisme avec lequel Julie Cazavonne accueille la déposition de la jeune femme.

– J'ai instruit une affaire, il n'y a pas si longtemps, où un témoin avait tout inventé, s'était bâti une histoire complètement fausse à laquelle il avait fini par croire dur comme fer. Nous ne devons pas non plus négliger pour l'instant d'autres pistes. La presse ne cesse de parler du financement occulte des politiques. Les campagnes électorales nationales requièrent des sommes considérables. On ne sait jamais… Avez-vous d'autre part pu entendre sur le fond Mme Puech ? Elle doit savoir des choses susceptibles de nous intéresser. Même si son mari n'était pas un exemple de fidélité conjugale, elle n'est pas pour autant aveugle.

– N'excluons rien, en effet. Je vous tiendrai informée quotidiennement de notre travail, indique Marion Pylat en faisant mine de se lever.

– Rien d'autre ?

– La presse évoque depuis hier le dossier Bourdalin. Naturellement, du coup, les « grands chefs » s'agitent…

– Oui, en pensant d'abord à leur carrière ! En conséquence, vous êtes harcelée de demandes de renseignements, de synthèses, de comptes rendus, de rapports. Que cela ne vous détourne pas de la recherche du vrai coupable ! Je connais cela par cœur, c'est toujours pareil : plus vous montez dans la hiérarchie, particulièrement celle du parquet, plus vous vivez au rythme de la presse et des informations télévisées…

– Comme dans la police, renchérit Marion Pylat. À tous les étages il y a des petits chefs…

– … qui aspirent tous à devenir des grands chefs, sourit Julie Cazavonne.

– Le patron voudrait connaître vos intentions concernant le dossier Bourdalin. En haut lieu, et même en très haut lieu, m'a-t-il précisé, on s'inquiète de savoir que c'est vous qui l'instruisez. Ç'aurait déclenché des aigreurs d'estomac chez certains princes de notre République…

Marion Pylat s'interrompt pour laisser Julie Cazavonne soulever le combiné du téléphone après avoir entendu le timbre discret de la sonnerie. Elle fait signe qu'elle peut sortir du bureau si nécessaire, mais d'un geste de la main la juge lui signifie de rester.

– Monsieur le Procureur, quel bon vent vous incite à m'appeler ? lance la juge non sans ironie.

– Voici, madame la Juge : je voulais savoir si, confidentiellement, bien sûr, vous pouviez me préciser où vous en êtes dans votre enquête sur la mort d'un certain Bourdalin. Mon substitut me dit que le suicide est patent. L'affaire est donc close, je pense…

– Si je comprends bien, monsieur le Procureur, vous formulez les questions et suggérez les réponses…

– Vous caricaturez mes propos !

– Je n'ai pas l'intention de clore tout de suite mon instruction. Je veux savoir dans quelles conditions Bourdalin a été conduit à mettre fin à ses jours, et je ne suis pas loin de penser qu'il y a des connexions entre ce suicide et un assassinat ayant donné lieu à l'ouverture d'un autre dossier. Donc, ma réponse est claire : je poursuis mes investigations.

– Vous avez lu la presse : pensez-vous que tout cela… comment dire, pourrait exhaler un parfum de scandale politique ?

– Les investigations sont en cours, et elles seules diront si nous débouchons sur ce que vous appelez un scandale politique, réplique la juge avec un petit sourire.

– Si j'ai un conseil à vous donner, achevez rapidement votre instruction. C'est dans votre propre intérêt que je vous dis cela. Ma carrière est déjà en grande partie derrière moi, mais vous, c'est différent…

– Merci, monsieur le Procureur, de votre aimable et avisé conseil, que je ne suivrai cependant pas. Je ne sais si cette affaire aura des prolongements politiques, servira ou desservira ma carrière : ce n'est pas mon problème. Voilà, monsieur le Procureur, je vous souhaite une agréable journée.

Julie Cazavonne raccroche et se tourne vers Marion Pylat, visiblement aux anges après ce qu'elle vient d'entendre.

– Vous avez la réponse à votre question. Couvrez-vous derrière mes instructions. Les politiques risquent de se déchaîner pour obtenir que je boucle rapidement ce dossier, ils vont faire pression sur vos patrons, lesquels vont se retourner vers vous. Travaillons en pleine confiance. Si les ordres qu'ils vous donnent sont inacceptables, faites-m'en part. Rappelez-leur que vous êtes responsable devant moi du bon déroulement de l'enquête, que c'est moi qui la dirige, et pas eux. Je vous fais une totale confiance, à vous et à votre équipe. Nous sommes là pour débusquer la vérité, non pour rendre des services ou épargner des ennuis à tel ou tel.

– Merci, madame la Juge. Je partage votre idéal. Mais ce n'est pas toujours facile de suivre une ligne droite, quand on dépend d'une hiérarchie dont certains membres doivent toute leur carrière à des considérations politiques. Vous pouvez néanmoins compter sur moi, répète Marion Pylat en quittant le bureau.

*

– Madame la Juge, désolée de vous déranger au téléphone, mais j'ai une information importante à vous communiquer, indique Marion Pylat, peu après son retour au 36, quai des Orfèvres. Je viens de prendre connaissance de l'expertise du pistolet trouvé près du corps de la victime, ainsi que de la douille du projectile. Il semble établi que l'arme a déjà été utilisée. Selon les techniciens de l'identité judiciaire, c'était il y a cinq ans, à Marseille, lors d'une attaque visant des convoyeurs de fonds. Il y avait eu un mort. Les douilles retrouvées sur place avaient été tirées par l'arme récupérée près du corps de Mathieu Puech.

– Qui avait fait le coup ?

– Un individu déjà connu des services de police. Un type surnommé Jambon.

– Pourquoi « Jambon » ?

– Il s'appelle Marco Serrano, comme le jambon espagnol, d'où son sobriquet. Il a été condamné par contumace à vingt ans de réclusion criminelle. Il a été interpellé depuis lors, et se trouve en détention à Marseille en attendant de comparaître devant les assises. Il a certainement des choses à dire sur cette arme. Avec votre autorisation, j'ai l'intention de le faire entendre à ce sujet par mes collègues du service de police judiciaire de Marseille.

– Cela semble s'imposer. Même si nous ne devons pas trop nous faire d'illusions : les vrais voyous n'ont en général aucune mémoire.

Chapitre 25

La nuit est tombée sur le palais. Il n'est pas loin de vingt heures et le secrétaire général continue à signer les lettres qui lui sont présentées dans une dizaine de parapheurs rouges que son assistante a empilés sur le bord de son bureau. L'éclat du lustre donne à la tapisserie une teinte rosée qui rappelle celle de l'ancienne chambre du roi. L'interministériel ne fait plus tinter sa sonnerie reconnaissable entre toutes. Le Président a regagné son bureau et s'apprête à regarder les informations télévisées. Aucun visiteur ne patiente plus dans l'antichambre, en haut de l'escalier d'honneur. Dans le salon vert, la réunion du Conseil de défense est à présent terminée. Le calme a envahi le centre névralgique du pouvoir.

Fait exceptionnel, le secrétaire général a ôté sa veste, desserré son nœud de cravate et lit, corrige, complète les réponses aux parlementaires et autres personnalités qu'il signe en lieu et place du Président, ce qui évite de banaliser sa signature et permet de la réserver au courrier particulièrement important.

La porte séparant son bureau du salon vert, contigu au bureau présidentiel, s'ouvre brutalement. Le secrétaire général tourne son regard et esquisse le geste de se lever.

– Restez assis. Je voulais simplement savoir ce qu'il en est de l'enquête sur le banquier. Je ne sens pas cette affaire. Je veux que l'on m'informe avec précision de son évolution. Comme, ces derniers temps, on a multiplié les conneries, autant être averti avant les journalistes.

– J'attendais notre réunion de demain matin pour vous en parler.

– Allez-y tout de suite, ordonne le Président. J'espère que vous n'allez pas gâcher ma soirée.

– J'ai fait le point en fin d'après-midi avec le procureur. L'instruction progresse lentement. La juge fait mener des investigations dans toutes les directions. Mais elle ne semble pas faire montre d'hystérie dans ce dossier. J'ai eu à ce sujet le préfet de police : son sentiment est qu'une des raisons du meurtre pourrait être l'affrontement que se livrent les deux dirigeants de la Compagnie bancaire pour son contrôle. Le vice-président veut la place du président qui, naturellement, n'entend pas la lui laisser. Ils ont leurs partisans et leurs adversaires. Toujours selon le préfet, on aurait cherché à compromettre la victime dans des spéculations plutôt louches. Elle était proche du vice-président qui l'aurait fait embaucher.

– Que dit le procureur sur ce mobile ?

– Rien, ou plus exactement que c'est une hypothèse parmi d'autres.

– Bref, il ne se mouille pas, ce qui ne m'étonne pas de lui. Il prend position au gré des sondages, et ceux-ci ne m'étant pas favorables en ce moment, il se réfugie dans une admirable circonspection ! Donc, ces dirigeants s'affrontent. J'espère au moins qu'aucun ministre n'est compromis… ?

Le secrétaire général ne répond pas sur-le-champ. Il a pris son expression de sphinx impassible ; c'est sa façon habituelle de se préparer à une colère présidentielle. Il connaît le chef de l'État depuis de nombreuses années, il est son plus proche collaborateur, il a été à ses côtés dans les bons et moins bons épisodes que réserve la vie politique à ceux qui ambitionnent d'accéder aux plus hautes responsabilités. Dans cette lutte pour le pouvoir, les partisans sont au départ moins nombreux que les faux amis et les adversaires déclarés. Lui est toujours demeuré fidèle au Président qui apprécie autant sa loyauté que sa vive intelligence.

Le secrétaire général se lève.

– J'ai aussi fait vérifier ce point. Le président de la Compagnie bancaire et financière a été promu, il y a un certain temps, officier de la Légion d'honneur.

– J'étais déjà ici ?

– Oui. La victime, Bruno Bourdalin, a été plus récemment faite chevalier dans l'ordre national du Mérite.

– Qui est à l'origine de ces conneries ?

– Le ministre des Finances.

– Il les accumule ! C'est un véritable collectionneur, il n'en rate pas une ! À l'Exposition universelle des conneries ministérielles, il va falloir lui réserver un grand stand ! Je vais lui décerner la grand-croix des Cons !

Pour éviter que la vague de sa colère enfle davantage, le secrétaire général tente de défendre le ministre :

– Il ne pouvait prévoir ce qui allait arriver. Il n'est pas anormal que le ministre des Finances décore des banquiers !

– De toute façon, il ne voit jamais rien arriver. Pas même que je vais le virer à la première occasion, et elle ne va pas tarder !

Le Président n'entend pas l'argument de bon sens de son secrétaire général, il sait que le bon sens ne tient pas une grande place dans le combat politique, notamment lorsque pointe à l'horizon l'échéance d'une élection. Il perçoit bien que ses adversaires, d'autant plus déterminés que sa popularité est en chute libre, n'hésiteront pas à le mettre en cause, à suggérer des amalgames honteux. Ils se délecteront à mettre l'accent sur sa connivence avec le milieu de l'argent facile, de la spéculation éhontée, des rémunérations démentielles et des profits scandaleux. Ils verseront dans un populisme toujours aussi efficace.

D'ailleurs, il n'ignore pas que sur un site du Net on l'affuble déjà du titre de « Président du CAC 40 ». En fin stratège politique, il a conscience qu'il est impératif, pour lui, de se dégager au plus vite de cette image de Président des grandes fortunes et du patronat. L'information selon laquelle le banquier qui s'est suicidé était l'ex-beau-frère du trésorier du parti dont il est issu, en soi dépourvue d'intérêt, va devenir une aubaine pour ses adversaires.

Contrairement à ce que craignait le secrétaire général, le Président n'entre pas dans une des colères homériques dont il est coutumier, même si, manifestation de sa contrariété, des plaques rouges lui couvrent le cou et si ses gestes se font de plus en plus mécaniques.

Son portable se met à vibrer, il le sort précipitamment de sa poche, le colle à son oreille droite et quitte le bureau sans un au revoir, pas même un clin d'œil à son collaborateur qui se réinstalle derrière son bureau et se remet posément à signer le courrier.

Chapitre 26

Laurence ne me quitte plus. Après son audition à la criminelle, elle s'est réfugiée chez moi. La plupart du temps, elle demeure prostrée ou pleure. Je la trouve parfois hébétée, refusant de parler, si ce n'est pour me dire qu'elle a peur. Peur d'être allée voir les policiers, de leur avoir parlé, peur des autres, peur de sortir. Elle ne cesse de se blottir contre moi ou de somnoler. Dès qu'elle se réveille, elle m'appelle et se colle à moi. Je suis sa bouée de sauvetage.

Sa présence est certes devenue pour moi agréable, j'apprécie ses étreintes, la douce chaleur de son corps, mais je me suis fait à la liberté qu'engendre la vie en solitaire et finis par trouver Laurence un peu encombrante et étouffante.

Je n'habite pas un palace, mais un simple trois-pièces de soixante-dix mètres carrés au coin de la rue Dupin et de celle du Cherche-Midi, dans le VIe arrondissement. Logement confortable quand on y vit en ermite, mais la cohabitation y est parfois plus délicate. Il faut s'y habituer. En plus, Laurence fume une bonne quinzaine de cigarettes par jour. Dès le réveil, elle en grille une et les draps de lit empestent. Je ne cesse d'ouvrir les fenêtres qu'elle s'empresse de refermer, car elle est frileuse. Je vide dans la cuvette des toilettes le contenu du bol qu'elle a transformé en cendrier. Ses mégots diffusent une odeur de tabac froid qui me donne des nausées que j'ai beaucoup de mal à surmonter. J'ai acheté des bougies parfumées. Elles sont toutes allumées en permanence, ce qui donne l'impression de vivre dans le temple d'une secte religieuse, ou que l'on veille un mort. Comme je n'ai pas prêté attention aux parfums, le résultat est plutôt surprenant : l'odeur de mandarine se mêle plus ou moins bien à celles du chèvrefeuille ou du melon ; le mélange de fruits rouges, de vanille, de rose et de muguet me flanque de magnifiques migraines.

*

Finalement, ce matin, Laurence accepte de venir faire les courses à la « grande épicerie » du Bon Marché. Il nous faut à peine cinq minutes à pied pour nous y rendre. Elle se colle à moi comme si j'étais son bouclier. Nerveuse, en permanence sur le qui-vive, tout l'inquiète. Au feu rouge de la rue de Rennes, quand une moto file devant nous à nous frôler, elle bondit et s'agrippe à moi.

– Calme-toi, il n'y a aucun danger, ne cessé-je de la rassurer.

Deux hommes marchent dans notre direction, il est vrai qu'ils n'ont pas l'air très sympathiques ; brusquement, elle me lâche le bras et court se réfugier à l'intérieur de la boutique devant laquelle nous passions.

– Je suis certaine qu'ils nous ont repérés, me dit-elle quand je parviens à la convaincre de quitter le magasin.

Pour la calmer, j'en sors le premier. Je regarde à droite, à gauche, ne détecte rien d'anormal, si ce n'est l'agitation habituelle de la rue de Rennes, un mercredi matin en fin de matinée.

– Tu as vu ? Ils m'ont retrouvée.

– Qui ça ? Tu deviens dingue, Laurence ! Arrête, ce n'est pas supportable. Va plutôt voir un psychiatre pour qu'il te prescrive des tranquillisants. Tu ne peux pas demeurer dans cet état.

Elle éclate en sanglots, puis se ressaisit. Elle a le teint blafard ; le blanc de ses yeux est à nouveau strié de rouge. Elle est pathétique.

Des passants nous lorgnent. Une femme me dévisage avec une moue réprobatrice comme si j'étais cause de ces larmes. Elle me prend sûrement pour un salaud qui vient d'annoncer à sa femme qu'il la plaque pour une autre. Un marginal qui, au milieu de la rue, pousse à contresens un Caddie rempli de cartons et de vieux chiffons nous lance en riant :

– Alors, les amoureux, ça débloque ? Un petit coup et hop, ça repartira comme en quarante !

– Je n'en peux plus. Tu ne sais pas ce que c'est d'avoir peur de tout et de rien, de soi aussi bien que des autres, peur de l'immédiat aussi bien que de l'avenir. Peur de la vie, peur de la mort. Peur d'avoir peur ! avoue-t-elle.

Elle me fait pitié, je l'embrasse tendrement. Ses lèvres sont froides, indifférentes.

– Calme-toi. Faisons nos courses, cela te changera les idées.

– J'ai envie de rentrer. Je ne me sens pas bien.

– Mais il n'y a plus rien dans le frigo !

– S'il te plaît, rentrons, je ne supporte pas cette agitation, cela me donne le tournis. Va acheter ce que tu veux, moi je rentre. Donne-moi les clés. Je t'attendrai en faisant le ménage...

Je la laisse aller à regret. Elle a fini par me communiquer un peu de son anxiété. Je me dis que j'aurais dû l'accompagner pour veiller sur elle, mais l'idée de me retrouver seul un petit moment n'est pas faite pour me déplaire. Je vais pouvoir respirer.

Une petite escale chez le coiffeur me fait du bien. Après les achats au Bon Marché, je passe chez le fleuriste. Il y a longtemps que je n'ai pas offert de fleurs à une femme. Je pense que ce geste va lui faire plaisir. Je choisis des roses rouges et blanches.

Je rentre sans me presser. Au kiosque, j'achète *Le Monde* et *Elle*. Le patron m'adresse un petit sourire quand je pose le numéro de *Elle* sur son étroit comptoir : il a compris que je ne vis plus seul.

Parvenu sur le palier de mon appartement après avoir gravi les trois étages, mon regard est aussitôt accroché par le trousseau de clés posé à même le paillasson et par un bout de papier blanc sur lequel se trouve inscrit au feutre bleu :

« *Ils vont me retrouver. lls viennent de cambrioler chez moi. Je fuis ! Merci pour tout. Adieu. Laurence.* »

Chapitre 27

Les deux femmes s'observent, dubitatives. Après un moment de silence, Julie Cazavonne se lève. Marion Pylat ne bouge pas, même pour la suivre du regard. Après avoir contemplé l'agitation de la rue, fermé la fenêtre restée entrouverte, la juge revient s'asseoir à son bureau. Elle se cale dans son fauteuil.

– Si je résume bien, la femme de Puech ne confirme pas le voyage de son mari dans l'île d'Aruba, ni même une absence de huit à dix jours pendant la période considérée.

– Exact. Elle prétend qu'elle est partie passer avec son mari une semaine en Bretagne, précisant qu'ils avaient éprouvé le besoin de faire le point sur leur couple qui, selon elle, battait de l'aile. Elle lui aurait avoué n'avoir plus aucun doute sur ses infidélités. Ayant constaté que son mari se rendait souvent à Londres, du mercredi après-midi au jeudi soir, soi-disant pour son travail, elle l'avait discrètement suivi et avait constaté qu'il y retrouvait une femme avec laquelle il passait la nuit à l'hôtel. Elle désirait connaître ses intentions sur leur commun avenir. Ils auraient décidé de passer une semaine au Castel Marie-Louise, à La Baule.

– Vous avez vérifié ?

– Nous nous en occupons : un collègue est parti là-bas.

– Comme d'habitude, les Hollandais tardent à exécuter ma commission rogatoire, indique la juge, puis elle ajoute : Avez-vous montré à la femme de Puech la photo de Laurence Lexan ?

– Naturellement.

– Et alors ?

– Elle ne reconnaît pas celle que son mari retrouvait à Londres. Lexan est brune, l'autre serait blonde comme les blés.

– Que dit de tout cela Laurence Lexan ?

– Elle a disparu : aux dires de sa gardienne, elle n'est pas revenue chez elle depuis quelque temps. En outre elle a fait parvenir à son employeur un arrêt de travail de deux mois. Le médecin qui l'a rédigé confirme avoir établi le document compte tenu de l'état de santé de sa patiente. Il ne l'a pas revue depuis. Nous avons aussi interrogés Ludovic Boulier…

– C'est qui, celui-là ?

– Un ancien de la Compagnie bancaire et financière. Celui qui l'a hébergée un moment et l'avait traînée à la criminelle pour qu'elle témoigne de ce qu'elle savait.

– Ah oui, je vois.

– Il n'a plus de nouvelles non plus de Laurence Lexan. Il nous a remis un bout de papier laissé par elle, lui précisant qu'elle partait se cacher.

– Mentionne-t-elle les raisons de sa fuite ?

– Elle se dit convaincue que les assassins de Puech étaient sur le point de la retrouver et de lui faire subir le même sort. Elle précise que son appartement a été cambriolé, preuve qu'ils sont sur sa trace.

– C'est exact ?

– Oui et non. Connaissant son adresse par son employeur, nous nous sommes rendus sur place. Aux dires de la gardienne et de nos collègues du XVIIIe, il y a eu toute une série de cambriolages récents dans l'arrondissement ; notamment dans l'ensemble immobilier où habite Laurence Lexan. Les principaux membres de la bande ont été identifiés et interpellés. Ils n'ont pas particulièrement ciblé son domicile.

– Comment a-t-elle été informée du cambriolage de son appartement ?

– Par la gardienne. Laurence Lexan l'a appelée un jour, en fin de matinée, pour savoir si elle avait du courrier. C'est à cette occasion qu'elle a été mise au courant. Voilà tout ce que nous savons.

– Tout cela est bien compliqué, conclut la juge. Qui, de la femme ou de la maîtresse, nous livrera la vérité ? Toutes deux mentent ou travestissent les faits, voire inventent une vérité parce qu'elles ne savent rien. Tant que nous ne découvrirons pas le mobile de cet assassinat, nous nous ferons ballotter par les uns aussi bien que par les autres.

– Il se précise quand même, remarque Marion Pylat.

– Certainement. Mais n'excluons rien : ces deux femmes s'opposaient et voulaient l'une garder son mari, l'autre le lui prendre.

– C'est aussi banal que fréquent.

– Certes, mais cela ne débouche pas toujours sur un assassinat, souligne Julie Cazavonne. Pour ce qui est des autres pistes, ne les fermons pas trop vite. Que savons-nous au juste de la gestion de Puech ? A-t-il bien géré ses placements ? N'a-t-il pas réalisé des opérations financières qu'il ne devait pas se permettre ? Les dirigeants de la banque ont déjà dû éplucher son portefeuille de gestion d'actifs. Tout ne doit pas être mis au compte de la conjoncture !

En écoutant Julie Cazavonne, Marion Pylat ne peut s'empêcher de penser qu'elle aurait fait aussi bien un remarquable policier. Certes, son interlocutrice fait partie des bons juges d'instruction. Sa réputation au Palais de Justice, chez ses collègues, dans le milieu des avocats pénalistes et chez les policiers, est déjà excellente, mais son sens de l'enquête l'impressionne.

Julie Cazavonne regarde avec un petit sourire en coin Marion Pylat et lui demande :

– Que dit-on de tout cela, à la Compagnie bancaire et financière ? Je vais bientôt convoquer ses dirigeants pour les entendre sur la personnalité de Puech.

– C'est la loi du silence. Comme toujours avec ces gens-là, ils ne s'intéressent qu'à eux. Le président et le vice-président continuent de s'affronter comme si de rien n'était... Passé le moment de stupeur, l'assassinat de Puech, sauf rebondissement, ne les concerne plus. Ils ont fait passer sa disparition dans la colonne « pertes » de leur bilan et tourné à nouveau leur regard, un instant distrait, vers le CAC 40, le Nasdaq et le Dow Jones. Il n'y a que le fric qui les fait kiffer.

– Ne soyez pas trop négative : c'est partout pareil. Vous êtes entrée dans la police par idéal, par vocation, mais peut-on en dire autant de tout le monde ? C'est ainsi et demeurera tel longtemps. À plus tard. Je passerai demain à la crim' rencontrer votre équipe. On prendra le café ensemble, conclut la juge.

Chapitre 28

Lorsque Laurence était avec moi, sa présence finissait par m'étouffer et m'exaspérer. Son absence m'inquiète et me déstabilise. Elle me manque.

J'ai donc repris contact avec Blandine Josse pour savoir si elle avait des nouvelles de Laurence. Elle n'en avait aucune, mais elle a aussitôt bondi sur l'occasion :

– Elle est partie de chez toi ? Je vais donc y revenir…

Plusieurs nuits d'affilée, je m'installe devant mon ordinateur et transcrit tout ce que je viens de vivre – je devrais dire : de subir. L'envie de raconter m'a repris. Je ne sais comment toute cette histoire va se terminer, je pressens que ce ne sera pas forcément par une fin heureuse, un « happy end », comme disent les Anglais, mais je veux témoigner, clamer ma vérité.

Un fonctionnaire de la brigade criminelle m'appelle sur mon portable chaque jour pour savoir si Laurence s'est manifestée. Il m'a indiqué qu'ils avaient procédé à une diffusion nationale de sa photo dans tous les commissariats. Il pense qu'on la retrouvera, mais ne se dit pas très optimiste sur l'état dans lequel elle sera alors. Du moins si, ajoute-t-il, « elle nous a dit la vérité... ».

Ce matin, j'ai de nouveau appelé Blandine qui prend son poste de standardiste vers neuf heures.

– Bonjour, c'est moi. Tout va bien ?

– Et toi ? On va passer un moment ensemble, ces jours prochains ?

– Ce n'est pour cela que je te dérange. Peux-tu savoir si Laurence avait de la famille ?

– Tu tiens à la revoir ? Elle te plaque et tu t'accroches ! Avec les femmes, il faut jouer autrement. Quand elles te larguent, donne-leur l'impression que tu t'en contrefous ! Joue l'indifférence. Fais le mec qui n'en a rien à cirer, et tu verras : ce sont elles qui reviendront picorer dans ta main.

– Peut-être, mais, pour l'instant, je veux la retrouver. Tu es copine avec l'assistante du DRH ? Qu'elle cherche dans le dossier d'embauche de Laurence si elle n'a pas indiqué une adresse, quelqu'un à contacter en cas d'urgence. S'il te plaît, renseigne-toi également pour savoir si, dans la maison, elle n'était pas particulièrement liée avec quelqu'un chez qui elle pourrait se trouver.

– T'es marrant, toi ! Les flics sont déjà passés pour éplucher son dossier. Ma parole, t'es devenu un vrai poulet !

L'idée d'avoir été doublé par les enquêteurs de la criminelle me contrarie.

Quelques minutes plus tard, Blandine me rappelle pour m'indiquer que Laurence avait un demi-frère du premier mariage de sa mère, lequel serait à New York depuis plusieurs années. Il travaillerait dans un palace de la Ve Avenue. Elle n'en sait pas davantage. Elle me précise par ailleurs que Laurence ne copinait avec personne au sein de la Compagnie bancaire et financière.

Chapitre 29

– C'est extrêmement fâcheux, préoccupant pour la bonne réputation de notre maison et préjudiciable à notre crédibilité, déclare, apparemment indigné, Marc Roquette, président de la Compagnie bancaire et financière.

Il a réuni le directoire de la banque à la suite de la remise de l'avant-projet du rapport d'audit sur la gestion de Mathieu Puech. Le cabinet spécialisé sollicité par lui a examiné les transactions, placements, valorisations dont Puech a porté la responsabilité au long des deux années qui ont précédé son assassinat. Les constatations des experts sont accablantes. Il semble bien que Puech ait détourné sur un compte plus ou moins fictif certains profits de ses clients, ou plus exactement leur faisait savoir qu'ils avaient gagné bien moins que la réalité. Le surplus était viré sur le compte suspect. Comme l'opération était remarquablement exécutée, il était bien difficile de la déceler, d'autant que les placements spéculatifs tournent vite.

À la suite de ce premier rapport d'audit, le président Roquette a la satisfaction – mais, naturellement, ne l'affiche pas – de pouvoir mettre en cause celui qui a tant insisté pour que la Compagnie embauche le coupable, en l'occurrence son ennemi déclaré, le vice-président Jacques du Tilleul.

Malin, celui-ci a compris la manœuvre et fait d'abord profil bas. Il laisse ses collègues sortir du bois.

– Il convient de déposer plainte, propose un des membres du directoire.

– Peut-être, répond Marc Roquette, mais cela risque de se savoir et montrera que nous avons embauché des collaborateurs qui n'étaient pas fiables. Pour notre image, ce n'est pas très positif.

– Nous devons revoir nos procédures de contrôle des placements, propose un autre membre du directoire.

– Certainement, et j'y travaille. Je vous soumettrai des propositions en ce sens. De même que je réfléchis aux moyens de mieux sélectionner ceux qui sont recrutés par notre établissement.

– Le dépôt de plainte est inéluctable, précise du Tilleul, même si l'auteur des faits est mort. Cela nous préservera d'actions en réparation émanant des clients spoliés.

Il entend ainsi faire montre de son objectivité, se dédouaner et afficher sa sérénité face aux insinuations sournoises du président Roquette.

– Connaissons-nous exactement l'importance des sommes détournées par Puech ? interroge une autre voix.

– Pas encore, mais elles semblent importantes.

– Il paraît urgent de reconsidérer nos procédures de surveillance et de modifier de fond en comble les bases de notre gouvernance, propose du Tilleul.

Sachant que la meilleure défense est l'attaque, il tente par là une habile manœuvre pour atteindre Marc Roquette, mettre en cause sa responsabilité et ne pas être le seul à sombrer.

– C'est une certitude, et je l'ai dit : c'est désormais ma priorité, mais cela ne solde pas pour autant le passé ! réplique Roquette afin d'empêcher du Tilleul de se dérober ou de faire oublier ses responsabilités.

Les membres du directoire s'entre-regardent, silencieux et gênés. Puis l'un d'eux hasarde une question :

– À qui profite tout cela ? Avons-nous une idée de la destination des sommes détournées ? Cela a-t-il enrichi le seul Mathieu Puech, ou bien également d'autres personnes ?

– Les experts nous le préciseront. Pour l'heure, nous ne le savons pas encore, indique Marc Roquette. C'est une inconnue que nous devons rapidement dissiper. Puech avait-il des complices dans la maison, qui auraient eux aussi profité des détournements ? L'enquête le dira. Elle sera menée, je vous l'assure, sans complaisance aucune. Je n'aurai aucune indulgence à l'endroit d'éventuels complices.

À la façon dont il fait part de sa détermination à n'épargner personne, il est manifeste que, sans le désigner nommément, il cible Jacques du Tilleul, lequel ne bronche pas et ne dit mot.

– Vous savez tout, reprend Roquette. Je n'ai rien voulu vous dissimuler. Je compte sur votre sens des responsabilités, votre esprit maison, et vous demande instamment de conserver pour vous toutes ces informations. Toute indiscrétion déclencherait à l'évidence un vent de panique chez nos clients et ferait le jeu de nos concurrents ou adversaires.

Il lève alors la séance, heureux que du Tilleul ait compris qu'il devait maintenant rentrer dans le rang et adopter un profil moins conquérant.

Marc Roquette ne leur révèle pas que, par un jeu d'écritures, une partie des profits détournés pourrait avoir transité, via un compte « off shore », aux États-Unis, puis au Venezuela, pour finir sur celui d'un gérant d'affaires installé à Genève. Ces informations, qui doivent encore être vérifiées, il les tient des experts qui ont analysé les agissements de Puech.

Il s'abstient surtout de préciser que le cabinet d'audit qu'il a choisi est dirigé par l'un de ses amis. Pas plus qu'il n'informe ses collègues du directoire du long entretien qu'il a eu avec les deux experts, avant la rédaction de leur pré-rapport. Au cours de ce rendez-vous, il a lourdement critiqué les agissements de Jacques du

Tilleul, son ambition débordante, l'« étrange » relation qu'il entretenait avec Mathieu Puech, homme qu'il leur a décrit comme « avide d'argent, de considération et de pouvoir ».

Toujours selon les experts, il semblerait aussi qu'une autre partie des profits détournés aurait pu se retrouver dans l'escarcelle d'une société pompeusement baptisée « Management of Environment and Technology Solutions », laquelle aurait proposé de racheter à un cours intéressant ses propres actions, introduites sous peu au Nasdaq, le marché américain des valeurs « high-tech », alors qu'elles n'y avaient encore jamais figuré.

Chapitre 30

Julie Cazavonne est venue partager avec les sept membres du groupe dirigé par Marion Pylat la pause café de onze heures. Pour la juge comme pour les policiers, cette rencontre dans les locaux de la criminelle est importante et utile, ne serait-ce que sur le plan des relations humaines. Rares sont d'ailleurs les juges d'instruction qui marquent ainsi leur estime aux policiers en dehors des traditionnelles cérémonies de vœux. Son initiative en est d'autant plus appréciée. Elle a souhaité donner à cette rencontre un caractère cordial, direct, et a donc fait savoir au patron de la crim' qu'il ne devait surtout pas se déranger, mais la laisser seule avec ses collègues.

La rencontre se passe dans le bureau de Marion Pylat et la conversation est détendue ; Julie s'entretient avec chacun. Comme d'habitude, on critique la mauvaise qualité du café, qui tient plus du jus de chaussette que du robusta. Thème récurrent, comme celui de la « bouffe » servie à la cantine de la préfecture de Police, ou le projet de déménagement du Palais de Justice dans le XVIIe arrondissement.

– J'espère qu'on restera ici ! s'exclame l'un des enquêteurs. Ses lettres de noblesse, la criminelle les a gagnées au 36. Créée en 1912 sous le nom de service de sûreté, puis de brigade spéciale, la criminelle s'est installée ici en 1924 aux troisième et quatrième étages, et, depuis, n'en a plus bougé.

– Madame la Juge, pouvons-nous évoquer avec vous l'enquête sur l'exécution du banquier Mathieu Puech ? interroge Loïc Robert, le procédurier du groupe.

Il regarde à cet instant Marion Pylat et la sent un peu contrariée par cette suggestion. Elle ne souhaite pas trop transformer ce moment de convivialité en réunion de travail. Il est probable aussi qu'elle préfère être l'unique interlocutrice de la juge, la seule à lui faire part du déroulement des investigations et à recevoir ses directives.

– Sans problème ! répond Julie Cazavonne.

– Nous sommes allés à plusieurs reprises au siège de la Compagnie bancaire et financière : c'est le boxon ! Le climat qui y règne est celui d'une guerre civile. Ils se détestent tous. Le personnel se planque aux abris pour éviter de recevoir une balle perdue. Le président et le vice-président ne se lâchent pas d'une semelle. Quand ils peuvent se faire une vacherie, ils ne la loupent pas. Et je me demande si l'exécution de Puech ne pourrait pas être directement ou indirectement en rapport avec cet affrontement entre dirigeants.

Marion Pylat s'immisce dans la conversation, n'entendant pas laisser son procédurier dialoguer seul avec la juge. Les autres policiers se sont groupés en arc de cercle face à celle-ci.

– Marc Roquette et Jacques du Tilleul se détestent, ils s'opposent en permanence et il est vrai que l'ambiance à la Compagnie est exécrable. Deux clans s'affrontent à tout propos pour le pouvoir.

– Et pour le fric. Vous avez vu ce qu'ils empochent, ces deux-là ? Ils m'en refileraient un dixième, je serais un flic heureux ! lance Simon Mandy, s'attirant ainsi un regard réprobateur de Marion Pylat, qui trouve cette remarque déplacée.

Imperturbable, Loïc Robert poursuit sa démonstration :

– Il y a eu une première victoire de du Tilleul quand il a eu la peau de Xavier Turpin et l'a fait remplacer par Puech.

– Qui est ce Turpin ? interroge la juge.

– Le prédécesseur de Puech que le vice-président a fait virer pour le mettre à sa place. L'autorité de Roquette, tous les témoignages concordent, a pris ce jour-là un coup sérieux. L'homme fort, en interne mais aussi à l'extérieur, était devenu du Tilleul. Plus personne ne pensait que Roquette ferait de vieux os à la banque. Embauché par Roquette, Xavier Turpin se retrouvait viré par son adversaire qui, par-dessus le marché, lui imposait son successeur.

– J'ai interrogé Turpin, précise Nicolas Dompierre. C'est dingue, le harcèlement et les vexations dont il a fait l'objet de la part de la bande à du Tilleul. Ils ont tout fait pour l'écœurer, le pousser à la faute, le faire paraître incompétent. Il m'a même dit qu'ils étaient prêts à n'importe quoi pour parvenir à leurs fins.

– Qui sont ces « ils » ? interroge la juge.

– Du Tilleul et sa bande, notamment son collaborateur direct, Mathieu Puech, et son assistante Laurence Lexan.

– Votre thèse, certes intéressante, aboutirait à impliquer Roquette dans l'exécution de Puech. C'est énorme ! Tout est possible et concevable. Je sais que partout, et pas seulement en politique, la lutte pour le pouvoir peut devenir féroce. Je sais les ravages que peut causer la soif de profit, et combien le monde de la finance est peu vertueux. Mais de là à supposer que Roquette aurait commandité l'exécution de Puech pour atteindre du Tilleul, il y a une frontière que je n'ose encore franchir. Sauf si vous me démontrez le contraire…

– Nous n'en sommes qu'au stade des hypothèses, renchérit Marion Pylat. Nous pouvons cependant imaginer qu'en poussant à la faute Mathieu Puech, en lui tendant des pièges, en fermant les yeux sur certaines pratiques contestables, en l'incitant même à y avoir recours, en le mettant en contact avec des voyous cherchant à recycler l'argent de divers trafics, on ruine sa réputation. Il est contraint de démissionner. Ou, parce qu'il s'est fortement compromis, de se suicider, voire amené à se faire descendre pour n'avoir pas tenu ses engagements. On ne plaisante pas, avec les voyous. En somme, Roquette aurait fait subir à Puech, en plus dramatique, ce que Turpin avait enduré de la part de Jacques du Tilleul.

– Vous avez peut-être raison, nous ne devons certes pas exclure cette piste, même si elle me laisse encore sceptique. Nous en reparlerons…

– Dans le prolongement de ce qui vient d'être dit, juste une remarque, si vous me le permettez, madame la Juge, l'interrompt Loïc Robert qui croise alors le regard surpris de sa chef, Marion Pylat.

– Laquelle ? interroge Julie Cazavonne.

– Du Tilleul, nous l'avons tous remarqué, est omniprésent dans nos deux affaires. Par ailleurs, Il n'est pas improbable que l'assassinat de Puech, collaborateur de du Tilleul, et le suicide de Bourdalin, avec qui ce même du Tilleul était en relation, soient les conséquences de placements spéculatifs foireux, d'escroqueries financières et autres arnaques. Nous avons mis à profit nos perquisitions dans les locaux de la Compagnie bancaire et financière pour faire parler l'ordinateur de Jacques du Tilleul…

– Vous avez au moins veillé à procéder discrètement ? s'enquiert la juge.

– Nous avons considéré que cela entrait dans le cadre de votre commission rogatoire qui nous enjoint de découvrir la vérité, réplique-t-il avec un petit sourire. Du Tilleul se rend régulièrement à New York, et, lors de ses derniers déplacements, il a eu plusieurs rendez-vous au 509, Madison Avenue.

– Qu'y a-t-il à cette adresse ? questionne la juge, intriguée.

– J'ai consulté mon collaborateur favori, Internet : il y a là, au 22e étage, une société, Access International Advisors, dont le boss, un Français, s'est suicidé lorsque Madoff a été interpellé.

– Quelle conclusion en tirez-vous pour nos enquêtes ?

Interloqué par la prompte réplique de la juge, Loïc Robert hésite, puis répond :

– Aucune, sauf que je me demande si, avec l'assassinat de Puech et le suicide de Bourdalin, nous n'avons pas affaire à des règlements de comptes consécutifs aux investigations judiciaires diligentées ici dans le volet français de l'affaire Madoff. Mes collègues de la financière m'ont indiqué qu'ils travaillaient en liaison étroite avec la justice américaine. En France, de nombreuses personnalités ont en effet été abusées par Madoff. Peut-être même avait-il des complices chez nous. Toujours grâce à Internet et à divers articles de presse, j'ai d'ailleurs appris que dans le bureau de cette société œuvraient plusieurs Français.

– Pas mal, vos recherches ! Je me demande s'il ne serait pas nécessaire que j'adresse une commission rogatoire internationale à ce sujet aux autorités fédérales américaines. Le problème est que tout cela va prendre beaucoup de temps. Je vais y réfléchir. Faites-moi un rapport sur la fréquence des déplacements de Jacques du Tilleul et surtout de Mathieu Puech à New York, conclut la juge en tendant la main à Marion Pylat, signe qu'elle doit partir.

– Si vous avez encore une minute, madame la Juge, j'ai une autre indication à vous fournir, s'empresse d'ajouter Loïc Robert.

Julie Cazavonne jette un coup d'œil à sa montre.

– Allez-y, mais rapidement !

– Au cours de mes recherches, j'ai noté que le gestionnaire de fortune de la milliardaire Bettencourt entretenait des relations avec Madoff.

– Oui, et alors ? interrompt la juge qui commence à s'impatienter.

– L'hebdomadaire *L'Express*, dans un récent numéro, parle de l'une de ses rencontres avec Madoff au cours de laquelle il était accompagné par du Tilleul. Ne devrions-nous pas travailler plus étroitement avec nos collègues de la financière ?

– Attention : nous ne sommes pas saisis de l'escroquerie Madoff, ni de l'affaire Bettencourt, mais de l'assassinat de Puech ! Ne nous égarons pas au-delà du cadre de notre saisine ! décrète Marion Pylat.

– Vous avez raison, approuve Julie Cazavonne. Cependant, en écoutant Loïc Robert, il me vient une idée. Ne serait-il pas intéressant, pour dénicher éventuellement les mobiles de l'assassinat de Puech, voire pour expliquer les raisons du suicide de Bourdalin, de nous rapprocher de vos collègues de la financière ? Demandons-leur de nous communiquer la liste des victimes françaises de Madoff et celle de ses complices. Ainsi, nous pourrons vérifier si elles avaient un rapport avec Puech et Bourdalin, voire des liens avec la Compagnie bancaire et financière. Je voudrais également savoir si le gestionnaire de fortune de Mme Bettencourt – j'ai oublié son nom – n'avait pas un compte à la Compagnie, et si ordre n'avait pas été donné par lui de souscrire du Madoff. Essayez de trouver quels étaient les rapports de ce personnage avec Mathieu Puech et Bruno Bourdalin. Tout cela devient de plus en plus intéressant, et je sens que nous avons là une convergence d'éléments qui peut se révéler positive. Nous en reparlerons : il me faut regagner mon cabinet pour une audition.

Chapitre 31

Il est sept heures trente passées de quelques minutes quand deux voitures se garent presque simultanément, square de l'Observatoire, à proximité de l'immeuble qui fait le coin avec la rue Auguste-Comte, dans le VIe arrondissement de Paris. Dans chacune d'elles, deux hommes attendent posément. La rue est calme, les passants encore rares. Une petite bise désagréable s'engouffre dans le square et le balaie, ne donnant envie à personne d'y musarder.

Les quatre hommes sont là depuis un peu moins d'une vingtaine de minutes quand la porte cochère qu'ils surveillent s'entrouvre. Un adolescent en sort, le cartable accroché au dos. Ils l'observent et le regardent filer vers le lycée Montaigne, distant de quelques centaines de mètres.

Ils patientent encore un bref moment pour le laisser s'éloigner et s'assurer qu'il ne revient pas sur ses pas. Alors trois d'entre eux, dont l'un porte une sacoche noire, s'extraient des véhicules et referment les portières sans les claquer : ils se veulent discrets. Sans échanger la moindre parole, ils pénètrent dans l'immeuble qu'ils épiaient, s'engouffrent dans le hall et gravissent l'escalier. Ils s'arrêtent au troisième étage et l'un d'eux, d'un geste de la tête, désigne la porte de l'appartement.

Celui qui paraît être le chef du groupe appuie sur la sonnette. Ils attendent un court instant. Une femme leur ouvre. Elle n'a pas le temps de demander ce dont il s'agit.

– Brigade criminelle. Nous venons effectuer une perquisition sur ordre de Madame la juge Cazavonne. Voici notre autorisation.

Sans leur donner l'impression d'éprouver la moindre surprise, encore moins de l'affolement, elle leur fait signe d'entrer.

– Je suis Marianne Puech. Faites votre travail. Je vous remercie d'avoir attendu que mon fils soit parti au lycée pour venir. Que voulez-vous exactement ?

– Notre mission consiste à rechercher tout indice susceptible d'éclairer l'enquête ouverte après le décès de votre époux. Après quoi, nous vous demanderons de bien vouloir nous suivre au quai des Orfèvres pour y être auditionnée.

Avec un calme et une dignité qui impressionnent les trois policiers, Marianne Puech les introduit dans le bureau de son défunt mari et leur désigne même, dissimulé dans un placard de la bibliothèque, un petit coffre-fort.

– Je ne possède pas la combinaison, mais je pense que vous n'aurez pas trop de difficultés à l'ouvrir.

L'un des policiers examine le coffre et, au moyen d'un petit micro qu'il a extrait de sa poche, demande à son collègue demeuré en bas dans la rue de lui trouver un spécialiste.

Pendant une heure, les trois policiers fouillent les tiroirs de la table de travail, inventorient les placards, lisent en diagonale un certain nombre de documents, vérifient qu'il n'y a rien de dissimulé derrière les volumes de la bibliothèque. Chaque pièce – les trois chambres, le salon, la cuisine-salle à manger – est ainsi passée au crible.

Un coup de sonnette. L'un des enquêteurs va ouvrir. Un technicien de la police entre, porteur d'une volumineuse mallette. Il salue d'un signe de tête Marianne Puech, serre la main de ses collègues, ôte sa veste qu'il pose sur un fauteuil, puis s'installe devant le coffre. Il ne lui faut pas beaucoup de temps pour déverrouiller et ouvrir la porte blindée.

Ses collègues s'accroupissent devant le coffre ; l'un en retire les documents, les parcourt, les passe à son collègue qui les répertorie, note sur son ordinateur portable, après les avoir succinctement examinés, quelques indications sommaires les concernant, puis le troisième place chacun des documents dans une chemise transparente qu'il numérote.

Lorsqu'ils sont venus à bout de ce travail, le chef du trio attend que son collègue ait rédigé le procès-verbal de perquisition où figure la liste complète des scellés, il le tend à Marianne Puech. Celle-ci paraphe chaque page et signe la dernière.

L'attitude de Marianne Puech pendant toute la durée de la perquisition a été d'une dignité – à moins que ce ne soit d'une passivité – exemplaire. Elle n'a pas proféré un mot. Sa froide beauté, son élégance, son détachement imposent le respect. Elle n'arbore aucun bijou, à l'exception d'un mince tour de cou en argent qui rehausse, sans l'altérer, son charme naturel. C'est sans émettre la moindre objection qu'elle accepte de suivre les policiers au quai des Orfèvres, en se bornant à leur indiquer :

– Il faut que je sois rentré avant cinq heures. Nicolas sort de classe à cette heure-là.

Chapitre 32

– Je ne vous ai pas dit l'exacte vérité, lors de ma précédente audition.

« Elle est forte, la tigresse ! s'exclame un policier qui écoute, en compagnie de Marion Pylat, dans une pièce contiguë, la transmission de son audition. Elle nous prend tout de suite à contrepied ! C'est habile. Il va falloir jouer serré, ne pas lui laisser l'initiative. »

– Oui, je l'ai fait sciemment. C'est volontairement que je vous ai menti, poursuit Marianne Puech.

D'un ton détaché, ne laissant paraître aucune émotion, calée bien droite sur sa chaise inconfortable, regardant droit dans les yeux le policier qui l'interroge, elle poursuit ainsi :

– Avant de vous en donner les raisons, permettez-moi de faire un rapide historique de mes relations avec mon mari, et de vous dire pourquoi j'ai agi de la sorte. J'ai connu Mathieu très jeune et me suis donnée totalement à lui. Il me faisait partir d'une adolescence de souffrance et d'humiliation...

« Elle va nous faire chialer !, maugrée un autre policier qui écoute lui aussi la diffusion de ses propos. Marion Pylat lui décoche un regard réprobateur et lui enjoint par signes d'écouter et de se taire.

– J'ai dû me construire toute seule ou presque, étant née d'une union adultérine de mon père. Il m'a reconnue après ma naissance et son divorce d'avec sa première femme. J'ai deux demi-frères qui ne m'ont jamais acceptée, d'autant moins que mon père ne désirait que des garçons ; une fille, pour lui, c'était une charge et des problèmes inutiles. S'il n'y avait pas eu ma mère pour me protéger, j'aurais été placardisée. Mes deux frères ont fréquenté les plus fameuses écoles privées, puis, avec succès, ont fait Polytechnique et HEC. Moi, je n'ai eu droit qu'au lycée public. J'ai choisi de devenir styliste de mode. M'orienter ainsi dans la vie, c'était assurément, pour mon père, la preuve que je n'étais que le fruit d'un accident dans sa lignée. Je n'étais qu'une tache sur son nom, au mieux une ombre.

» J'ai donc rencontré Mathieu, j'étais jeune et nous nous sommes rapidement mariés. C'était alors un modeste employé de banque, mais, pour moi, c'était le libérateur, il me donnait un statut social. Il incarnait ma revanche. Nous avons tout de suite eu Nicolas…

» Grâce à son intelligence, à sa volonté, à son travail, Mathieu a gravi les échelons dans sa banque. Repéré comme "performant", il est devenu ce qu'on appelle un gestionnaire de fortune. Ses résultats étant brillants, il a commencé à gagner beaucoup d'argent. Puis il a été embauché à la Compagnie bancaire et financière. C'est à partir de ce moment-là que tout s'est déglingué.

« On entre enfin dans le vif du sujet ! » lance le même policier, qui s'attire le même regard exaspéré de Marion Pylat.

– Vous savez, poursuit Marianne Puech, toujours sur le même ton exempt d'émotion ou de chagrin, l'argent, le pouvoir attirent un certain nombre de femmes avides de luxe et d'aventures. Mathieu a changé. Au début, accaparée par un métier où je réussissais bien, je n'ai pas compris. Je croyais encore à l'amour, à la fidélité, j'étais heureuse et ne me posais pas de questions.

« Chapeau, la nana ! fait le même policier encore en souriant. Elle devrait écrire dans *La Gazette des chaumières* ! » Cette fois, Marion Pylat ne réagit pas. Elle écoute attentivement les propos de Marianne Puech.

– Et puis, un jour, je me suis rendu compte que Mathieu et moi nous n'étions pas fabriqués pareils. J'ai constaté que, profitant d'une de mes absences professionnelles, et alors que j'avais confié Nicolas à la garde de ma mère, il avait ramené quelqu'un à la maison. Mes doutes sont devenus certitudes. J'en ai été profondément affectée, mais ne lui ai rien dit. J'avais peur qu'il me quitte. Vis-à-vis de ma famille, le divorce serait apparu comme le signe de mon échec, de mon incapacité à vivre une vie normale.

« Tu paries qu'elle va avouer que c'est elle qui l'a assassiné : drame de la jalousie ! marmonne toujours le même policier. Nous sommes allés chercher midi à quatorze heures, alors que c'était simple comme bonjour : elle a buté son mec parce qu'il la trompait ! »

Marion Pylat se contente cette fois de hausser les épaules. Elle entend se concentrer sur les propos de Marianne Puech, persuadée que son audition est capitale pour la suite de l'enquête.

– Je vous l'ai dit lors de ma précédente audition : j'ai suivi discrètement mon mari au cours d'un de ses déplacements, devenus fréquents, à Londres. Je voulais obtenir confirmation de mes doutes. Je n'ai pas eu de mal à constater qu'il retrouvait là-bas une grande blonde. Je ne lui ai rien dit. Son manège a continué plusieurs mois. Je souffrais en silence, reportant mon affection sur Nicolas.

» Son caractère n'était plus le même. Il était devenu nerveux, irritable. Il passait de longs moments, le soir, à la maison, avec son portable ou son ordinateur, ne cessant d'appeler ou de recevoir des communications. Un jour, il m'a dit qu'il allait s'absenter pour affaires pendant une semaine. J'étais certaine qu'il y allait avec sa blonde. Pendant ce temps, je suis parti pour La Baule avec Nicolas.

J'avais besoin d'air, besoin de réfléchir. Voilà la réalité. Vous savez tout.

– Pourquoi avez-vous d'abord déclaré que votre mari était avec vous à La Baule ? demande le policier qui l'interroge.

– Pour le protéger, lui trouver un alibi, ne pas le trahir, fuir la réalité. Je n'étais pas capable, vis-à-vis de ma famille, d'assumer mon échec. Je ne sais quoi vous dire de plus.

Puis, toujours du même ton calme, ne laissant percer aucun trouble, elle ajoute :

– Une foule de raisons m'ont poussée à commettre cette maladresse. Mais je suis persuadée que son séjour à l'étranger est le point de départ de ce drame. Quand il est rentré, il était dans un tel état d'anxiété, ne dormant plus, que je lui ai même suggéré d'aller consulter un médecin. Il s'est mis en colère, me demandant comment on pouvait garder son flegme avec cette crise financière que nous traversions et qui pouvait entraîner sa ruine. Il m'a avoué que, pour faire face à ses engagements, il avait dû prendre des risques terribles et qu'il ne savait pas bien comment les assumer si la conjoncture ne se redressait pas rapidement.

– Quels engagements, quels risques ?

– Il ne me les a pas précisés.

– Reconnaissez-vous cette femme ? demande le policier en lui montrant la photo de Laurence Lexan.

– J'ai déjà répondu non à cette question. De qui s'agit-il ?

– D'une certaine Laurence Lexan.

– Je vois : il s'agit de son assistante. C'est une intrigante, une manipulatrice. Je n'ai aucune confiance en elle. Je sens qu'elle a joué un rôle négatif auprès de Mathieu. Mais je ne peux vous en donner de preuves. Je ne l'ai pas rencontrée. Il en parlait rarement.

– Pardon de vous poser cette question un peu délicate, mais pourriez-vous nous donner quelques précisions sur la maîtresse de votre mari ?

– Je n'en sais pas grand-chose. Simplement, son prénom est Cécile. Elle est grande et blonde.

– Reconnaissez-vous l'homme qui figure sur cette photo ?

– Non.

– Il s'agit d'un certain Bruno Bourdalin.

– Celui dont la presse dit qu'il s'est suicidé ? J'ai entendu mon mari prononcer plusieurs fois son nom. Il l'appelait assez souvent, le soir, à la maison. À plusieurs reprises, les derniers temps, leurs conversations se sont terminées par des éclats de voix. Mais je ne l'ai jamais rencontré, ni même croisé.

– Êtes-vous déjà allée dans les locaux de la Compagnie bancaire et financière ?

– Non, jamais. D'abord, je travaillais beaucoup et ma priorité était de m'occuper de Nicolas afin qu'il n'ait pas à souffrir du climat de discorde entre Mathieu et moi. Il arrive à un âge difficile, celui de l'adolescence. Et puis, Mathieu ne voulait surtout pas mélanger vie privée et vie professionnelle.

– Vous a-t-il parlé de ses relations avec ses collègues ?

– Non, il ne parlait pas de son travail avec moi. Une fois, il m'a dit avoir de l'admiration pour son patron, et qu'il lui devait beaucoup.

– Il l'a nommé ?

– C'est loin, mais je pense qu'il s'agit d'un certain du Tilleul. Je n'en sais pas plus.

– Votre mari avait-il des amis avec lesquels, par exemple, il faisait du sport ou qu'il rencontrait régulièrement ?

– Pas vraiment. Son seul loisir, depuis quelque temps, était le poker. Il y jouait assez régulièrement. Mais ce n'était pas un joueur invétéré. Je crois qu'il se rendait dans un cercle spécialisé. Je suis certaine qu'il lui est arrivé de perdre des sommes importantes, mais comme je trouvais cela stupide, il ne m'en parlait pas. Mais ce n'était pas un professionnel du poker. Voilà : je suis désolée, mais il va maintenant falloir que nous terminions, je suis disposée à revenir, si vous le souhaitez. Je veux être à la maison pour y accueillir Nicolas. Il vit mal la mort de son père. Je suis désolée de ne pas vous avoir dit d'emblée l'exacte vérité, mais j'espérais pouvoir encore protéger la mémoire de Mathieu.

*

Marianne Puech partie, Marion Pylat réunit dans son bureau ses collègues, celui qui a conduit l'audition et ceux qui l'ont écoutée dans la pièce contiguë.

– Elle est impressionnante, cette femme ! Aucune émotion, pas une larme, un récit froid, aseptisé, débité sur le même ton, comme s'il avait été appris par cœur, souligne Loïc Robert, le procédurier du groupe.

Vétéran de la criminelle, surnommé « Œil de Lynx » par ses camarades, tant sa perspicacité est reconnue, il a déjà assisté à d'innombrables interrogatoires, mais ne sait pas, cette fois, ce qu'il faut penser au juste de la déposition de Marianne Puech.

– Ou elle joue remarquablement la comédie, et alors elle est balèze, ou elle est sincère, intervient un autre policier. Toujours est-il qu'il y a contradiction entre ce qu'elle vient de déclarer et les déclarations de du Tilleul.

– Laquelle ? demande Marion Pylat.

– Du Tilleul nous a assuré que Puech ne s'absentait presque jamais. Or, il apparaît d'après sa femme qu'il se rendait régulièrement à Londres.

Sa collègue, la seule femme du groupe, assise à son côté, s'exclame :

– Cette déposition était magnifique ! Quelle dignité, chez cette femme, face à son petit coq de mari ! Vous vous dites tous : trop beau pour être vrai ? Vous ne croyez plus en rien. Ni à la fidélité, ni aux sentiments amoureux. À force de ne plus fréquenter que des arnaqueurs, des violeurs, des criminels, vos cœurs sont froids comme la pierre. Vous êtes des monstres de cynisme !

– N'en remets pas trop, s'il te plaît, lui lance un autre de ses collègues, qui ajoute en bon macho : Heureusement que vous nous avez, pour compenser les pannes de vos maris ! Sans nous, la vie serait pour vous un purgatoire !

Elle se tourne vers lui et, d'un ton ulcéré, le rabroue :

– Tous les mêmes, ces prétentieux ! Moi, j'ai trouvé Marianne Puech convaincante, sincère, claire et pure comme l'eau de source. C'est une grande dame, dans son malheur. Quelle leçon elle nous donne !

– Pourrait-elle être à l'origine de l'assassinat de son mari ? Elle a une bonne raison : il la trompe odieusement avec cette Cécile. Elle en a la preuve, elle en souffre. Mais, compte tenu de la corpulence de Puech, elle n'a pu agir seule ni surtout traîner le corps sous le pont Mirabeau, expose Marion Pylat. Peut-être est-ce pour se disculper qu'elle nous suggère des pistes ? À un moment donné – il faudrait retrouver ses termes exacts –, elle avoue que son mari lui aurait dit, face à la crise, avoir pris des risques importants qu'il ne savait plus comment assumer. D'ailleurs, je remarque que c'est un peu contradictoire avec ce qu'elle a affirmé auparavant, à savoir qu'elle et lui ne parlaient jamais boulot. Tout cela me rend perplexe, conclut-elle.

– Marianne Puech a aussi suggéré la piste du poker, précise Nicolas Dompierre. S'il a arnaqué un joueur, celui-ci a fort bien pu se venger. Le monde du jeu n'est pas particulièrement peuplé d'enfants de chœur !

– Exact. Il vous faut pousser aussi des investigations dans cette direction. Pourquoi ne pas enquêter auprès des cercles parisiens ? La priorité, poursuit Marion Pylat, reste cependant de retrouver Laurence Lexan vivante, de connaître exactement la gestion de Mathieu Puech, mais également d'identifier et de « loger » la fameuse Cécile.

– Mais aussi d'analyser les documents que nous avons saisis ce matin au domicile de Puech, ajoute Loïc Robert.

– Je les avais oubliés ! Ils nous fourniront peut-être un début d'explication, soupire Marion Pylat avant d'ajouter : En ce qui concerne Lexan, vous avez son numéro de portable.

– Nous avons commencé à travailler dessus pour le faire parler. Bouygues Telecom devrait nous transmettre rapidement la liste des numéros appelés et reçus. Ils vont aussi nous dire s'ils peuvent le localiser, répond un policier.

– Ne négligeons pas non plus Bourdalin. Travaillons sur son environnement professionnel.

Ce peut-être une ouverture sur Puech, suggère Marion Pylat.

– Son cas est apparemment plus simple, précise Simon Mandy. J'ai lu l'avant-projet de rapport de l'expert sur sa gestion. Comme nombre de ses camarades gestionnaires d'actifs, ce petit génie de la finance, cet as des placements juteux se croyait tout permis. Il s'est autorisé à dépasser le plafond d'engagements autorisé et a fait en sorte que ce qu'ils nomment les « procédures d'alerte » ne fonctionne pas. L'expert ajoute même qu'il a probablement agi ainsi avec l'assentiment au moins tacite des patrons de sa banque. Il leur faisait gagner des sommes considérables. Mais il jouait avec le feu. Quand la conjoncture a disjoncté, il a pu être pris au piège de ses turpitudes et a naturellement été alors lâché par ses patrons. Acculé dans une impasse, il se serait suicidé, peut-être après avoir assassiné Puech…

– C'est une explication plausible, mais elle peut se révéler insuffisante. Quelle était la nature exacte des relations entre Bourdalin et Puech ? Nous l'ignorons. Lors de son audition, Marianne Puech fait état de contacts houleux entre lui et son mari. Par ailleurs, nous sommes encore loin d'avoir élucidé les relations exactes entre du Tilleul et Puech, souligne Marion Pylat.

– Jacques du Tilleul n'est pas clair. Pourquoi ne serait-il pas le complice de Puech ? L'hypothèse n'est pas à écarter. Mais un différend entre du

Tilleul et Puech aurait pu également surgir au sujet de la répartition des gains, ou pour une tout autre raison, et du Tilleul aurait pu alors avoir intérêt à faire taire Puech, se permet d'avancer Simon Mandy.

– Il n'est pas non plus inimaginable qu'il y ait eu un jeu à trois bandes : du Tilleul, Bourdalin, Puech... Bref, nous avons encore du pain sur la planche ! s'exclame Marion Pylat.

Chapitre 33

– Voilà, madame la Juge, tout ce que nous savons après la déposition de Marianne Puech, conclut Marion Pylat.

– Soit, mais de nombreuses zones d'ombre subsistent. J'ai lu récemment dans un journal que certains professionnels du crime organisé profitent largement de la crise pour engranger des sommes considérables en s'assurant la complicité de gestionnaires de fortunes ou d'actifs, et en utilisant astucieusement la spéculation boursière. C'est ainsi qu'ils blanchiraient ou recycleraient des millions de dollars ou d'euros provenant de divers trafics. Puech n'aurait-il pas joué au plus malin avec ces gens-là ? Il aurait pu tenter de les doubler et ils ne lui auraient pas pardonné sa trahison. C'est une hypothèse qu'il convient de ne pas exclure a priori. Je vous demande aussi de vous intéresser de plus près à du Tilleul. Il ressort de la procédure que c'est lui qui a recruté et soutenu Puech. Peut-être était-il intéressé à ses agissements ? Vous devriez regarder du côté du fisc quelle est la nature de sa fortune. D'où vient-elle ? Épluchez ses comptes, enquêtez sur ses fréquentations, trouvez dans quelles autres sociétés apparaît son nom, quels voyages il a fait puisqu'il séjourne souvent, semble-t-il, à l'étranger. Enquêtez sur lui avec tact et discrétion. J'ai appris qu'il était lié à de nombreuses personnalités proches du gouvernement. Il les appelle fréquemment pour déverser sa bile et se plaindre de nous, ce dont je me fiche d'ailleurs éperdument, mais qui complique mes relations avec le procureur. Par ailleurs, vous m'avez transmis le rapport d'autopsie que j'ai lu avec beaucoup d'attention.

– Pour une fois, le médecin légiste est net : selon lui, Puech a bien été assassiné, déclare Marion Pylat.

– Relisez les conclusions. Il affirme certes que, compte tenu des observations faites sur le corps et de celles effectuées sur le lieu où il gisait, le suicide n'est pas probable. Mais il constate aussi des marques et en déduit qu'il a été traîné. Demandez au médecin légiste si le suicide est totalement exclu. Pour des raisons que nous ignorons, le cadavre aurait pu être transporté et déposé sous le pont Mirabeau aux termes d'une mise en scène. Autrement dit, qu'il vous précise si, en toute hypothèse, il retient exclusivement la thèse de l'assassinat.

*

Sitôt arrivée à son bureau du quai des Orfèvres, Marion Pylat, après pas mal d'attente, joint par téléphone le médecin légiste qui a pratiqué l'autopsie de Puech. Il confirme que l'interprétation du juge d'instruction est compatible avec ses conclusions ; la thèse du suicide pourrait s'accorder avec les constatations opérées sur le cadavre. Mais il ne peut être plus catégorique, compte tenu que le corps a été transporté et probablement traîné sur plusieurs mètres.

Chapitre 34

Comme le Président en a eu l'intuition, certains journalistes bien informés ne tardent pas, pour tenter de déstabiliser le gouvernement, à politiser le décès suspect de Mathieu Puech. Ainsi *Libération* titre : « Du rififi à la Compagnie bancaire et financière : le pouvoir inquiet ». Dans un article fielleux, *Le Nouvel Observateur* insinue que le gouvernement est embarrassé par l'assassinat du conseiller financier Mathieu Puech ; il reproduit une grande photo du ministre des Finances épinglant la médaille du Mérite au revers du veston de Bruno Bourdalin, et une autre où il fait Marc Roquette officier de la Légion d'honneur. Dans un éditorial non signé mais particulièrement venimeux, pour une fois, l'hebdomadaire *Le Point* évoque la « République des copains et des coquins ».

Savamment orchestrée par le site Médiapart, la campagne enfle et le milieu politique se met à bruire de ce qui pourrait donner naissance à un nouveau scandale d'État. Dans les rangs mêmes du gouvernement, certains ministres manifestent en privé leur inquiétude sur la tournure politique que prend ce fait-divers.

À l'Assemblée nationale, les députés de l'opposition se déchaînent. Ils interpellent à plusieurs reprises le gouvernement sur ses connexions avec les milieux de l'argent, somment le ministre des Finances de s'expliquer sur les raisons qui l'ont incité à décorer « un spéculateur aux pratiques douteuses ». Le Premier ministre est contraint de sortir de sa circonspection habituelle pour défendre son ministre et contre-attaquer :

– Vous devriez mesurer votre indécence, leur lance-t-il lors d'une séance de questions d'actualité particulièrement houleuse. Vos insinuations, vos amalgames, vos calomnies rivalisent avec votre bassesse… ! leur crie-t-il.

Dans un brouhaha indescriptible, alors que les députés de l'opposition quittent bruyamment l'hémicycle, il conclut son intervention :

– Comme vous n'avez rien à proposer aux Français, vous leur offrez le spectacle d'élus de la nation aux abois, réfugiés dans la haine, vautrés dans la calmonie. Honte à vous ! Nos compatriotes vous jugeront sévèrement !

Au cours de la séance suivante de l'Assemblée, le ministre des Finances est une nouvelle fois pris a partie sur le thème : « le gouvernement fait tout pour cacher la vérité sur les motifs de cet assassinat et sur ses relations avec les dirigeants de la Compagnie bancaire et financière ». Certains parlementaires de l'opposition laissent même entendre qu'il pourrait y avoir, derrière cette affaire, « des financements occultes destinés au parti du Président », ou encore, comme l'affirme un député communiste, « un système d'évasion fiscale organisé pour que certains échappent au fisc français et profitent de leur fortune, acquise grâce au travail d'ouvriers et de salariés souvent mal rémunérés, à qui on refuse toute augmentation »...

Dans la salle des Quatre-Colonnes contiguë à l'hémicycle, où patientent les journalistes, le spectacle est pitoyable. Deux députés, l'un de l'opposition, l'autre de la majorité, s'invectivent devant les caméras. Le président du groupe socialiste est alpagué par un ancien ministre qui le traite de « faux cul ».

À l'issue de cette séance retransmise en direct à la télévision, le Président convoque dans son bureau le Premier ministre, le ministre de l'Intérieur, celui de la Justice et son secrétaire général. Il est préoccupé par la tournure passionnelle que prend l'affaire, mais surtout par son impact sur une opinion déjà fortement perturbée par les précédents scandales. Lui a d'ailleurs été communiqué un sondage indiquant que même parmi son électorat traditionnel, on juge que c'est l'affaire de trop, la goutte qui risque de faire déborder le vase, a noté en marge du résultat de l'enquête d'opinion le spécialiste en communication de l'Élysée.

Le Président juge très sévèrement l'impuissance des ministres à bien communiquer avec la presse et à ne pas toujours subir les événements.

– Le gouvernement, à son habitude, s'est laissé acculer dans une impasse. Incapable d'être offensif ou à tout de moins réactif, il se retrouve aujourd'hui dans la plus mauvaise posture qui soit, celle de la défense imposée.

Le Premier ministre ne bronche pas, même s'il juge l'attaque présidentielle profondément injuste. D'abord parce que les instructions sont précises : la communication gouvernementale s'élabore à l'Élysée et nulle part ailleurs, a maintes fois répété le Président. Ensuite le gouvernement ne pouvait prévoir l'assassinat de Mathieu Puech. Enfin, ce n'est pas la première fois qu'un président de banque est promu au grade d'officier dans l'ordre de la Légion d'honneur, et un employé de banque fait chevalier du Mérite national.

Le Premier ministre connaît le Président depuis longtemps et part du principe que pour durer à ses côtés, il ne faut jamais – du moins en présence de tiers – le contredire. C'est d'ailleurs une règle qu'en bon observateur de la vie politique il sait commune à tous les présidents de la République, et qui se décline ensuite à tous les échelons du pouvoir.

Le Président poursuit son intervention :

– Les attaques de l'opposition sont insupportables. Par conséquent, la juge doit clore au plus vite son instruction ! ordonne-t-il en se tournant vers le ministre de la Justice.

– Ce n'est pas possible…

Le garde des Sceaux n'a pas le temps de terminer sa phrase, interrompu par le Président qui, sur un ton cassant, lance en le regardant, puis en se tournant vers le Premier ministre :

– Si on m'avait écouté, la réforme de la procédure pénale serait déjà bouclée et le juge d'instruction ne serait plus qu'une institution caduque. Comme ce n'est pas le cas, il nous faut organiser la contre-attaque et éviter d'être victimes de la guerre que se livrent ces deux connards de banquiers. Convoquez les journalistes amis, si nous en avons encore. Demandez au *Figaro* de mener l'offensive. J'en ai ras le bol d'entendre des journaleux à la télévision déblatérer sur mes prétendues connivences avec les banquiers, sur ma prétendue obsession du fric ! Ils reprennent comme si c'était parole d'Évangile les calomnies des gauchistes, et, parce que c'est ressassé à la télévision, cela devient la vérité vraie ! Vous devez passer à l'attaque, faites diversion, ordonne-t-il à son Premier ministre. Annoncez une grande réforme fiscale, insistez sur la menace terroriste, dites que des informations vous ont été communiquées sur l'imminence d'un attentat ou le risque d'une pandémie de grippe, bref, détournez l'attention des journalistes, soyez imaginatifs, prenez l'initiative, et occupez le terrain !

Sans rien ajouter, sans écouter ce que les participants à la réunion auraient eu à dire ou à proposer, il se lève et sort de son bureau en claquant la porte.

Chapitre 35

Jacques du Tilleul, qui veille toujours à se ménager un peu d'avance pour n'avoir pas à courir, arrive en gare du Nord une demi-heure avant le départ de l'Eurostar de huit heures sept. Il va passer la journée à Londres.

Ces derniers temps, il s'est rendu régulièrement dans la capitale britannique pour y rencontrer des financiers et des investisseurs. Une certaine connivence règne entre banquiers européens, du moins quand la situation économique et financière est préoccupante. Le yo-yo des marchés boursiers qui use les nerfs des professionnels, les politiques d'austérité, de rigueur, de réduction des déficits publics décidées par les gouvernements les ont incités à se retrouver à dates rapprochées à Londres.

Mais, aujourd'hui, Jacques du Tilleul ne vient pas assister à une telle rencontre. C'est le président de la Banque de Londres, avec qui il entretient des relations cordiales, qui lui a demandé de venir le retrouver au plus tôt pour évoquer, lui a-t-il précisé, une affaire qu'il ne pouvait aborder par téléphone.

Lorsqu'il monte dans l'Eurostar et s'installe à sa place réservée en première classe, du Tilleul est préoccupé. Le président de la Banque de Londres n'a pas voulu lui donner le moindre détail sur les raisons de leur rencontre : c'est qu'il ne s'agit certainement pas d'une affaire mineure.

Tout au long du voyage, il tourne et retourne le type de sujets qui risque d'être évoqué. Il n'aime pas être pris au dépourvu. Peut-être évoqueront-ils la façon de faire pression sur les gouvernements pour éviter que les plans de rigueur durent trop longtemps, empêchant une reprise de la croissance ? Peu probable. Son collègue cherche peut-être à l'associer à quelque important investissement ? Pas impossible. Mais l'Anglais n'est pas homme à partager une bonne affaire, surtout avec un banquier français, à moins qu'il ne s'agisse de répartir équitablement les risques, pas les profits !

Tout à ses réflexions, du Tilleul ne prête aucune attention à ses compagnons de voyage. L'Eurostar est presque complet et son compartiment bien rempli.

Il se demande aussi pourquoi cette rencontre doit se dérouler à l'hôtel Berkeley, et non dans les magnifiques bureaux de la Banque de Londres. Certes, le Berkeley est un endroit prisé par les financiers londoniens, et son restaurant est apprécié par eux. C'est au Berkeley, comme d'ailleurs au Dorchester, que l'on croise les brillants collaborateurs de chez Rothschild et ceux de J.P. Morgan.

Dans ces deux établissements se colportent anecdotes et potins privés sur le monde de la City, les vraies-fausses informations, mais c'est là aussi que sont portées au pinacle les réussites spectaculaires, comme celle de ce jeune trader qui a quitté Morgan Stanley, fondé son propre hedge fund, réalisé en moins de cinq ans une percée inouïe et se retrouve à la tête d'un des fonds les plus importants avec plus de dix-huit milliards de dollars sous gestion ! Il est devenu un modèle pour les jeunes mousquetaires de la finance, les condottieres de la spéculation qui rêvent de faire fortune en un clin d'œil, ou, devrait-on dire, en un clic !

Oui, pourquoi avoir choisi le Berkeley pour notre rendez-vous ? s'interroge-t-il de façon lancinante. Pour qu'ils ne soient pas vus ensemble à la banque ? Certainement pas : ils ont tant de fois été aperçus côte à côte en présence d'autres collègues ! Et quoi de plus normal que des banquiers se rencontrent : l'argent n'a pas de patrie ! À moins que le mode de financement de l'investissement qu'il pourrait lui proposer de réaliser en commun ne soit encore confidentiel ? Dans ce cas, il est vrai, il convient de rester discret en sorte que la bonne affaire ne s'ébruite pas.

Arrivé à Victoria Station, Jacques du Tilleul file vers la station de taxis et se fait déposer à Wilton Place, Knightsbridge, devant l'hôtel.

Chapitre 36

– Avance jusqu'au mec qui gesticule, là-bas. Allons voir ce qui l'excite autant, ordonne Maurice Porot, le chef de bord du car de police secours. Que se passe-t-il, mon grand ? demande-t-il à l'individu, une fois à sa hauteur :

– Là, là… ! tente de répondre l'adolescent, incapable de former sa phrase.

Le policier lui conseille de se calmer, de respirer profondément et de s'asseoir. Le garçon se précipite derrière le premier arbre pour régurgiter ce qui lui reste encore dans l'estomac. Probablement pas grand-chose, à en juger par l'état de sa veste, déjà maculée de vomissures, et l'odeur aigre qu'il dégage. Il revient lentement sur ses pas et explique non sans difficulté, de manière hachée, pleurnichant et tremblant, qu'alors qu'il courait il a buté sur un corps gisant à même le sol.

– Ne bouge pas, je vais aller voir. Pierre, tu m'accompagnes, ordonne-t-il au jeune stagiaire qui fait équipe avec lui.

Au chauffeur du car il fait signe de veiller sur l'adolescent qui recommence à vomir tripes et boyaux.

Ils n'ont pas loin à aller pour découvrir, étendu sur le sol, le corps d'une femme vêtue d'un gros pull blanc à col roulé, d'un pantalon de sport bleu marine, et chaussée de Converse. Le chef Porot se tourne vers le stagiaire, prudemment resté en retrait, et lui dit :

– Elle est cuite de chez cuite ! Une cliente de plus pour le médecin légiste ! En voilà un au moins qui ne chôme pas !

Il ne lui est pas nécessaire d'ausculter le pouls, de tâter la carotide ou soulever les paupières pour émettre un diagnostic. Il a tellement vu de cadavres dans sa vie qu'il n'a nul besoin de toucher. Au teint du visage, il sait qu'aucun médecin ne fera revenir à la vie ce corps inerte, pas plus qu'un massage cardiaque ne le ranimera.

– Sûr, chef, qu'il ne faut pas appeler le SAMU ? marmonne d'une voix inquiète le stagiaire. Vous croyez qu'elle est morte pour de bon ?

– Elle est en pleine forme ! Avant de poser des questions aussi affligeantes, observe ! Tu crois qu'elle se bronze au soleil ? Un flic a le droit de réfléchir avant de parler. Tu veux toucher, pour te rendre compte ?

– Non, je ne pourrais pas ! se récrie le stagiaire.

– Elle est belle, la police ! On nous fabrique des poules mouillées, pas de vrais poulets ! En attendant, tu restes auprès de cette jeune et belle femme, et ne bouge surtout pas. Ne tente pas de la draguer : tu perdras ton temps ! – il ajoute en ricanant : Tu m'appelles, si elle s'en va en courant ! Je vais prévenir l'état-major pour qu'ils dénichent un officier de police judiciaire et un médecin. Surtout, tu ne touches à rien, vu ?

– Il va falloir que je reste seul avec elle ? lance, effrayé, le stagiaire.

La vue de ce cadavre le bouleverse à tel point qu'il en a à son tour la nausée. Il n'ose regarder le corps et pourtant la curiosité l'empêche de détourner les yeux. Parcouru de bouffées de chaleur, il dégrafe son col de chemise, éprouve un besoin soudain d'uriner. La désinvolture de son chef face à la mort le choque d'autant plus que celui-ci remet ça :

– Tu ne vas quand même pas tomber dans les pommes ? T'en verras d'autres ! Mon petit vieux, si tu veux devenir un vrai flic, il va falloir te durcir le cuir et ne pas tourner de l'œil à la moindre goutte de sang. Du reste, tu as de la chance, ce corps-ci est en bon état, il n'est pas en décomposition ni déchiqueté comme le dernier qu'on a ramassé dans le métro. Reprends-toi, va pisser un bon coup, mais assez loin, pour ne pas bousiller le travail des collègues de la police judiciaire, puis attends-moi. S'il y a le moindre problème, tu gueules !

Chapitre 37

– C'est pour quoi ? crache une voix de femme dans l'interphone.

– Police ! Brigade criminelle !

– Une seconde...

« Elle doit être en train d'ameuter toutes les huiles », chuchote Simon Mandy en se tournant vers son collègue Nicolas Dompierre.

Les deux policiers prennent leur mal en patience en attendant, adossés à la Clio du service. Les minutes paraissent longues face à cette grille qui ne s'ouvre toujours pas.

Malgré son signalement diffusé sur tout le territoire national aux commissariats de police et aux brigades de gendarmerie, Laurence Lexan est demeurée introuvable et les enquêteurs se sont demandé si elle n'avait pas connu le même sort que Mathieu Puech. Marion Pylat a donc ordonné à deux de ses fonctionnaires de se rendre sans tarder à Vélizy, au siège de Bouygues Telecom, et, avec l'aide des techniciens, de tenter de localiser son portable.

Ses collègues et elle ne se font plus beaucoup d'illusions : la disparition soudaine et prolongée de Laurence Lexan n'est pas de bon augure, mais on ne sait jamais, et toutes les investigations doivent être tentées soit pour localiser le portable, s'il est toujours en marche, et identifier alors celui ou celle qui l'utilise, soit obtenir la liste des dernières communications reçues ou émises par la disparue.

L'interphone grésille enfin :

– C'est à quel sujet ? aboie une voix d'homme.

– Brigade criminelle ! crie Simon Mandy, et, se tournant de nouveau vers son collègue, il ajoute, irrité : Pourquoi a-t-il besoin de gueuler comme ça, ce blaireau, et d'ameuter le quartier ? C'est quand même plus facile d'entrer chez nous. Ça commence à me les briser. Ils mériteraient qu'on leur défonce la grille !

L'interphone se remet à grésiller et une voix de femme leur indique d'un ton plus aimable :

– C'est bon, je vous ouvre. Vous suivez l'itinéraire fléché et garez votre véhicule sur le parking marqué « Visiteurs ». On vient vous chercher.

Escortés d'un homme aimable comme une porte de prison qui ne s'est même pas présenté, n'a rien dit, mais s'est borné à faire signe de le suivre, Nicolas Dompierre et Simon Mandy, après avoir passé une porte vitrée et un sas de sécurité, sont accueillis par une jeune femme en tailleur turquoise, foulard tricolore noué autour du cou, dents ultra-bright et sourire de magazine, qui leur demande d'une voix mielleuse :

– Qui dois-je annoncer ?

– Capitaines Dompierre et Mandy, de la brigade criminelle.

Ils lui exhibent leur carte de police et Simon Mandy précise qu'ils souhaitent rencontrer au plus vite un responsable.

– Veuillez patienter une seconde, leur dit-elle en les dévisageant avec inquiétude.

Elle décroche le combiné de son téléphone et compose un numéro.

– Il y a deux messieurs de la police... Très bien.

– Le directeur des obligations légales va vous recevoir. Veuillez attendre un moment.

Se tournant vers son collègue, Nicolas Dompierre grommelle à mi-voix :

– Ils continuent à nous faire chier ! On ne fait que ça, patienter, et mes nerfs commencent à vibrer...

– Cool ! Mate plutôt la fille, elle est quand même plus agréable à reluquer que le connard qui nous a accueillis, réplique Simon Mandy, incapable de détacher les yeux de la silhouette de la jeune femme.

– Messieurs, le directeur des obligations légales vous prie de l'excuser, il termine sa réunion, il n'en a plus que pour quelques minutes. Je suis Valérie, son assistante. Vous a-t-on offert un café, un verre d'eau ? demande-t-elle, et, sans attendre, elle se retourne vers l'hôtesse d'accueil pour passer la commande, puis en profite pour s'éclipser.

– Il a bon goût, le directeur des obligations légales. J'ai bien envie de bosser ici, cela changerait de nos poulettes du quai des Orfèvres, lance avec un sifflement d'admiration Simon Mandy.

C'est justement la voix de l'assistante qui le fait redescendre du monde des songes où elle l'avait pourtant envoyé et où il ne s'ennuyait pas.

– Suivez-moi, s'il vous plaît. Grégoire Lasalle va vous recevoir.

– C'est pire qu'à Fresnes ou à la Santé ! lance à l'assistante Simon Mandy tout en admirant en connaisseur le déhanchement de sa démarche.

Après avoir franchi une première porte coulissante, emprunté un ascenseur spacieux, ils arrivent devant une nouvelle porte en verre. L'assistante compose avec dextérité un code sur le clavier. Les portes s'ouvrent dans un léger chuintement puis se referment sur leur passage. Ils sont prisonniers dans un sas. Sur un nouveau clavier, l'assistante tape quatre chiffres et la seconde porte s'ouvre pour se refermer, une fois les deux policiers passés.

– Nous voici dans le service des obligations légales, dit-elle alors que vient à eux un homme élancé, élégant, à l'air avenant.

– J'espère, messieurs, que votre patience n'a pas été mise à rude épreuve. Grégoire Lasalle, directeur du service des obligations légales. Bienvenue chez Bouygues Telecom ! J'ai reçu un télex du commandant Marion Pylat me confirmant votre venue. Je vérifie toujours qui souhaite nous visiter. Quand vous vous êtes présentés, j'ai interrogé le patron de la brigade criminelle sur la réalité de votre mission. Ce service est « sensible », comme on dit, et on n'est jamais assez prudent. D'où le temps que nous avons mis à vous recevoir. Si je comprends bien, vous me demandez de localiser le portable dont le numéro est indiqué dans cette commission rogatoire de la juge d'instruction. Nous allons essayer.

– Le plus rapidement possible ! insiste Nicolas Dompierre.

– Nous allons faire au plus vite. En principe, nous sommes en mesure de situer à tout moment un portable de Bouygues Telecom. Naturellement, il doit être allumé – sous tension, comme nous disons.

– Avec une précision suffisante ? interroge Simon Mandy.

– Absolument. À quelques centaines de mètres près, nous pouvons indiquer où se trouve le portable, et même suivre les déplacements de celui ou celle qui l'utilise. Nous allons vérifier.

Il inscrit le numéro sur un feuillet qu'il tend à son assistante, lui demandant de voir ça avec le technicien. L'attente est d'autant moins longue que le directeur, disert, leur explique comment ils opèrent, ici, pour dresser la liste des appels entrant et sortant des portables. Ils la conservent pendant un an. C'est cette liste qu'il va fournir pour le portable de Laurence Lexan.

– Voici le résultat. La personne qui utilise le portable se trouve actuellement boulevard de Rochechouart, non loin du lycée Jacques-Decour. Il semblerait qu'elle se déplace lentement vers la rue de Dunkerque, donc en direction de la gare du Nord.

Simon Mandy appelle immédiatement Marion Pylat pour lui faire part de ces informations. Celle-ci lui indique qu'une équipe part aussitôt dans le secteur, en quête de la personne qui utilise le portable de Laurence Lexan.

– Les collègues se mettront en relation directe avec toi dès qu'ils seront dans le secteur. Restez tous deux là où vous êtes, et continuez à suivre sa trace, ordonne-t-elle.

Chapitre 38

Je suis largué, la presse n'évoque plus l'assassinat de Puech, elle est déjà passée à d'autres faits-divers. Naturellement, la brigade criminelle ne communique pas. Je m'évertue, face à mon ordinateur, à échafauder mon livre, mais, faute d'informations, il ne progresse guère.

Par Blandine Josse je cherche toujours à obtenir des éléments de l'enquête qui me permettraient de bâtir des hypothèses et de relancer mon histoire, mais elle se montre beaucoup moins diserte qu'avant. Elle a manifestement rompu les amarres avec moi. Pour elle, les hommes ne sont que des produits de consommation courante frappés d'une date de péremption. La mienne a dû expirer.

Elle me fait comprendre que tout est terminé entre nous sur le plan sexuel, et comme, pour elle, tout transite par là, je dois cesser de l'interroger sur ce qui se passe à la Compagnie bancaire et financière. Lors de notre dernière conversation, elle m'a cependant indiqué que l'affrontement entre Roquette et du Tilleul continuait d'alimenter les conversations du personnel, que l'ambiance générale était à la déprime et que certains cadres envisageaient même de quitter la maison. Ils ne supportent plus de devoir choisir à tout instant entre les deux hommes.

En panne d'inspiration, j'écoute les bulletins d'informations dans l'espoir d'y puiser quelques idées. Mais ce que j'entends est trop pathétique. Alors que notre économie patauge dans la crise, le chômage ne cesse de croître, les plans de licenciement sèment la désespérance, la guerre économique que se livrent les nations est de plus en plus implacable, les professionnels de la revendication campent dans la défense de l'immobilisme et chantent des cantiques au non-travail, comme si le reste du monde n'existait pas et que la France puisse vivre sur des idées aussi ridées que des pommes blettes.

Le spectacle que nous offrent les politiques n'est pas plus reluisant, il est même d'une affligeante médiocrité. Les scandales succèdent aux scandales. Les cigares d'un sous-ministre laissent place à la villa d'un ministre construite sans permis, laquelle fait oublier son coûteux voyage transatlantique en jet privé, et voici un ministre qui se balade en Tunisie dans un avion affrété par un homme d'affaires compromis avec le pouvoir déchu.

J'ai surtout droit, de la part de toutes les stations, reportages à l'appui, au sordide feuilleton Bettencourt. À son cortège de révélations, de mensonges, de manipulations, de règlements de comptes s'ajoute aujourd'hui l'affrontement public entre un juge et un procureur. Pitoyable spectacle d'une institution à la dérive ! Une milliardaire octogénaire assiégée par sa fille, pillée par ses collaborateurs, par son personnel, probablement par certains aigrefins de la politique avides de financements occultes, voilà ce qui fait depuis des mois l'actualité de la France !

Après avoir coupé la radio, j'en viens même à me demander si Mathieu Puech ne serait pas lié par hasard à cette affaire Bettencourt ! Je me souviens, alors que j'étais encore le collaborateur de Marc Roquette, que, son chauffeur étant souffrant, je l'avais remplacé l'espace d'une journée. Je garde présent à la mémoire cette conversation entendue durant le trajet de Paris à l'aéroport Charles-de-Gaulle, entre mon patron et un banquier suisse. Marc Roquette et lui évoquaient à mots couverts – mais j'ai tout de suite compris ce dont il s'agissait – l'ouverture discrète d'un compte à Genève pour un très important client de la banque. Quand j'ai été licencié, j'ai rappelé cet épisode à Roquette et il en a paru très gêné. Je ne sais pourquoi, peut être parce que le nom à une consonance bizarre, mais je me souviens aujourd'hui encore qu'ils parlaient entre eux de Luxalpha.

Longtemps j'ai cru qu'il s'agissait d'un code secret pour ne pas divulguer le nom du client de la banque. En interrogeant Google, j'ai vite compris mon erreur. Il me renvoie à un article de *L'Express* intitulé « Les troublants secrets de Luxalpha ». Sa lecture me convainc que l'assassinat de Puech peut fort bien s'expliquer comme une suite des turpitudes de Madoff, voire de celles du chargé d'affaires de Mme Bettencourt. Il apparaît d'ailleurs que celui-ci a rencontré celui-là à New York. Il convient donc que je parvienne à préciser la nature des relations entre Madoff, ses complices français, le chargé d'affaires de Mme Bettencourt, Mathieu Puech et la Compagnie bancaire et financière...

La photo de l'homme de confiance de Mme Bettencourt qui apparaît sur l'écran de mon ordinateur correspond bien à la personne qui a eu à plusieurs reprises rendez-vous avec mon patron, du temps où je travaillais à la Compagnie bancaire. Pourquoi n'y aurait-il pas un lien entre l'affaire Bettencourt, l'assassinat de Puech et même le suicide de Bourdalin ? Peut-être étaient-ils impliqués dans le circuit de dissimulation fiscale dont la parle presse ? Il semble que l'affaire a de nombreuses ramifications en Suisse, bien sûr, mais aussi au Liechtenstein et ailleurs. Je me demande même si on ne va pas déboucher sur la révélation d'un financement politique. Cela expliquerait, c'est l'évidence, l'extrême prudence de la police qui doit faire l'objet de pressions en tout genre.

Donc, ma feuille de route est claire. Je dois me débrouiller pour savoir si Puech connaissait le gérant de fortune de la milliardaire. Celui-ci possédait-il un compte à la Compagnie bancaire et financière ? Puech avait-il travaillé pour lui, voire avec lui ?

La collaboration de Blandine Josse m'est à nouveau indispensable. Il va falloir me montrer convaincant et suivre un régime hautement protéiné pour être à la hauteur de ses attentes puisque, pour elle, tout passe par le lit.

Laurence Lexan me serait elle aussi d'une aide déterminante. Mais je n'en ai plus aucune nouvelle. Sa personnalité fragile me manque. Que voulait-elle ? Que cherchait-elle ? Disait-elle tout ce qu'elle savait ?

Chapitre 39

Les policiers ont tôt fait de localiser la personne qui se sert du téléphone de Laurence Lexan. Ils s'en rapprochent discrètement pour ne pas attirer son attention. Un observateur avisé ou un professionnel aguerri pourrait aisément remarquer leur présence dans son sillage. Ils ne sont que deux, c'est insuffisant pour filer quelqu'un sans se faire repérer rapidement. Mais, ne se doutant de rien et n'étant pas sur ses gardes, la personne ne les remarque pas.

Un troisième policier attend ; il a garé son véhicule aux abords de la gare du Nord, puisque la cible semble s'orienter dans cette direction.

Elle se dirige en effet vers la gare. Elle ne montre aucun signe d'inquiétude ou de nervosité. Parfois, elle s'attarde à lorgner la vitrine d'un magasin. Tout en marchant à une allure normale, elle téléphone.

– Tu crois que c'est elle ? interroge un des policiers.

– Affirmatif. J'étais là quand elle est venue faire sa déposition. De toute façon, elle utilise son portable. Il va falloir faire gaffe, si elle pénètre dans le hall, à ne pas la perdre de vue, avec tout ce monde qui grouille. Nous devrions la serrer d'un peu plus près.

Par radio, il appelle Marion Pylat, restée au Quai des Orfèvres, pour connaître ses instructions.

– C'est bien Laurence Lexan, je l'ai reconnue. On la cravate, ou on continue à la coller ? Si elle prend le train, que faisons-nous ? Nous partons en voyage de noces avec elle ?

– Informez-moi de ce qu'elle fait au fur et à mesure. Mais il serait bon de la suivre un moment. Vérifiez si elle rencontre quelqu'un.

– Bien reçu... Merde, elle prend un taxi !

– Fonce, viens nous rejoindre, nous sommes juste devant la gare, à la station de taxis ! crie dans son micro l'un des deux policiers à l'intention de son collègue resté dans la voiture à attendre.

– J'arrive... Non, bloqué par un connard qui n'arrive pas à se garer... Il a dû trouver son permis de conduire dans une pochette-surprise !... Ah, voilà, je vous aperçois !

– Envolée, la miss ! J'appelle Dompierre et Mandy qui sont encore chez Bouygues... Allô, vous pouvez localiser son portable ? Elle nous a faussé compagnie.

– Bravo, les mecs, vous êtes les rois... Heureusement, Bouygues Telecom veille sur vous ! répond Dompierre sur un ton persifleur... Attendons donc le bon vouloir de notre technicien... Voici la réponse : direction place Charles-de-Gaulle.

– OK, on change de cap et on y va.

Sirène hurlante, ils effectuent un demi-tour hasardeux et, en se jouant au mieux des embarras de la circulation, se rapprochent de la zone indiquée.

– Le taxi s'engage avenue d'Iéna, signale Dompierre.

– Nous ne sommes plus loin : moins de cinq minutes pour y arriver. Aujourd'hui c'est le bordel, dans Paris.

– Le contact ne bouge plus. Il est probable que le taxi l'a déposée. À peu près au milieu de l'avenue d'Iéna. Entre la place d'Iéna, le square des États-Unis et la rue Galilée.

– C'est encore assez vaste, comme zone. Lorsqu'on l'a filochée, tout à l'heure, elle s'est servie de son portable. Ce serait bien de savoir si elle prévenait quelqu'un de son arrivée, ou bien lui demandait l'adresse exacte, interroge le policier dont le véhicule débouche en vue de l'avenue d'Iéna.

Il prévient aussi Marion Pylat de sa position et lui indique – il a eu le réflexe de le graver dans sa tête – le numéro minéralogique du taxi.

– Bravo, nous allons essayer de le faire contacter par sa compagnie afin qu'il indique où il a déposé sa cliente. Nous recherchons aussi sur Internet qui de connu ou de suspect pourrait loger dans le coin. Je vous tiens informés, conclut Marion Pylat. Continuez à patrouiller dans le secteur : avec un peu de chance, elle va finir par réapparaître.

Lorsqu'elle débouche avenue d'Iéna, le policier installé à l'avant du véhicule, côté passager, coupe l'avertisseur de police par souci de discrétion. De lui-même, le chauffeur a d'ailleurs ralenti et la voiture se fond dans la file de celles qui descendent l'avenue à faible allure.

– Tu m'entends ? J'ai transmis ta commande au grand chef de Bouygues Telecom. Il m'a répondu qu'ils n'écoutaient pas les conversations de leurs clients. Je lui ai gentiment soufflé dans les bronches pour qu'il se montre un peu plus coopératif. Par l'identification des numéros entrants ou sortants, il va essayer d'obtenir le renseignement. Je te rappelle, conclut Dompierre.

Chapitre 40

À Londres, au fond du Blue Bar du Berkeley, Edward Palmer, plus massif que grand, regard de prédateur, arrive le premier au rendez-vous et s'installe confortablement à l'écart des oreilles indiscrètes. En attendant du Tilleul, il parcourt le *Financial Times*.

À l'apparition de son hôte, il l'accueille avec des propos convenus. En affaires, ce n'est pas ce qu'on appelle un homme aimable, au contraire : sa réputation de dureté et de cynisme est à la hauteur de son physique. Nul ne s'y trompe, d'ailleurs, dans les milieux financiers anglais : tous savent que, s'il est impossible de s'en faire un ami, il est néanmoins préférable de ne pas se trouver dans le camp de ses adversaires. Il ne pardonne rien à quiconque se met en travers de ses intérêts. En compagnie d'une demi-douzaine de financiers, il règne sur la City et œuvre à ce qu'elle reste le dernier paradis fiscal européen, le refuge des spéculateurs.

Face à face, séparés par une petite table recouverte d'une nappe de dentelle blanche, ils commandent du thé de Chine.

– Cher ami, merci d'avoir pris la peine de venir jusqu'ici. Il est vrai qu'avec le tunnel sous la Manche, nous ne sommes plus vraiment une île. J'ai appris cette triste nouvelle, l'assassinat d'un de vos proches collaborateurs. Il se passe chez vous des choses incroyables...

– Ce fut un pénible moment. Puech était un excellent employé, bourré de talent, à l'avenir prometteur. Mais enfin, la vie continue, même si les perspectives économiques européennes ne sont guère réjouissantes, répond du Tilleul d'une voix faussement affligée.

– Comment va mon cher président Roquette ? Il paraît que vos relations sont toujours aussi tendues ? C'est du moins ce qu'on dit.

– On exagère toujours. Nos visions de l'avenir divergent, c'est vrai, mais je pense, cher Edward, que notre rencontre a sans doute un tout autre objet.

– Certes, mais revenons sur cet assassinat. Vous devriez mieux contrôler vos hommes de confiance. Certains laissent entendre qu'il pourrait être compromis dans des affaires douteuses, poursuit Edward Palmer en esquivant le regard de son interlocuteur.

– Une enquête est en cours. Vous savez que la brigade criminelle est aussi performante que peut l'être chez vous Scotland Yard. La justice est saisie, un juge d'instruction a été désigné. Pour l'heure, les insinuations auxquelles vous faites un peu complaisamment allusion sont dépourvues de fondement. La Compagnie bancaire et financière est un établissement sérieux, qui a pignon sur rue, comme nous disons.

– Certes, mais la justice et la police ne peuvent pas grand-chose contre la rumeur, surtout lorsqu'elle est relayée par les médias. Vous le savez aussi bien que moi : elle peut briser à jamais une réputation, et quand la police découvre enfin la vérité, il est trop tard ! Les dégâts sont devenus irréparables.

– Que voulez-vous insinuer, Edward ? Où voulez-vous en venir ?

Du Tilleul sait que son collègue n'avance rien gratuitement et combien il est dépourvu du moindre scrupule.

– Simplement, le bruit court déjà que votre collaborateur a été assassiné parce qu'il *bricolait* – c'est comme ça qu'on dit en français ? – avec de gros bonnets de la drogue, et que la Compagnie bancaire et financière facilitait leurs opérations de blanchiment.

– Veuillez préciser votre pensée ! se récrie du Tilleul, aussi inquiet qu'ulcéré. Ces insinuations relèvent de la calomnie, vous ne pouvez vous en faire l'écho !

– Calmez-vous. Je ne suis pas votre ennemi. Vous autres Français nous devez beaucoup, à nous, Anglais. Nous avons toujours été à vos côtés dans les moments périlleux. Si Churchill n'avait pas été là, de Gaulle n'aurait jamais pu devenir ce qu'il a été…

– Ça n'a rien à voir ! Vous voulez utiliser un drame, la mort d'un homme, mais à quelles fins ?

– Il n'est pas encore trop tard pour qu'avec vous je prenne le contrôle de votre banque. Vous savez que c'est un projet auquel je tiens. En nous associant, vous réaliseriez votre rêve, qui n'est plus un secret pour personne : évincer le président Roquette. Et comme nous serions associés, vous jouiriez d'une grande liberté pour gérer la Compagnie. Croyez-en mon expérience : en affaires, il faut toujours tirer le premier ; sinon, vous êtes la victime.

– Toutes les occasions sont donc bonnes pour vous, vous n'avez aucune pudeur et je me demande même si vous n'êtes pas indirectement responsable de cet assassinat. Vous vous conduisez comme un maître-chanteur !

– Je suis anglais, ne l'oubliez jamais. Il est bien connu que nous n'avons aucune moralité, dans les affaires encore moins. Laissons les scrupules, les sentiments, la moralité et même l'amitié au vestiaire. C'est du temps perdu. Ne pensons qu'a nos intérêts. Si ce n'est pas nous qui y pensons, personne ne le fera à notre place. Nos ambitions convergent ? Faisons preuve d'initiative et d'audace, comme, en 1805, à Trafalgar, l'amiral Nelson, et, le 18 juin 1815 à Waterloo, le duc de Wellington. Nous nous livrons aujourd'hui une guerre économique, dont les vainqueurs seront les plus entreprenants, certainement pas ceux qui croient en l'amitié ou aux valeurs morales et de justice. Profitons de la crise pour rafler la mise !

– N'oubliez cependant pas, ricane Jacques du Tilleul, qu'à Trafalgar, même s'il a conduit votre flotte à la victoire, Nelson n'en a pas profité : il a été tué pendant la bataille. Quoi qu'il en soit, même si elle ne me surprend qu'à demi, votre attitude est indécente. La Compagnie bancaire et financière n'est pas à vendre, encore moins à brader, surtout pas à vous. Nous n'avons plus rien à nous dire. Je vous souhaite une bonne journée, et recevez de ma part un conseil : par ces temps de guerre, comme vous dites, prenez bien soin de vous.

Sans rien ajouter ni saluer son interlocuteur, Jacques du Tilleul se lève, quitte l'hôtel et hèle un taxi. Il espère attraper le premier Eurostar pour regagner Paris et s'y sentir au plus vite à l'abri.

*

Pendant tout le trajet de retour, il ne parvient pas à se défaire d'un mal de crâne qui lui laboure le cerveau. Il ne supporte pas le roulement du train, la vue du paysage qui défile à toute allure. Il ne cesse de ressasser la teneur de sa conversation avec Edward Palmer. Jamais il n'avait rencontré jusque-là autant de cynisme et de mépris. Il avait simplement oublié que son interlocuteur était banquier, comme lui, mais par surcroît anglais.

Chapitre 41

Plus d'une heure à faire le pied de grue avenue d'Iéna, à scruter les sorties d'immeubles dans le secteur délimité par Bouygues Telecom, à poireauter sans relâcher son attention, à dévisager toutes les femmes qui passent. Plus d'une heure à être omniprésent pour tout voir sans être soi-même repéré. À l'instar des chasseurs qui guettent leur proie à la sortie de sa tanière ou de son terrier, les trois enquêteurs de la criminelle espèrent que leur patience va être couronnée de succès. Si nécessaire, ils communiquent discrètement entre eux par radio ; il ne s'agit pas d'attirer l'attention par un comportement insolite :

– À tous : je crois qu'elle sort du 39, avertit soudain l'un des policiers. Je n'en suis pas encore certain, je suis un peu trop loin. Je me rapproche. Convergez sur le 39… Oui, c'est bien elle ! Elle prend la direction de la place d'Iéna. Que fait-on ? On la cravate ou on la filoche ?

– Je demande la suite à tenir. Surtout, ne la perds pas de vue, recommande son collègue resté dans le véhicule banalisé de la police, stationné au coin du square des États-Unis et de la rue de Lübeck.

– Attention, elle s'arrête, téléphone... traverse et remonte vers les Champs-Élysées. Que fait-on, bordel ?

– Lorsqu'elle ne sera plus en vue du 39, avenue d'Iéna, vous la serrez gentiment et me la ramenez à la maison, ordonne par radio Marion Pylat.

– Compris ! Je fais mouvement vers elle, indique le policier, puis il ajoute à l'intention de ses deux collègues : Quand je serai à sa hauteur et vous à son contact, on lui saute dessus proprement.

*

Laurence Lexan s'est laissé interpeller sans difficulté, paraissant même soulagée lorsque les fonctionnaires de police l'ont abordée et invitée à les suivre au Quai des Orfèvres.

Dans les locaux de la criminelle, elle s'enferme dans un long mutisme, prostrée sur sa chaise, écoutant les questions de Marion Pylat sans y répondre. Elle donne l'impression d'être ailleurs, de s'être réfugiée dans une sorte de léthargie. Stratégie de défense, volonté de gagner du temps, d'éviter les questions embarrassantes ?

Les policiers de la criminelle sont habitués à ces individus qui jouent les débiles pour esquiver les questions précises. C'est en général la spécialité des vrais voyous que de ne pas parler pour gagner du temps, pour mieux réfléchir après leur interpellation, pour obliger leur adversaire, la police, à se découvrir, et permettre éventuellement à leurs complices de faire disparaître des indices compromettants, voire de prendre la fuite.

Ce n'est toutefois pas le cas de Laurence Lexan. Les conclusions du médecin requis par Marion Pylat pour l'examiner montrent qu'elle est en fait sous l'emprise de tranquillisants. Son mutisme n'est donc pas calculé.

Un long moment après le départ du médecin, elle émerge peu à peu de sa léthargie. Elle réclame à boire et avale d'un trait le contenu du grand verre d'eau qu'on lui a apporté. Marion Pylat tente alors de l'interroger sans la brusquer :

– Je ne comprends pas bien votre attitude. Nous ne sommes pas là pour vous accabler, vous juger, encore moins vous condamner. Un homme que vous connaissiez bien, avec qui vous avez travaillé, que vous avez aimé, a été assassiné. Aidez-nous à analyser ce qui s'est passé, comment ce drame a pu survenir. Donnez-nous des indications qui nous permettent d'identifier et d'interpeller le ou les auteurs du meurtre. Vous le devez à la mémoire de votre ami Mathieu Puech.

Laurence Lexan tourne un regard las vers Marion Pylat. Ses yeux noyés de larmes expriment une détresse qui confine au naufrage. Marion Pylat la laisse s'apaiser, recouvrer un peu de calme intérieur.

La jeune femme se redresse enfin. Ses larmes ne coulent plus : elle n'a plus la force de pleurer. Elle passe la main dans ses cheveux, inspire à fond, décroise les jambes. Marion Pylat fait discrètement signe à son collègue de la laisser seule avec elle et de refermer la porte de son bureau. Sans dire un mot, en la fixant simplement du regard, elle attend que Laurence Lexan décide d'elle-même de s'exprimer.

– Tout cela est terrible pour moi. J'ai tout perdu. Je ne suis plus capable de mener une vie normale. Je voudrais bien savoir qui a fait ça !

– Tranquillisez-vous. Ensemble, nous allons progresser vers la vérité, dit Marion Pylat d'une voix douce et rassurante, ajoutant du même ton apaisant : Vous pourrez alors recouvrer une raison d'espérer. Que s'est-il passé dans l'île d'Aruba ?

– Je ne sais pas. Je n'y étais pas. J'ai tout inventé. Je ne sais même pas si Mathieu y est allé. Il m'a dit qu'il partait pour dix jours se reposer. Étant passionnément amoureuse de lui, j'ai voulu l'accompagner.

» Je savais qu'il avait une maîtresse, et j'étais furieusement jalouse. Il n'a pas voulu. Il m'a suggéré de profiter de son absence pour me chercher un homme qui assouvirait mes pulsions. Cela m'a profondément meurtrie. J'étais humiliée par son propos, révoltée par son attitude à mon endroit. Il ne se rendait pas compte du mal qu'il me faisait. C'est ma vie qu'il assassinait…

Laurence Lexan s'interrompt et regarde Marion Pylat qui ne pipe pas, puis elle reprend son récit :

– Pendant toute son absence, je n'ai pas pu fermer l'œil. J'ai pleuré, pleuré, pleuré. J'étais désespérée. J'avais tout sacrifié pour lui, tellement je l'aimais. Vous n'imaginez pas ce qu'on ressent au plus profond de soi lorsqu'on est habitée par la passion pour un homme...

Marion Pylat ne bronche pas. Elle vient de quitter le compagnon avec qui elle vivait depuis cinq ans. Il ne pouvait pas supporter sa vie de flic, ces nuits perturbées par des gardes à vue qui se passaient mal, obligeant sa compagne à regagner le Quai des Orfèvres avant l'aube. Il n'acceptait pas ses soirées solitaires alors qu'elle était en planque dans des lieux sordides de la capitale, ne rentrant qu'au petit matin, exténuée. Il ne comprenait pas ses doutes, son stress lorsqu'une enquête ne se déroulait pas comme prévu. Il ne partageait pas sa joie lorsqu'elle arrivait à confondre un assassin, à interpeller un violeur, à arrêter un braqueur. À plusieurs reprises il avait exigé qu'elle choisisse entre lui et la police. Il a fini par jeter l'éponge et s'en est allé, la laissant plongée dans une infinie tristesse, car elle l'aimait, même si ce n'était pas au point de lui sacrifier sa raison de vivre : son métier.

– L'amour déçu hante vos jours et vos nuits, poursuit Laurence Lexan. En son absence, j'ai passé des moments affreux, j'ai même imaginé en finir, mais je n'ai pas eu le courage de passer à l'acte. Quand il est revenu au bureau, j'ai été heureuse de le retrouver, mais lui-même avait l'air traqué. Ce n'était plus le même homme. Il n'a rien voulu m'expliquer.

– Pourquoi avoir inventé ce voyage à Aruba ?

– Je ne sais. J'avais lu le nom de cette île dans un magazine. Par réflexe, pour le protéger ? Il avait fini par m'avouer que, pendant ces vacances, il avait rencontré des individus qui voulaient le faire chanter, car il avait perdu beaucoup d'argent en jouant au poker. Oui, j'ai cru que je pouvais le sauver, qu'il avait enfin besoin de moi…

Marion Pylat ne peut s'empêcher de se rappeler les déclarations de Marianne Puech. Et de se dire combien admirables sont ces femmes qui aspirent à protéger des hommes qui les trompent et les humilient.

– Ce personnage qui claudiquait, le connaissez-vous ?

– Invention de ma part.

– Et la présence de Bruno Bourdalin ?

– Ils se connaissaient bien. J'ai entendu Mathieu lui téléphoner, lui dire qu'il était content de passer des vacances avec lui.

– Qui voulait faire chanter Mathieu Puech ?

– Je n'en ai aucune idée.

– Que devait-il faire ?

– Il ne me l'a pas dit. Probablement rembourser ses dettes en plaçant de l'argent, en les faisant profiter de sa situation à la Compagnie bancaire et financière pour rentabiliser à souhait leur mise de départ. Peut-être même en ayant recours à certaines méthodes peu orthodoxes…

– Pourquoi avoir inventé ces menaces et avoir voulu vous cacher ?

– Je me suis laissé enfermer dans une histoire folle. Je m'en rends compte à présent.

– Où aviez-vous disparu ?

– Chez Blandine Josse, la standardiste de la Compagnie. C'est ma seule amie depuis longtemps.

– Connaissiez-vous les amis, relations ou fréquentations de Mathieu Puech ?

– Non, à l'exception de Bourdalin.

– Qui avez-vous rencontré, avenue d'Iéna ?

À cet instant, Laurence Lexan se dit fatiguée, réclame un peu d'eau, la possibilité d'une petite pause. Elle avoue que, depuis une semaine, elle prend des tranquillisants qui la plongent dans un état de grande hébétude. Marion Pylat, qui ne veut pas la brusquer, arrête le magnétophone qu'elle avait mis en marche au début de l'audition : elle appelle un collègue, lui confie la cassette enregistrée afin qu'elle soit décryptée pour servir de base à la rédaction du procès-verbal que Laurence Lexan aura à signer à l'issue de sa déposition.

Après cet interlude, cette dernière répond à la question laissée en suspens :

– Je suis allée voir M. Lucio Antonetti.

– Vous le connaissiez ?

– Non, mais j'en avais entendu parler. C'est par son intermédiaire que les collaborateurs de la maison sont recrutés. Je lui ai dit ce que je savais sur Mathieu Puech et ses agissements. Il voulait savoir ce qu'on racontait sur son assassinat, ou en était votre enquête.

– Pourquoi ?

– Je l'ignore.

– Que lui avez-vous dit au juste ?

– Rien. Je n'étais pas en état de parler, ce qui l'a mis dans une rare fureur. Je ne désirais pas me confier à lui. Voilà, vous savez tout.

– Pourquoi être allé le voir à son bureau ?

– Il ne m'avait pas laissé le choix. Il me harcelait de menaces par téléphone au cas où je refuserais de le rencontrer. Il avait trouvé le numéro de mon portable et ne cessait de m'appeler.

Laurence Lexan s'étant remise à sangloter et à trembler, Marion Pylat se rend compte qu'elle est à bout de forces et décide de mettre fin à ce premier interrogatoire. Elle lui fait signer un procès-verbal qui n'est que la transcription de ce qu'elle vient de lui déclarer, puis indique qu'elle la place en garde à vue afin de vérifier la véracité de ses déclarations.

*

Lors de la réunion quotidienne dans son bureau, Marion Pylat indique à ses collègues que la priorité est désormais d'interpeller Lucio Antonetti, de l'interroger, d'entendre rapidement Blandine Josse, et d'organiser éventuellement une confrontation avec Laurence Lexan si des divergences venaient à apparaître entre leurs auditions respectives.

Chapitre 42

Paul Abrioux s'est joint à la tournée des cercles de jeu que les fonctionnaires du service des courses et des jeux de la direction centrale de la police judiciaire assurent fréquemment. Comme le lui a demandé Marion Pylat, il entend explorer le côté amateur de poker de Mathieu Puech. Les enquêteurs de la criminelle espèrent trouver dans ces cercles spécialisés un ou plusieurs de ses compagnons de jeu et recueillir des indices ou témoignages utiles sur sa personnalité et ses fréquentations.

Cette visite des cercles de jeu n'a rien d'exceptionnel. Les soixante fonctionnaires du service remplissent presque quotidiennement cette mission de surveillance. Ils ne préviennent pas de leur venue et débarquent aussi bien en plein milieu d'après-midi que tard dans la soirée. Les responsables de cercle les accueillent certes sans plaisir, mais sans faire trop mauvaise figure. Certains d'entre eux entretiennent d'ailleurs avec les fonctionnaires de police des relations d'un prudent respect. Ils savent qu'ils n'ont pas intérêt à entrer en conflit avec eux : ils n'en sortiraient pas forcément gagnants. Aussi les renseignent-ils, si nécessaire, surtout s'ils ne peuvent faire autrement.

La tournée débute par l'Eldo, puis par le Central, rue Frochot, dans le IXe arrondissement. Paul Abrioux présente la photo de Mathieu Puech aux responsables ; elle ne leur évoque aucun de leurs clients habituels.

Ces deux premières visites ne durent qu'une petite demi-heure, le temps pour les policiers de se montrer, et celui pour Abrioux, peu familier des cercles de poker, de subodorer l'atmosphère si particulière qui y règne.

– J'ai voulu débuter la tournée ici à tout hasard, mais a priori ces cercles ne correspondent pas à la personnalité de ton Puech. À l'Eldo, boulevard Saint-Martin, on ne peut jouer qu'au stud-poker, et tu as remarqué la clientèle : surtout des Asiatiques. Le Haussmann, le Gaillon ou l'Aviation, où nous nous rendons maintenant, sont plus huppés, moins popu ; c'est là que nous pourrons recueillir des informations utiles pour ton enquête, indique à Abrioux son collègue Launay, du service des Jeux.

À proximité de la place de l'Opéra, le cercle Haussmann, installé rue de la Michodière dans un ancien hôtel particulier et créé en 1864 par le duc de Morny, demi-frère de Napoléon III, offre un décor d'un luxe sophistiqué et une ambiance feutrée. L'hôtesse d'accueil, auprès de laquelle se tient un vigile, ne paraît pas surprise de l'arrivée des policiers. Elle les reconnaît sans même qu'ils aient besoin de se présenter, et décroche tout de suite son téléphone pour aviser le directeur.

En attendant, Paul Abrioux, pour qui le spectacle des salles de poker est une découverte, contemple avec curiosité le donneur, celui que les spécialistes surnomment le dealer. Avec un parfait automatisme, il distribue des cartes à chacun des joueurs, puis en aligne trois devant lui. Les gens assis autour de la table recouverte d'un tapis vert regardent leurs cartes à la dérobée. Ballet parfaitement synchronisé : les joueurs s'observent sans rien en laisser paraître. Ils cherchent à deviner les logiques et les failles de leurs adversaires. L'un dissimule ses yeux derrière des lunettes noires, l'autre garde la tête baissée comme s'il somnolait, le troisième esquisse un petit sourire tout en manipulant machinalement les jetons multicolores qu'il aligne devant lui en petits tas égaux. Tous sont en embuscade, concentrés, attachés à mémoriser les cartes. Leur manège fascine l'enquêteur de la brigade criminelle.

– Messieurs, quel bon vent vous amène ? s'exclame Simon Planucchi en rappliquant.

Corse pur jus, comme son nom l'indique, figure bien connue du monde des jeux où sa famille est implantée depuis plusieurs générations, Simon Planucchi paraît toujours flegmatique, mais ceux qui l'ont approché de près savent que son attitude est plutôt l'expression d'un parfait contrôle de ses réactions, lesquelles peuvent parfois se révéler musclées. Il se montre particulièrement aimable avec les policiers, car il n'y a pas si longtemps, sur décision du ministre de l'Intérieur, son cercle a été fermé. Des irrégularités comptables avaient été repérées. Il a dû galérer pour obtenir la réouverture. Il sait donc qu'il lui faut composer avec la police. Avec un large sourire, il explique :

– Tout est bien calme, ce soir. Comme partout ailleurs, nous sentons ici les effets de la crise. Moins d'étrangers, les Saoudiens ne viennent plus aussi régulièrement. Avec la chute du dollar, même eux se montrent plus modestes dans leurs mises. Mais ne nous plaignons pas trop. Puis-je vous offrir un petit rafraîchissement : champagne, cocktail maison ? ou une légère collation servie dans notre bar américain. ?

– Non, merci, répond sombrement Paul Abrioux.

« Il ne faut surtout pas copiner avec les patrons de cercles ou de salles de jeu », lui a rappelé le patron du service lorsque Abrioux a sollicité l'assistance de ses collègues pour mener son enquête. Il a même ajouté : « C'est parfois difficile, surtout quand ce sont des anciens de la maison ! C'est Allegrini, ancien patron de l'Office central de répression du banditisme, qui règne sur l'association en charge de la gestion de l'Aviation, dont le directeur des jeux est un élu corse... Un des anciens fonctionnaires du service des Jeux a terminé à la tête d'un autre cercle. Nos anciens collègues oublient parfois qu'ils ne sont plus flics.

Aussi faut-il leur rappeler qu'il y a des lignes qu'il convient de ne pas franchir. Nous ne devons surtout pas tomber dans le piège du "Je ferme les yeux puisque nous venons de la même maison" ! »

S'adressant à Paul Abrioux dont il a remarqué le regard curieux fixé sur les joueurs, Simon Planucchi lance :

– Fascinant, n'est-ce pas ? Aucune fébrilité, et pourtant tous sont stressés, drogués par les cartes. Il y a des joueurs doués, mais aussi d'autres qui n'arriveront jamais à jouer correctement et qui s'acharnent en pure perte...

– Il y en a qui ont plus de chance que d'autres, remarque Abrioux qui ne peut détacher les yeux de la première table de poker.

Ses collègues, habitués des salles de jeu, observent avec lui le spectacle de façon plus détachée.

– La chance ! Vaste sujet ! répond Planucchi en pontifiant. Bien sûr qu'elle existe, c'est indéniable, mais il convient de la séduire, de la susciter, de savoir provoquer sa venue en prenant des risques. S'il n'y avait que la chance, d'une année sur l'autre ce ne serait pas toujours les mêmes joueurs qui remporteraient les grands tournois. Pour triompher, ils ne s'en remettent jamais exclusivement à elle. Ils ne croient pas à la toute-puissance du hasard.

– C'est comme dans la police, souligne Abrioux. Nous n'obtenons rien sans bosser ni prendre des risques. Si, par-dessus le marché, vous tombez sur Madame la Chance, c'est le jackpot ! Vous jouez ? demande-t-il à l'adresse de Simon Planucchi.

– Jamais ! À chacun son métier. Le directeur dirige, le joueur joue, gagne ou perd. Chacun chez soi, répond-il.

– Y a-t-il toujours autant de monde ? interroge le policier de la criminelle.

– Cette soirée est un peu particulière : des joueurs sponsorisés par Poker Stars sont là pour faire des parties avec nos clients. Comme ce sont de bons professionnels, cela attire pas mal d'amateurs, explique Planucchi.

Se détachant des tables de jeu, Abrioux lui présente la photo de Mathieu Puech :

– Ce visage vous dit-il quelque chose ?

Simon Planucchi l'examine, hésite à répondre et, après un rapide coup d'œil de droite à gauche, probablement pour vérifier si quelqu'un a pu le remarquer lorsque Abrioux lui a présenté la photo, il invite les policiers à le suivre dans son bureau. La porte refermée, il déclare :

– Oui, c'est bien un client du cercle, mais je ne l'ai pas revu depuis un certain temps. J'ai sa fiche et une copie de sa carte d'identité : n'importe qui ne peut fréquenter notre cercle, il faut payer un droit d'entrée annuel, être parrainé et accepté par notre comité des jeux. Nous exerçons une vigilance permanente.

Il se retourne, vérifie sur son ordinateur, puis ouvre une armoire forte et en extrait un dossier d'où il sort une photocopie.

– Oui, c'est bien lui, c'est Mathieu Puech.

– Il venait souvent ?

– Une fois par mois. Jamais plus, parfois moins.

– A-t-il perdu beaucoup d'argent ?

– Comme toujours ça gagne, ça perd, mais, sur une longue période, sauf si vous savez vous arrêter à temps, les pertes sont en général plus fréquentes et plus fortes que les gains. Les joueurs ne se souviennent pourtant que des sommes remportées et quant aux professionnels, ce qui compte le plus pour eux, c'est la montée d'adrénaline que procure une partie.

– Puech a-t-il joué récemment des sommes importantes ?

– Je ne vois rien. Sa dernière visite remonte à deux mois. C'est un personnage sympathique, qui ne pose pas de problème. Il a toujours un comportement parfait, discret. Quand il perd, il n'est pas agressif. S'il gagne, il sait avoir le triomphe modeste. Pourquoi ces questions ? Est-il recherché ? Qu'a-t-il fait pour susciter votre curiosité ?

– Venait-il seul ? questionne Abrioux qui, sciemment, ne prête pas attention à l'interrogation du directeur du cercle.

– Je ne peux vous le dire.

– Comme vous tenez quotidiennement un registre des entrées et des sorties des joueurs, il vous est facile de me dire qui était présent dans votre établissement au même moment que lui, réplique d'une voix ferme Abrioux.

Il précise agir dans le cadre d'une commission rogatoire de la juge Cazavonne et Simon Planucchi comprend qu'il ne doit pas tergiverser et que son intérêt est de répondre avec une certaine précision.

– Naturellement, une rapide recherche est nécessaire… – puis, montrant qu'elle ne lui est pas indispensable et qu'il jouit d'une parfaite mémoire, il ajoute : Je sais qu'il connaît bien un autre de nos clients habituels, lui aussi très agréable à fréquenter, un certain Lucio Antonetti. J'ai ses coordonnées sur mon ordinateur. Voilà… Profession : directeur de société. Je note son adresse sur ce papier : 39, avenue d'Iéna, dans le XVIe arrondissement. Je sais aussi que Puech était ami avec un « grand » du poker, Bruno Bourdalin.

Il se croit encore obligé d'ajouter hypocritement :

– Que puis-je faire d'autre pour vous ?

Malgré le sourire qui s'épanouit sur sa figure, on y lit l'espoir que les policiers vont quitter au plus vite les lieux et aller poursuivre ailleurs leur virée.

Alors que les policiers se dirigent enfin vers la sortie, Simon Planucchi ne peut s'empêcher de quémander un petit service en retour :

– Vous ne pourriez pas suggérer à vos collègues du quartier de me débarrasser des clochards qui zonent non loin de l'entrée du cercle ? Ils sont souvent avinés et interpellent méchamment nos clients quand ils ne se mettent pas à les menacer. Ça ne fait pas bon effet.

Après lui avoir promis de transmettre sa demande au commissaire de quartier, Abrioux et ses collègues s'en vont poursuivre au cercle Gaillon, rue de Berri, leur quête d'indices ou d'informations sur Mathieu Puech.

Une fois deux portes vitrées franchies et après avoir repéré les caméras qui filment les allées et venues dans le couloir, les policiers débouchent sur une vaste salle couverte de tentures grenat. L'atmosphère y est luxueuse et paisible. Ils remarquent d'emblée à la première table un ex-entraîneur de l'équipe de France de football, Michel Boisseau, le fameux présentateur de télévision, la chanteuse Estelle et son compagnon à qui les journaux spécialisés ont récemment consacré des articles.

– Que puis-je pour vous ? leur demande une jeune femme qui se présente comme la directrice des jeux, avant même que l'hôtesse d'accueil ait eu à leur poser la question.

Manifestement, leur arrivée n'est pas passée inaperçue : les caméras du couloir ont bien fonctionné.

– Brigade criminelle, réplique Abrioux, et service des Jeux, précise-t-il en désignant ses deux collègues. J'ai quelques questions à vous poser.

Pouvez-vous me fournir la liste des membres de votre cercle ?

– Nos registres sont parfaitement tenus. Il suffit de les consulter.

Tout en écoutant la réponse attendue, Abrioux ne quitte pas des yeux un joueur installé devant plusieurs piles de jetons de couleur.

– Je suppose que chaque couleur correspond à une valeur ? interroge-t-il.

– Tout à fait. Les bleu et blanc, c'est 5 000 euros ; les blanc et rouge, 1 000 euros ; les orange, 500 euros ; et ainsi de suite...

D'un rapide coup d'œil, Abrioux constate que devant au moins trois joueurs est entassé plusieurs fois son revenu annuel qu'ils vont peut-être perdre en l'espace d'une soirée.

Puis, se tournant vers la directrice, il lui montre la photo de Mathieu Puech en lui demandant de préciser si elle le connaît. Elle ne fait aucune difficulté et lui indique qu'en effet, c'est un membre récent du cercle. Elle précise même que c'est un joueur confirmé et ajoute :

– C'est Bruno Bourdalin qui l'a parrainé. Mais je n'ai vu ni l'un ni l'autre depuis quelque temps.

– La dernière fois qu'il est venu remonte à quand ? Je veux aussi savoir qui était alors avec lui, et s'il a beaucoup perdu.

– Je ne peux répondre à cette question.

– Si ! rétorque Abrioux. Vous connaissez certainement la somme qu'il a changée en jetons. De toute façon, voici une convocation pour être entendue demain à la brigade criminelle. Vous voudrez bien avoir alors avec vous les renseignements que je viens de vous demander.

La directrice n'insiste pas ; elle se doute bien qu'Abrioux sait qu'elle est obligée de mentionner dans un registre le nom des joueurs qui gagnent plus de cinq mille euros.

Au très sélect cercle de l'Aviation, en haut des Champs-Élysées, Mathieu Puech n'est pas connu ; son nom n'apparaît pas dans le registre des membres.

En regagnant leur véhicule, Abrioux laisse percer devant ses collègues une certaine déception :

– La moisson n'est pas nulle, mais j'espérais plus, reconnaît-il.

– Il faut faire montre de patience.

– N'y a-t-il pas des cercles clandestins, contrôlés par des voyous ou par la Mafia ?

– Si, naturellement. Il faut beaucoup travailler pour les localiser. Il n'y a pas si longtemps, à la suite d'investigations longues et difficiles, nous avons pu faire fermer un cercle qui était pourtant apparemment bien tenu. À la suite de renseignements anonymes et d'observations sophistiquées, nous avons pu mettre au jour un système de prêts illégaux à l'intérieur même d'un cercle officiellement autorisé.

– Comment est-ce possible ? Vous opérez pourtant de fréquentes descentes ! s'exclame Abrioux.

– Oui, mais il nous a fallu pas mal de temps pour nous rendre compte et surtout prouver que des voyous avaient installé dans ce cercle bien connu deux tables de poker fonctionnant à leur profit, auxquelles n'avaient accès que certains joueurs qui pouvaient contracter auprès d'eux des prêts avec intérêts, remboursables à brève échéance.

– Super-intéressant, dans le cas de Puech !

– Les joueurs de ces tables clandestines pouvaient emprunter secrètement de l'argent lorsqu'ils perdaient, mais ils étaient aussi l'objet de pressions diverses, notamment pour rabattre d'autres joueurs vers ces deux tables clandestines.

– Les responsables du cercle étaient complices de ce manège ? interroge Abrioux.

– Non. Ou plus exactement ils laissaient faire et ne s'en mêlaient pas. Ils étaient sous la menace physique permanente de ces voyous, répond son collègue du service des Jeux.

– Que se passait-il lorsqu'un joueur refusait d'obtempérer aux ordres de ces voyous ? demande encore Abrioux.

– Dans ce cas, le joueur récalcitrant pouvait avoir à subir, de la part de l'exploitant de la table clandestine, un chantage, des pressions, et risquait sans doute d'être sérieusement malmené.

– Tu crois que Puech a pu être éliminé pour n'avoir pu tenir ses engagements vis-à-vis de tels voyous ?

– C’est pour moi une hypothèse plausible. Ceux que nous avons appréhendés étaient des criminels prêts à tout, y compris à commettre des assassinats.

– Merci pour cette soirée et pour ces renseignements. Je repasserai discrètement jeter un coup d’œil à la procédure afin de vérifier quels noms y apparaissent.

Chapitre 43

Avant de se rendre au bureau de Lucio Antonetti, Marion Pylat a demandé à Julie Cazavonne une nouvelle commission rogatoire donnant instruction à la brigade criminelle de « procéder à toutes investigations, perquisitions, auditions, confrontations, aux fins de vérifier les déclarations de Laurence Lexan et d'entendre notamment Lucio Antonetti et Blandine Josse ».

Ainsi juridiquement armés et protégés, les enquêteurs de la criminelle débarquent en milieu de matinée au 39, avenue d'Iéna. Comme Marion Pylat le pressentait, Lucio Antonetti commence par refuser que l'on perquisitionne ses bureaux. Il s'excite, s'énerve, hausse le ton, conteste la légalité de cette « scandaleuse descente de police », enfin appelle son avocat. Sur les conseils de celui-ci, néanmoins, il se calme, ne s'oppose plus à la perquisition et consent à répondre aux questions des policiers. Son ton à leur endroit se fait moins méprisant.

Son audition est néanmoins laborieuse. Roublard, prudent, le personnage ne veut rien dire qui puisse lui nuire. Il ressemble à ces individus visqueux qui ont la traîtrise dans le sang, transpirent la compromission, la cupidité, à l'instar de ces courtisans que l'on croise dans les allées du pouvoir, obséquieux avec les puissants, méprisants avec les subalternes, et qui, dans un dîner ou une réception, font la roue, parlent fort, émettent des avis sur tout, étalent leurs relations ou prétendues telles.

Lucio Antonetti affirme qu'il ne connaît que peu Mathieu Puech, et n'a vu qu'une fois Laurence Lexan.

Cette réponse énerve Marion Pylat qui, du coup, adoptant un ton plus agressif et autoritaire, menace de le déférer à la juge d'instruction pour qu'il consente à se montrer plus précis et ne cherche plus à se défiler.

– Pourquoi avez-vous convoqué Laurence Lexan ?

– Madame la policière...

– Commandant, s'il vous plaît !

– Pardon, commandant, cette dame est venue d'elle-même. C'est elle qui a sollicité ce rendez-vous...

– Ce n'est pas ce qu'elle affirme. Cessez de tergiverser ! Le mieux est que nous allions nous expliquer au Quai des Orfèvres. Je vais vous placer en garde à vue et organiser une confrontation avec Laurence Lexan.

Marion Pylat se lève, se tourne vers son collègue, et, tout en lui adressant un discret clin d'œil, lui ordonne de trouver une cellule, en vérifiant qu'elle n'est pas trop remplie de drogués, de braqueurs et de travelos. Disant cela, elle regarde Antonetti qui est devenu tout pâle. Ses lèvres tremblent légèrement et de petites perles de sueur couvrent son front. Il desserre son nœud de cravate.

Elle ajoute à son intention :

– Venez, on vous embarque...

Il ne lui laisse pas le temps de terminer :

– Mais j'ai du travail ! Je ne suis pas un criminel ! Que voulez-vous que je vous dise ?

– La vérité, et surtout cessez de nous mener en bateau. Moi non plus, je n'ai pas de temps à perdre. Vous m'avez bien compris ?

Lucio Antonetti a mesuré qu'il devait adopter une autre attitude, arrêter de louvoyer. Sa situation défavorable ne lui permet pas d'énerver davantage son interlocutrice.

– Si j'ai demandé à Laurence Lexan de venir, c'était pour apprendre ce qu'elle savait de Mathieu Puech et de son assassinat.

– Vous enquêtiez ?

– Non, mais je voulais comprendre pourquoi on l'avait tué.

– À quelles fins ?

Lucio Antonetti, gêné, fait comme s'il n'avait pas bien entendu la question et se lance dans une ample digression sur sa façon de travailler, qui l'incite à suivre les collaborateurs qu'il a fait embaucher.

Marion Pylat le laisse débiter un discours convenu, dépourvu d'intérêt. Lorsqu'il en a terminé et pense avoir relâché la pression, elle le regarde sans mot dire et l'oblige à détourner les yeux. Désorienté par cette attitude, Antonetti ne sait plus que faire.

Après un bref silence et un coup d'œil furtif à la policière, il regarde du côté de la fenêtre, comme s'il était seul dans son bureau, tout en cherchant nerveusement un papier qui se trouvait posé devant lui.

Exaspérée par son attitude, Marion Pylat rompt le silence et hausse le ton :

– Vous vous fichez de moi en ne répondant pas à la question que je vous ai posée. Je la reformule une ultime fois afin de vous rafraîchir la mémoire. Si vous dites n'importe quoi, on file au Quai des Orfèvres et je vous flanque en garde à vue. Vous m'avez bien comprise ? On ne s'amuse pas, avec moi ! Dans quel but vous intéressiez-vous à l'assassinat de Puech au point de convoquer dans votre bureau son assistante ?

– J'ai fait venir Laurence Lexan à la demande d'un dirigeant de la Compagnie bancaire et financière qui m'a confié la mission d'enquêter sur ce meurtre. Il est inquiet des conséquences que cet assassinat pourrait avoir pour la réputation de la banque. D'après ce qu'il m'a dit, il considère que les investigations officielles n'aboutiront pas. Il veut savoir quelles étaient au juste les relations professionnelles de Puech.

– Qui vous a commandé ce travail ?

– Le vice-président Jacques du Tilleul.

– Vous pratiquez certains jeux de cartes ?

Surpris par cette question à laquelle il ne s'attendait pas particulièrement, Antonetti commence par faire la moue, hésite, puis finit par dire non.

– Vous vous fichez encore de moi ?

– Pourquoi donc ?

– Le cercle Haussmann, ça n'évoque rien pour vous ?

– J'ai dû y aller une ou deux fois avec des clients. Pourquoi ?

– Parce que vous mentez : on vous y a vu en compagnie de Mathieu Puech !

– Peut-être, mais très rarement, et c'était le fruit du hasard.

C'est sur ce nouveau mensonge que Marion Pylat termine son audition. Elle ne lui demande pas de la suivre au Quai des Orfèvres, mais lui indique néanmoins qu'ils seront vraisemblablement appelés à se revoir.

Avant de partir, elle lui fait signer le procès-verbal d'audition que son collègue a rédigé sur son ordinateur portable.

Et c'est sans attendre qu'elle décide d'aller rendre une petite visite à Jacques du Tilleul à la Compagnie bancaire et financière. Cette escale lui permettra d'entendre en même temps Blandine Josse afin de vérifier si Laurence Lexan s'était bien réfugiée chez elle.

Chapitre 44

C'est au pavillon de la Lanterne, dans le parc de Versailles, où il aime à passer ses fins de semaine, que le Président reçoit, ce dimanche matin, le directeur central du Renseignement intérieur.

Installée à Levallois-Perret dans un immeuble hautement sécurisé, née de la fusion de la Direction de la surveillance du territoire (DST) et de celle des Renseignements généraux, forte de trois mille fonctionnaires, la DCRI a pour rôle de prévenir les ingérences étrangères pouvant porter atteinte à l'autorité de l'État, mais aussi de lutter contre l'espionnage industriel.

Ami fidèle du Président depuis longtemps, le préfet Bernard Scuarci a d'abord accompli son parcours professionnel dans divers services de police. Alors qu'il était commissaire divisionnaire, c'est le Président en exercice, qui n'occupait pas encore l'Élysée, qui l'a fait nommer préfet. Une fois élu, il l'a aussitôt désigné à la tête du Renseignement intérieur.

C'est sa politique : le Président désigne aux fonctions importantes pour le fonctionnement de l'État des hommes ou des femmes dont il a éprouvé la loyauté, constaté l'amitié, et avec lesquels il entretient des rapports personnels.

Construite en 1787 pour le gouverneur de Versailles, la Lanterne, après avoir été la résidence secondaire des Premiers ministres, est devenue, de par sa décision, celle de l'actuel chef de l'État. Ont souvent lieu là des rencontres ou conciliabules politiques discrets, des rendez-vous confidentiels. Cantonnés au bout de l'allée qui y donne accès, les journalistes ne peuvent remarquer qui s'y rend, d'autant moins que les gendarmes qui sécurisent les lieux font montre d'une vigilance parfaite.

C'est dans son bureau du rez-de-chaussée que le Président rencontre à sa demande le directeur central.

– Monsieur le Président, je voulais vous rendre compte de la mission que vous m'avez confiée concernant la personnalité de ces deux cadres de banque, Mathieu Puech et Bruno Bourdalin. Concernant le premier, une source généralement bien informée m'a indiqué qu'il avait été, il y a un certain temps, contacté par la CIA...

Le Président marque sa surprise, les fonctions de Mathieu Puech au sein de la Compagnie bancaire et financière n'étant pas vitales pour la sécurité des États-Unis ! Il fait part de son étonnement à Bernard Scuarci qui explique :

– Certes, mais la CIA collabore souvent avec la Drug Enforcement Agency et recherche partout dans le monde ceux qui peuvent recycler de l'argent en provenance du trafic de drogue, persuadés qu'ils sont que l'argent ainsi blanchi alimente les caisses de divers mouvements terroristes ou révolutionnaires tout en alimentant divers trafics d'armes et de munitions. Puech avait une réputation d'efficacité pour spéculer en Bourse et écouler de l'argent sale. Nous savons qu'il y a quelque mois, il a fait un aller et retour à Monaco pour rencontrer un officier traitant de la CIA. Il possède d'ailleurs à Genève un compte numéroté qui aurait été récemment crédité d'une importante somme en dollars.

– Vous insinuez que Puech aurait pu être buté par des trafiquants de drogue qui auraient su qu'il rencardait la CIA, voire par des agents de ce service pour n'avoir pas respecté certains de ses engagements ?

– Monsieur le Président, je ne puis l'affirmer, nous n'avons aucun indice abondant dans ce sens. Mais la collaboration plus que probable de Puech avec la CIA est un élément qu'il m'a semblé important de porter à votre connaissance. Naturellement, la police judiciaire pas plus que le procureur de la République ou la juge d'instruction n'ont été informés de nos investigations sur Puech et Bourdalin, et tous ignorent notre découverte… Pour ce qui est du second personnage, Bruno Bourdalin, nous n'avons aucun renseignement précis le concernant.

Après avoir évoqué d'autres dossiers relatifs à la sécurité nationale, Bernard Squarci quitte la Lanterne aussi discrètement qu'il y est venu.

Chapitre 45

– Si je résume bien, soupire Julie Cazavonne, nous sommes toujours dans la même incertitude. L'audition de Jacques du Tilleul n'a rien donné de convaincant. Il vous a avoué qu'un financier anglais, un certain Edward Palmer, voulait profiter de l'assassinat de Puech pour mettre la main sur la Compagnie bancaire et financière. Ce serait pour mieux s'y opposer qu'il aurait demandé à Lucio Antonetti d'enquêter sur cette affaire, persuadé que nous n'arriverions pas à mettre au jour la vérité et à identifier l'auteur du meurtre, celui-ci pouvant être la conséquence d'un chantage exercé sur la victime après qu'elle n'aurait pas respecté certains engagements. Tout cela est possible mais non prouvé.

– Je partage votre analyse, renchérit Marion Pylat. Selon certains témoignages, Puech aurait perdu d'importantes sommes au poker, il se serait engagé à rembourser et, pour ce faire, on lui aurait ordonné de commettre certaines irrégularités, peut-être des placements boursiers alimentés avec de l'argent d'origine douteuse.

– Cela pourrait vouloir dire qu'il s'est fait mettre le grappin dessus par des maîtres-chanteurs organisés. Il nous faut connaître au plus vite le résultat définitif de l'audit sur les placements financiers de Puech et les noms de ses clients, et l'intégrer au dossier.

– Le président de la Compagnie bancaire et financière doit nous le communiquer dans les meilleurs délais.

– Bousculez-le pour qu'il ne s'endorme pas dessus et ne nous fasse pas lanterner. Il n'a pas forcément intérêt à faire remonter en surface le fond de la casserole, comme disait ma mère, et donner une certaine publicité aux turpitudes d'un de ses collaborateurs.

La juge et la policière se regardent en silence. Elles voudraient bien que l'enquête progresse plus vite. Elles sont l'une et l'autre conscientes que le temps judiciaire est bien plus lent que le temps politique, comme le prouvent les demandes réitérées du procureur pour obtenir de Julie Cazavonne l'assurance d'un règlement rapide du dossier Bourdalin

De son côté, Marion Pylat a eu maintes fois au téléphone le directeur de la police judiciaire et deviné son impatience mêlée d'irritation. Ce qui tendrait à montrer que le ministre de l'Intérieur est nerveux et que les responsables gouvernementaux comme ceux de la majorité parlementaire s'agacent de ces investigations qui, pour l'heure, ne débouchent sur rien de concret, donc laissent place à la rumeur.

– Et la standardiste, que dit-elle ?

– Blandine Josse a pris les congés auxquels elle avait droit, elle est donc absente pour plusieurs jours. Nous avons son adresse ; si elle ne défère pas à notre convocation, nous irons la chercher.

– Je prolonge la garde à vue de Laurence Lexan. Elle doit nous aider à identifier la maîtresse de Puech, cette Cécile qui l'accompagnait dans ses déplacements. Cette femme peut nous livrer des éléments intéressants. Entendez de nouveau Marianne Puech : c'est assurément plus délicat, mais elle a admis avoir suivi à Londres cette belle blonde et son mari. Je pense qu'elle n'a pas dû se contenter de ce voyage clandestin, mais doit en savoir plus long sur la maîtresse. Je suis convaincue qu'en la bousculant gentiment, elle vous lâchera certains détails qui nous mettront sur la piste de cette Cécile et nous permettront de la retrouver.

Chapitre 46

Interroger une femme sur la maîtresse de l'homme qu'elle aime, sur celle qu'elle souhaite ardemment évincer pour prendre sa place, alors que cet homme se refuse à elle, voilà qui n'est pas facile ! Cela requiert du tact. C'est donc Marion Pylat en personne qui s'attelle à cette tâche, après avoir fait extraire Laurence Lexan de sa cellule de garde à vue.

Voulant instaurer entre elles un rapport plus personnel, elle s'assied à côté de la jeune femme et non pas derrière sa table de travail, comme pour un interrogatoire normal. Elle sait devoir jouer sur un registre intimiste, en donnant le sentiment qu'elle la comprend. Entre femmes, il doit être possible d'appréhender les mêmes sensations amoureuses. Si cette tactique ne donne pas de résultat, elle changera de registre et allumera le brasier de la jalousie.

Dès qu'elle aborde le sujet, Laurence Lexan se cabre sur sa chaise et refuse d'aborder la question. Quand Marion Pylat lui dit qu'elle n'est pas là pour la juger, la condamner ou se montrer indiscrète, mais simplement pour lui parler de cette femme qui accompagnait Mathieu Puech dans ses déplacements à l'étranger, Laurence Lexan soupire, tente de pleurer, mais les larmes ne viennent pas. Marion Pylat insiste et Laurence finit par répondre tout en éludant la question :

– Je ne veux pas la connaître, elle a tant fait de mal à Mathieu…

Sur son visage s'inscrivent les stigmates d'un chagrin manifeste tandis que resurgit sa douleur de n'avoir jamais pu ou su se faire aimer de Mathieu Puech.

Mais, à force de patience et de compassion, Marion parvient à obtenir de Laurence Lexan quelques renseignements utiles pour l'identification de cette femme.

Marion est persuadée que, jalouse comme elle devait l'être, Laurence Lexan a espionné Mathieu Puech, peut-être même écouté les messages que sa maîtresse laissait sur son portable, fouillé dans ses affaires et son agenda, déniché son propre numéro. Elle ne se trompe pas : Laurence finit par lui donner son adresse, ses nom et prénom, et jusqu'à ses coordonnées téléphoniques.

Après avoir requis de Julie Cazavonne l'autorisation de lever la garde à vue de Laurence Lexan, et une fois celle-ci remise en liberté, Marion Pylat ordonne à deux de ses collègues d'aller surveiller le domicile de la jeune femme dont Laurence Lexan a précisé qu'elle se nommait Cécile Pasquier, et, si possible, de passer son environnement au crible, sans pour autant l'interpeller dans l'immédiat.

Chapitre 47

L'homme qui la suit a toutes les apparences d'un exécuteur de basses œuvres. Sa mine patibulaire, sa manière vulgaire de mâchonner, bouche grande ouverte, un chewing-gum qu'il recrache bruyamment avant d'en enfourner un autre, et jusqu'à sa démarche suscitent la crainte et inspirent l'envie de s'enfuir très vite.

Voilà un moment que l'homme, engoncé dans une gabardine défraîchie au col relevé, une écharpe noire autour du cou lui masquant le bas du visage, l'a prise en filature. Quelles sont ses intentions ? Simplement la suivre pour savoir où elle va, qui elle rencontre, ce qu'elle fait ? ou, au contraire, attend-il le moment propice pour l'éliminer dans quelque endroit discret ? En tout cas, elle ne le remarque pas et marche sans méfiance le long du trottoir.

Mais le personnage aussi mystérieux qu'inquiétant ne s'est pas rendu compte qu'il était lui-même observé à distance par deux hommes qui lui filent le train depuis un bon moment et se rapprochent peu à peu de lui.

La femme, quant à elle, ne se soucie guère de ce qui se trame dans son dos, de l'attitude de l'individu sinistre qui n'est pourtant plus qu'à quelques mètres d'elle, ni des deux autres qui marchent sur ses talons.

D'un pas rapide, elle s'apprête à traverser la rue sans s'inquiéter de l'irruption d'une voiture dont le conducteur, manifestement, n'entend pas lever le pied de l'accélérateur ; elle la laisse passer puis reprend sa marche. Son poursuivant également. Elle s'arrête au feu, attend qu'il devienne rouge pour traverser. L'homme ralentit l'allure pour ne pas attirer l'attention, feint de s'intéresser à la vitrine d'un magasin, puis reprend sa filature.

À en juger par son pas, il est évident que la femme ne se promène pas, elle n'accorde d'ailleurs aucune attention aux devantures. Elle sait où elle va, n'hésite pas sur le chemin à suivre, ne regarde pas le nom des rues qu'elle emprunte.

La nuit n'est pas loin de tomber. C'est probablement l'instant qu'attend l'homme pour passer à l'action. Il paraît manifeste que l'ordre qui lui a été donné n'est pas de fournir des renseignements sur les allées et venues de la femme, de l'espionner et de renseigner quelqu'un sur ses fréquentations, mais bel et bien de l'éliminer.

La main de l'homme est désormais plongée dans la poche droite de sa gabardine.

La femme ralentit afin de composer un numéro sur le portable qu'elle vient d'extraire du gros sac qu'elle porte en bandoulière. Comme il fait maintenant sombre, elle s'approche de la vitrine éclairée d'une boutique.

L'homme s'avance, crache son chewing-gum, examine les alentours, se retourne. Il remarque les deux hommes, non loin, et leur présence le contrarie. Il hésite, puis sort la main de sa poche et reprend sa marche. Mais il paraît désormais sur ses gardes : à plusieurs reprises, il se retourne discrètement pour vérifier si les deux hommes sont toujours sur ses pas.

Il prend bientôt conscience qu'il est lui-même espionné et suivi. Peu habitué à ce type d'imprévu, il ne cesse de regarder nerveusement derrière lui, si bien que ses poursuivants ne peuvent pas ne pas deviner qu'ils ont été repérés.

L'homme commence à paniquer. Il craint le pire pour lui lorsqu'il aura rempli l'objectif qui lui a été assigné. Il pense qu'il est tombé dans un piège destiné à le supprimer. Il y voit la main de « l'Épervier », son ennemi mortel depuis qu'il s'est persuadé qu'il l'a balancé aux flics et est donc responsable de ses cinq années de tôle.

Plongeant à nouveau la main dans la poche droite de sa gabardine, il vérifie que l'arme est toujours là.

La femme continue son chemin, toujours étrangère à ce qui se passe derrière elle. La rue est faiblement éclairée, seulement striée par intervalles par les phares des voitures.

L'homme est à présent davantage préoccupé par ce qui se passe derrière lui que devant.

Constatant sa nervosité grandissante, ses poursuivants décident de passer à l'action et se ruent vers lui.

Il se retourne, et, à la vue des deux hommes qui déboulent dans sa direction, il hésite une fraction de seconde à se servir de son arme, mais se résout finalement à traverser la rue et à s'enfuir en courant vers les Grands Boulevards…

*

La sonnette de la porte d'entrée retentit une première fois, puis, de manière plus insistante, une deuxième, une troisième fois. Absorbé par la rédaction de ce chapitre de mon roman, je mets un certain temps à réaliser que c'est chez moi qu'on sonne.

J'hésite à aller ouvrir, mais, à présent, on martèle la porte.

Avant de quitter mon ordinateur pour aller délester la gardienne des publicités sans intérêt et des factures qui me sont destinées, voire éconduire quelque colporteur, je sauvegarde ce que je viens d'écrire puis vais ouvrir.

Les traits tirés, les yeux cernés comme si elle n'avait pas dormi depuis des jours, elle me regarde avec un air de chien battu, puis se jette dans mes bras et sanglote. Je sens ses larmes couler le long de mon cou, son corps secoué de tressaillements.

– Je suis exténuée. Je peux me reposer chez toi ? demande-t-elle d'une petite voix tremblante.

– Naturellement… Installe-toi.

En jetant un regard furtif dans la cage d'escalier, je vérifie qu'elle n'a pas été suivie par l'individu sinistre qui, dans mon livre, ne manifeste pas à son endroit des intentions bien sympathiques, ni par les deux autres poursuivants.

– Nous parlerons plus tard, je voudrais dormir. Ça ira mieux après.

Sans attendre de réponse, elle file dans la salle de bain dont elle laisse la porte grande ouverte, se déshabille, prend une douche chaude et, après m'avoir adressé un petit sourire, s'enfonce nue dans mon lit. Elle s'endort presque sur-le-champ.

Je la contemple un moment avec attendrissement et incompréhension avant de retourner à mon ordinateur.

Chapitre 48

– Elle est actuellement absente de son domicile, nous a indiqué la gardienne de l'immeuble où elle demeure, rue Spontini, dans le XVIe arrondissement.

Marion Pylat écoute avec attention le rapport que lui font les deux collègues qu'elle a chargées d'enquêter sur la dénommée Cécile Pasquier.

– Sait-on quand elle revient, et si elle vit seule ?

– Non. Toujours d'après la gardienne, elle disparaît assez régulièrement, jamais pour très longtemps : deux jours, rarement une semaine. Il semble qu'elle ne partage son existence avec personne. Aimable avec les voisins, elle n'en est pas moins très discrète.

– Avez-vous interrogé les archives de la maison ?

– Nous avons consulté les fichiers : aucun casier judiciaire, pas d'antécédents chez nous, pas trace de demandes de renseignements. Rien la concernant aux cartes grises : il semble donc qu'elle ne possède pas de véhicule à son nom.

Pour résumer, l'un des enquêteurs conclut : « Une vie sans histoires ! »

– Ce sont souvent celles qui en cachent le plus. Continuez à enquêter. Interrogez les services de la Sécurité sociale : on apprend pas mal de choses par leur truchement. Elle doit être locataire de son logement : prenez contact avec le gérant, elle a dû signer un bail. Vérifiez auprès des services fiscaux si elle paie des impôts. Auprès de la poste : elle a sans doute reçu des lettres ou des paquets recommandés. C'est un témoin capital. Il faut que vous me la retrouviez vite fait. N'attendez pas qu'elle revienne chez elle ! conclut Marion Pylat.

Chapitre 49

Tous sont là. Marc Roquette a insisté pour qu'il ne manque personne à cette séance extraordinaire du directoire. Il a indiqué qu'il ferait une importante communication et que la présence de chacun était donc indispensable.

Pour conférer plus de solennité à cette réunion, accentuer son caractère dramatique, il arrive bon dernier, avec cinq minutes de retard, ce qui n'est pas dans ses habitudes.

Jacques du Tilleul est bien sûr présent. Il ne paraît pas à son aise. Son affrontement avec Marc Roquette, il le sait, empoisonne le climat interne de la Compagnie et attise médisances et convoitises à l'extérieur. De ce fait, ses collègues observent à son égard, depuis l'annonce du meurtre de Mathieu Puech, une prudente réserve, voire lui battent froid, d'autant plus que les rumeurs les plus désagréables qui ne cessent de lui être rapportées – orchestrées, il en est certain, par Marc Roquette qui a déjeuné avec nombre de journalistes pas seulement spécialisés dans la finance – le font passer pour un personnage sans scrupules et dangereux. Dans leur grande majorité, les membres du directoire ne veulent pas être entraînés dans l'affrontement entre les deux hommes et contraints de choisir leur camp tant que la guerre entre eux n'est pas terminée. Lorsque ce sera le cas, et quelle qu'en soit l'issue, ils rallieront courageusement le panache de celui qui aura triomphé.

Jacques du Tilleul a conscience depuis plusieurs jours qu'il a sous-estimé l'habileté manœuvrière de son adversaire et sa capacité de riposte. Il le croyait englué dans un immobilisme conservateur et a découvert un combattant déterminé à ne pas se laisser déposséder du pouvoir. La vivacité de sa réaction l'a surpris. On lui a rapporté que Marc Roquette avait rencontré individuellement, parfois même à plusieurs reprises, ces derniers temps, chaque membre du directoire. Il ne s'est pas contenté de s'entretenir avec les plus influents, il a conversé avec tous. Il a même reçu en tête à tête les principaux cadres de la Compagnie bancaire et financière. Il est allé jusqu'à passer dans les bureaux, ce qui n'a jamais été dans ses habitudes, pour bavarder avec le personnel.

Du Tilleul perçoit aussi que, bien loin de semer la division au sein de la maison, l'assassinat de Mathieu Puech a suscité un réflexe de solidarité et de cohésion de l'ensemble du personnel.

Tout cela est peu propice aux changements. La rupture avec l'ordre ancien qu'il propose ne fait plus recette. À trop vouloir brusquer les choses, il a compris qu'il les avait bloquées. Son épreuve de force avec Marc Roquette ne tourne pas à son profit.

En cette période critique, les membres du directoire ont intérêt à ne pas attirer l'attention de la presse et d'une opinion peu favorable aux banquiers et financiers. Pour vivre heureux, continuer de bénéficier d'une situation personnelle on ne peut plus favorable, compte tenu des dividendes, rémunérations et avantages divers qu'ils cumulent, il leur faut impérieusement demeurer discrets.

Cette conjoncture joue en faveur de Marc Roquette, qui a bien analysé l'état d'esprit de ses collègues. Il entend même en profiter pour raffermir son autorité à la tête de la Compagnie. Et il a bien l'intention de profiter de cette situation pour mettre en difficulté Jacques du Tilleul et calmer un bon coup ses appétits de pouvoir.

Marc Roquette salue un à un chaque membre du directoire, il serre même la main de Jacques du Tilleul, mais leurs regards s'évitent.

– J'ai voulu vous réunir pour que nous évoquions la situation, celle de notre maison. Nous avons vécu un drame avec la mort d'un de nos collaborateurs, assassinat qui n'est pas encore élucidé. La police continue d'enquêter pour en déterminer les mobiles et appréhender les coupables. Un audit de la gestion de Mathieu Puech a été réalisé. Je voulais vous en donner les résultats en priorité tout en vous demandant de bien vouloir garder pour vous ces informations confidentielles.

L'attention de l'assistance est manifeste. Ils tendent l'oreille vers leur président. Assis à son côté, Jacques du Tilleul ne bronche pas. Pierre Tassandier, dont l'influence au sein de ce cénacle est décisive, plisse ses yeux, à son habitude, après avoir posé ses grosses lunettes à monture d'écaille devant lui. Ses imposants sourcils, qui masquent son regard, le font ressembler à un gros chat à demi assoupi, mais il ne faut pas s'y fier. Marguerite Dubois, la représentante du personnel, griffonne sur un papier ; elle dessine des carrés et des ronds, probablement pour calmer son impatience et masquer sa nervosité. Un rictus réprobateur se dessine sur les lèvres de Pierre de Larbodie de la Motte.

– Je résume l'audit, poursuit Marc Roquette en regardant successivement chacun de ses partisans pour dramatiser encore l'ambiance de la réunion. Débordé par ses ambitions, son goût pour l'argent facile, Mathieu Puech a été conduit à servir des intérêts contestables et cherché à faire fructifier des capitaux dont l'origine paraît à bien des égards douteuse. La police en dira sans doute plus prochainement. Par ailleurs, il aurait contribué à mettre en place des circuits financiers destinés à contourner les services fiscaux de notre pays. Vous me demanderez comment cela a été possible ? Je me suis posé la question. Les procédures de contrôle et de surveillance de nos collaborateurs auraient dû empêcher de tels agissements.

Peut-être – la police le démontrera – a-t-il bénéficié de certaines complicités internes, en tout cas d'un certain laxisme...

En déclarant cela, Marc Roquette regarde bien droit devant lui. Mais Jacques du Tilleul sait qu'il est visé par ce propos. Il ne réplique pas. Et le président de continuer :

– Ce Mathieu Puech que nous avons engagé, suite à une lourde erreur d'appréciation, s'est révélé être un affairiste mégalomane. Le goût de l'argent facile, du luxe, du paraître fait tourner la tête aux individus fragiles comme lui. Pour en revenir au fond de l'affaire, il a beaucoup spéculé, pris des risques insensés, investi des montants importants, et, la crise aidant, il a perdu. Ses placements se sont révélés désastreux. Il a fait perdre à ses clients beaucoup d'argent. Est-ce grave pour nous ? Oui ! Même si cela ne met pas en péril notre maison, cela ternit sa réputation de sérieux, démontre un manque de rigueur dans le choix des collaborateurs, met en cause nos procédures de contrôle et de surveillance. Pour ce qui concerne la gestion des patrimoines qui nous sont confiés, cela dénote un évident manque de professionnalisme. Mais, surtout, tout cela aiguise l'appétit de nos concurrents et adversaires.

Le véritable objet de cette réunion extraordinaire réside dans ce que Marc Roquette va dire maintenant. Il a minutieusement préparé, écrit et appris par cœur les propos qu'il va tenir. Sans nommer Jacques du Tilleul, il poursuit :

– La situation délicate que nous traversons aiguise, je viens de vous le dire, les convoitises et risque de favoriser les raids de certains prédateurs contre notre maison. Certains, ici, le savent mieux que d'autres pour avoir été approchés par un financier anglais – un gredin de la pire espèce – et avoir évoqué avec lui, dans un bar londonien, les conditions d'un éventuel rachat de notre maison. Une telle attitude ne sert pas les intérêts de celle-ci.

Du Tilleul accuse le coup. Il ne l'a pas vu venir. Il se demande d'ailleurs comment Roquette a été informé. Mais il ne bronche toujours pas, car il a compris qu'une seconde offensive contre lui se prépare.

Toujours sans le désigner nommément et sans même le regarder, Marc Roquette continue son réquisitoire :

– Faisons confiance à la police, laissons-la travailler sereinement, ne cherchons pas, comme cela m'a été aussi rapporté, à mener notre propre enquête en recourant à quelque officine privée. N'ajoutons pas, par une attitude irresponsable, de la confusion à la confusion.

L'attaque est ciblée, du Tilleul habilement acculé vers le banc des accusés. Il a compris le message : s'il bouge, s'il cherche toujours à l'évincer de la présidence, Roquette se montrera plus précis et le désignera à la vindicte des membres du directoire. Ceux-ci, qui ne sont pas dupes, regardent leur président avec stupeur, sans oser se tourner vers du Tilleul. Ils voudraient bien en savoir plus long sur les agissements évoqués.

Jacques du Tilleul fixe le tableau accroché au mur en face de lui, et il se demande un instant s'il doit se lever, quitter la salle, ou répliquer, contester, nier. Mais lui est-il possible, à cet instant, dans ce climat, de tenter de justifier l'injustifiable ? Comment expliquer qu'il a chargé Lucio Antonetti d'enquêter sur cette affaire ? Même si son entretien avec l'Anglais ne s'est pas bien passé, comment faire admettre qu'il s'est rendu à ce rendez-vous sans en avoir au préalable touché un mot au président du directoire ? Sa position est devenue précaire. Il hésite encore, mais Marc Roquette, intelligemment, ne lui laisse pas le choix. Il déclare en effet :

– Le moment n'est pas venu, chers amis, de nous entre-déchirer. Nous ne sommes pas un tribunal. Désormais, je demande à chacun de vous de ne prendre aucune initiative, de quelque nature qu'elle soit, sans m'en parler. Soyons unis et solidaires ! Mes chers amis, je n'ai pas l'intention d'ouvrir un débat sur ce que je viens de vous dire, ni de laisser quiconque tenter de se justifier. J'ai simplement voulu faire appel à votre sens des responsabilités. Le temps des explications viendra, mais ce n'est pas encore l'heure. Soyez tous persuadés que je tiens d'une main ferme la barre de notre maison, et ne laisserai personne ternir sa réputation. Je vous remercie.

Il se lève. L'émotion autour de la table est palpable. Les membres du directoire applaudissent. Odile Gidarot s'abstient, hésite, s'aperçoit que du Tilleul ne bronche pas, elle imite finalement les autres et applaudit. Quant à Marguerite Dubois, en bonne syndicaliste cramponnée à son sectarisme, elle s'abstient de manifester son approbation et croise les bras.

Jacques du Tilleul s'éclipse sans mot dire ni saluer ses collègues. Il a conscience d'avoir perdu la partie et sait que ses ennuis ne font que commencer.

Ce qui l'intrigue, c'est de savoir comment Marc Roquette a pu être mis au courant de son déplacement à Londres, puis de la mission qu'il a confiée à Lucio Antonetti. Il se demande même si Roquette n'a pas fait installer des micros dans son bureau, s'il ne fait pas écouter son portable et ne le fait pas suivre.

En réalité, le financier Edward Palmer, depuis toujours animé d'une farouche volonté de nuire à la Compagnie bancaire et financière, expert dans l'art de dresser les uns contre les autres, surtout s'agissant de Français, a raconté – en la transformant naturellement à son avantage – l'entrevue avec du Tilleul à l'un de ses associés qu'il sait lié à Marc Roquette. Celui-ci l'en a directement informé. Quant à la commande passée à Lucio Antonetti, c'est ce dernier qui en a lui-même averti Marc Roquette après la descente de police dans ses bureaux. Il a alors compris que son intérêt était de rallier le camp des partisans du président Roquette.

Chapitre 50

Je m'assure de temps à autre que Laurence continue à dormir à poings fermés. Je la contemple avec tendresse. Les traits de son visage paraissent maintenant plus reposés. La couverture ayant glissé, j'admire non sans convoitise les courbes de son corps.

Je retourne néanmoins à mon ordinateur et je modifie la rédaction du chapitre amorcé. Mon intention initiale, après avoir fait suivre Laurence Lexan par le glauque personnage que j'ai décrit, était de la faire enlever et séquestrer par les auteurs de l'assassinat de Mathieu Puech. Se rendant compte qu'il était lui-même filé, l'individu qui la suivait devait entraîner ses anges gardiens, les policiers, dans une mauvaise direction, puis, grâce à un complice, parvenait à retrouver la trace de Laurence.

Je n'avais pas encore prévu le sort définitif de Laurence, mais, selon ma logique, il ne s'annonçait pas sous les meilleurs auspices. À présent qu'elle est revenue sous mon toit et se repose dans mon lit, je ne peux me résoudre à poursuivre dans ce sens-là. Je corrige : ce n'est donc plus un sbire patibulaire qui la suit, mais un policier qui l'escorte pour la protéger, car elle est un témoin essentiel dans cette affaire. Et je fais disparaître purement et simplement les deux autres figurants.

Je reviens discrètement dans la chambre. Fatigué, ne sachant encore comment rédiger la suite du chapitre, je m'allonge doucement à son côté et me laisse bercer par le rythme de sa respiration, tandis que, dans son sommeil, elle se tourne et se blottit contre moi.

Chapitre 51

– Que faisait-elle dans le bois de Boulogne ? interroge Marion Pylat.

– Elle courait, comme le font beaucoup de gens, répond son collègue Abrioux. Les samedi et dimanche, on voit toujours de nombreux sportifs dans les allées du Bois.

– J'y vais régulièrement faire du vélo, ajoute Nicolas Dompierre, et chaque fois je croise un nombre d'huiles incroyables, toujours en survêt' impeccable : vedettes du show-biz et de la télé, ministres anciens, actuels ou futurs, tous viennent se montrer et faire semblant de cultiver leur forme. Le tour du lac est devenu un vrai salon mondain, le dimanche entre onze heures et midi. C'est marrant de les voir tous chercher à vérifier si on les a reconnus. J'y ai rencontré l'ancien préfet qui tente d'éliminer sa bedaine en soufflant comme un bœuf. Pour revenir à elle, la nana n'habitait pas loin.

Entourée de ses collègues réunis dans son bureau du Quai des Orfèvres, Marion Pylat récapitule l'ensemble des résultats des investigations et auditions auxquels ils ont procédé. Fait nouveau :

ils viennent d'apprendre que le corps de Cécile Pasquier a été retrouvé sans vie au bois de Boulogne. Celle qui accompagnait Puech, à l'insu de son épouse, dans ses brefs déplacements à l'étranger pour y égayer ses soirées, a donc subi le même sort que son amant.

Ils l'avaient enfin identifiée, ils avaient localisé son domicile qu'ils surveillaient en attendant son retour. Ils ne pourront plus l'interroger.

Les premiers résultats de l'autopsie, communiqués par leurs collègues de la police judiciaire des Hauts-de-Seine, compétente en raison du lieu où a été découvert le corps, ne laissent planer aucun doute sur la cause de la mort. Cécile Pasquier a été tuée de plusieurs coups de couteau dont l'un, fatal, a touché la région du cœur.

– Est-on tout à fait sûr qu'il s'agit de Cécile Pasquier ? questionne Marion Pylat.

– Nos collègues des Hauts-de-Seine sont formels. Elle avait sa carte d'identité dans l'une des poches de son survêtement, répond Abrioux, en relation directe avec les policiers en charge de l'enquête sur place.

– Présentez quand même sa photo à Laurence Lexan et à Marianne Puech. Assurez-vous qu'il s'agit bien de la maîtresse de Mathieu Puech, ordonne Marion Pylat. Nos collègues ont déjà dû ou vont perquisitionner chez elle : qu'ils vous trouvent une photo d'elle vivante. Une jolie femme a toujours un penchant narcissique à exposer à son domicile des photos la représentant.

Elle se tait, puis poursuit sa réflexion à voix haute :

– Je m'interroge cependant sur le mode opératoire de l'assassin. Assassiner à coups de couteau est davantage la façon d'agir des détraqués que celle des vrais voyous qui, eux, tuent non à l'arme blanche, mais à l'aide de pistolets ou de revolvers… Il est vrai qu'en ce domaine, rien n'est inconcevable…

Chapitre 52

– Plusieurs hypothèses restent donc plausibles, résume Marion Pylat à l'intention de Julie Cazavonne à l'issue de leur rencontre dans le cabinet de la juge.

Elles apprécient l'une et l'autre leur façon de travailler, de rechercher en parfaite confiance la vérité, de faire progresser l'enquête, surtout de confronter librement leurs opinions sur le travail déjà accompli. Marion Pylat poursuit :

– La première : Mathieu Puech est tombé sous la coupe d'un groupe de voyous du fait de sa passion pour le poker. Il a perdu beaucoup, emprunté pour rembourser ses dettes. Il ne peut plus se défaire de leur emprise. Ils lui ordonnent de commettre des agissements illicites. Il se rebelle, menace de révéler ce qu'il sait, par exemple sur l'origine de l'argent qu'il doit faire fructifier. Les voyous n'ont qu'une issue : l'abattre pour le faire taire et préserver leur entreprise criminelle. Ce piège dans lequel il est tombé a-t-il été préparé avec des complices au sein même de la banque ? Ou au contraire est-il le résultat d'un concours de circonstances, de rencontres malheureuses hors de celle-ci ?

» Deuxième hypothèse : Puech n'est pas dans les mains d'une organisation mafieuse, mais a la folie des grandeurs, il veut gagner beaucoup d'argent, prend des risques inconsidérés, trompe ses clients, en compromet d'autres qui ne sont pas des enfants de chœur, met en place des circuits destinés à frauder le fisc. Tout ne se passe pas comme prévu et il est abattu par un des clients qu'il a trompés.

» Enfin dernière piste : celle d'un assassinat commandité par une victime de Madoff que Puech a conseillée, l'incitant à faire confiance à l'escroc international, et qui pense qu'il était de mèche avec lui.

– Ces hypothèses sont d'autant plus recevables que l'audit de la gestion de Puech ne semble pas exempt de zones d'ombre. Mais il y a encore un autre scénario possible. Il semble qu'il ait eu dans son portefeuille de clients une ou deux sociétés fictives dont les dirigeants ont disparu. Pour faire partie des clients dont la Compagnie gère le patrimoine, j'ai constaté qu'il fallait être agréé – je ne sais si c'est l'expression exacte, mais peu importe – par un comité. Celui-ci n'a pas été très regardant. Avec des complicités internes, Puech a donc géré des actifs de sociétés bidon. Pas de problème au départ, mais voici la crise, la chute des cours, les scandales, et la Commission des opérations de Bourse qui se réveille, qui ne veut pas être taxée, comme son homologue américaine, de connivence avec les escroqueries à la Madoff… Bref, ça sent le roussi pour la Compagnie bancaire et pour certains de ses dirigeants, et ceux-ci organisent donc sa disparition. S'il y a scandale, lui mort, on ne pourra remonter jusqu'à eux.

– Votre hypothèse fait froid dans le dos ! l'interrompt Marion Pylat – mais la juge continue à déployer l'éventail des pistes possibles :

– Je n'exclus pas non plus la thèse du suicide maquillé en règlement de comptes. Mais alors, pourquoi cette mise en scène ?

– Sans oublier qu'il y a aussi le suicide de Bourdalin. Faut-il lier la mort de Puech à celle de Bourdalin ? interroge Marion Pylat.

– Peut-être que, ayant entraîné Bourdalin dans quelque turpitude financière qui allait être révélée au grand jour, celui-ci a voulu descendre Puech avant de se donner la mort. Voilà en effet une autre possibilité.

– Et l'assassinat de Cécile Pasquier, la maîtresse de Puech : quel rapport avec nos affaires ? demande Marion Pylat.

– Je suis sceptique. Assassiner à l'arme blanche est plus la marque des amateurs, de ces petits julots qui traînent dans le Bois en quête d'un mauvais coup. Naturellement, tout est possible, mais je ne perçois pas son assassinat comme devant être relié à celui de son amant. Sauf – cela peut expliquer le moyen d'opérer – s'il est le solde de tout compte de Marianne Puech, voire de Laurence Lexan, précise la juge.

– Dans ce cas, pour vous, l'auteur du meurtre de Cécile Pasquier pourrait être l'une de ces femmes ? s'exclame Marion Pylat, sidérée.

– Oui, ou le crime commandité par l'une d'elles. Je vous rappelle que Laurence Lexan a disparu de nos radars pendant plusieurs jours. Qu'a-t-elle fait pendant tout ce temps ? Et Marianne Puech, que cache sa si parfaite dignité ? Bref, ajoute la juge, nous avons encore du pain sur la planche avant de démêler le vrai du faux. Par ailleurs, j'ai convoqué Laurence Lexan pour demain. Le moment est venu pour moi de l'interroger, et, dans la foulée, j'auditionnerai Marianne Puech. Vous voudrez bien me faire passer copie des procès-verbaux de toutes leurs auditions.

Avant de serrer chaleureusement la main de Marion, Julie Cazavonne lui demande aussi de lui transmettre la liste, fournie par Bouygues Telecom, des communications passées depuis le portable de Laurence Lexan.

Chapitre 53

Au matin, après nous être réveillés dans la nuit pour faire l'amour, puis rendormis, Laurence me secoue en me souriant tendrement. À l'oreille, elle me propose de se donner à nouveau à moi. Elle ajoute :

– Sois exceptionnel ! Ce sera sans doute la dernière fois avant un certain temps.

– Que veux-tu insinuer par là ?

– Je suis convoquée par la juge. Il paraît qu'elle n'est pas commode. Avec la justice, on ne sait jamais à l'avance comment ça va se passer, si on en sort, et quand. On arrive libre et on repart souvent avec les menottes.

– Mais tu n'as rien à te reprocher ! Tu n'es entendue que comme simple témoin.

– Certes, mais les erreurs judiciaires, ça existe ! C'est même plus fréquent qu'on ne croit !

Elle se tait puis ajoute :

– Avant d'être interrogée, j'ai envie de me promener seule dans Paris. Nous allons faire l'amour, puis je partirai…

– Tu ne vas pas commettre une bêtise ? Je tiens à toi, j'ai besoin de toi !

– Ne t'inquiète pas : j'apprécie trop la vie pour vouloir y mettre fin. Et puis, je t'aime sincèrement et voudrais rester le plus longtemps possible dans tes bras. Je m'y sens bien, en sécurité.

Nous passons un long moment sans parler, à nous embrasser, nous caresser, nous aimer. J'ai envie de pleurer et constate que des larmes coulent aussi de ses yeux.

Après sa douche, elle s'approche du lit, s'assied près de moi, me regarde avec tendresse, place un index sur mes lèvres pour que je ne trouble pas cet instant par des paroles superflues. Elle me dit d'une voix faible :

– Tout ira bien. J'ai seulement besoin d'être seule pour réfléchir. Après, nous nous retrouverons, nous partirons loin ensemble pour oublier et profiter de la vie.

Elle m'embrasse à nouveau et s'en va.

Chapitre 54

Jacques du Tilleul a fait porter au président Roquette une lettre manuscrite que celui-ci trouve sur son bureau à son arrivée. Il lui fait part de son intention de quitter *pour raisons personnelles* le directoire de la Compagnie, et même de se démettre de toutes responsabilités. Il précise que sa décision, mûrement réfléchie, est irrévocable et *prend effet immédiatement.*

Il a compris qu'il a perdu la partie engagée contre Marc Roquette dont il a sous-estimé les qualités manœuvrières et l'habileté à circonvenir les autres membres du directoire. La bataille perdue, il sait qu'il ne pourra signer le moindre armistice avec son vainqueur. La seule issue pour lui est donc de s'en aller, de se faire oublier et d'espérer pouvoir un jour tenir sa revanche.

*

Le patron de la police judiciaire des Hauts-de-Seine informe Marion Pylat que le meurtre de Cécile Pasquier est l'œuvre d'un détraqué qui a été interpellé et a reconnu les faits. Obéissant à une mission qui lui aurait été confiée par Dieu, ce dérangé mental, précise le policier, « est bien connu de nos services pour être l'auteur d'agressions sexuelles ». Il est récemment sorti de prison, les psychiatres ayant garanti qu'il était guéri. D'après le slogan qu'il ne cesse de ressasser, il se croyait tenu de débarrasser le bois de Boulogne *de toutes ces femmes qui polluent la société et détournent les hommes du Très-Haut.*

Le policier ajoute à l'intention de sa collègue parisienne que la justice devrait poursuivre les psychiatres pour complicité de meurtre.

Faisant abstraction de ce commentaire, Marion Pylat transmet aussitôt l'information à la juge Julie Cazavonne.

Chapitre 55

Laurence Lexan se retrouve face à Julie Cazavonne qui procède à son audition en bonne et due forme. Elle lui demande d'abord de décliner son identité, lui indique qu'elle est entendue comme témoin, et lui fait prêter serment de dire la vérité.

Le greffier s'installe à sa table, devant son ordinateur, pour transcrire les questions de la juge et les réponses du témoin.

– Avez-vous une déclaration liminaire à faire, des précisions à me donner, des rectifications à apporter à vos auditions par les enquêteurs de la brigade criminelle ?

Julie Cazavonne entame souvent ainsi ses interrogatoires ; elle ne pose pas d'emblée de questions précises, laissant le témoin dire ce qu'il veut, confirmer ou infirmer ses déclarations antérieures à la police. Laurence Lexan la regarde, un peu surprise par cette entrée en matière.

Il faut dire que c'est la première fois qu'elle comparaît devant une magistrate, qu'elle se trouve même entre les murs d'un palais de justice. Il lui a fallu d'abord présenter sa convocation aux gardes républicains à l'entrée, boulevard du Palais, trouver la galerie Saint-Éloi où se situe le cabinet de Julie Cazavonne, exhiber à nouveau sa convocation à un huissier, décliner son identité, puis attendre dans le coin d'une pièce sombre et sinistre. Après un long silence, gênée par le regard inquisiteur de la magistrale qui l'a invitée à plusieurs reprises à « dire enfin la vérité », Laurence Lexan se confie :

– Je vais vous dire la vérité. Je sais que j'ai changé plusieurs fois de version. Mais, après ce que j'ai vécu, j'ai eu beaucoup de mal à recouvrer mes esprits ; je n'étais plus tout à fait moi-même. Mon traumatisme était si profond que j'ai perdu la tête. Aujourd'hui, ça va mieux… Donc, ce 12 septembre – vous comprendrez que je me rappelle parfaitement la date –, Mathieu Puech m'a donné rendez-vous aux abords du pont Mirabeau à vingt heures. Je pensais que c'était pour une promenade sentimentale, moment que j'espérais depuis si longtemps. À mon arrivée, je me suis rendu compte que je n'étais pas seule. Étaient là aussi Marianne Puech et Cécile, sa maîtresse. J'ai fait mine de repartir, mais il est apparu à ce moment-là. Nous étions très gênées, et lui apparemment calme. Il nous a regardées et nous a avoué nous aimer toutes trois. La scène était pénible à supporter. Puis il a déclaré (j'ai ses paroles gravées dans ma mémoire) : « Je me suis enfermé dans une impasse sentimentale et je voulais vous demander pardon, surtout à Marianne. Professionnellement, je suis dans une situation dramatique, sans issue ; je ne peux plus m'en sortir qu'en fuyant. C'est lâche, j'en conviens, mais je n'ai pas d'autre solution. »

» J'ai cru alors qu'il allait nous annoncer sa fuite prochaine à l'étranger, et que nous ne devrions pas chercher à le joindre ni à le retrouver. Mais il a repris : "J'ai commis des fautes professionnelles gravissimes, pris des risques inconsidérés. J'ai joué et perdu. Je n'avais pas imaginé les conséquences et la durée de la crise, j'ai abusé de la confiance de ceux qui croyaient en moi. Je dois assumer seul mes turpitudes. Je vais vous quitter, m'échapper de ce monde. C'est le lot de ceux qui perdent."

» Nous étions pétrifiées, sans voix. Au bout d'un instant, chacune de nous a tenté de le dissuader, le suppliant de réfléchir. Nous pleurions, répétions que nous lui pardonnions, que nous allions l'entourer, l'aider. Marianne Puech a fait allusion à leur fils Nicolas. Il nous a écoutées. Puis il a ajouté que nous pouvions lui rendre un ultime service : il nous a demandé de maquiller son suicide en exécution. Je me souviens de ses propres paroles : "Je veux – c'est mon testament – que la police comprenne que si j'en suis arrivé à une pareille extrémité, c'est la faute de Bruno Bourdalin qui m'a incité à jouer au poker. Il m'y a entraîné au-delà du raisonnable. Ça lui plaisait de me voir perdre. C'était comme s'il prenait une revanche sur moi. Au lieu de me faire comprendre, alors qu'il se disait mon ami, que je devais m'arrêter, il m'a incité à continuer. Il m'a enfoncé. Il est responsable de ce qui va m'arriver." Il a ajouté qu'il voulait aussi que soit moralement puni Lucio Antonetti. Il nous a confié que lui aussi aurait pu le convaincre de se raisonner, mais, depuis un certain temps, il faisait pression pour que Mathieu rembourse ses dettes en détournant une partie des gains spéculatifs d'autres clients, et même en acceptant des placements financiers douteux au nom de sociétés plus ou moins fictives. Mathieu a ajouté : "Par amour pour moi, faites ce que je vous demande, sans vous substituer à la police."

» Ayant dit cela, sans nous laisser le temps de réagir, il a sorti une arme et s'est donné la mort.

Laurence Lexan éclate en sanglots. Puis, se reprenant, elle ajoute d'une voix cassée par l'émotion :

– Nous avons exaucé son vœu, tiré son corps sous le pont Mirabeau pour faire croire qu'il avait été exécuté. Nous nous sommes embrassées et chacune est partie de son côté, en larmes. Voilà la vérité.

Julie Cazavonne ne lui pose aucune autre question, elle lui fait signer sa déclaration et la prie d'aller patienter dans la salle d'attente où l'accompagne le greffier. Celui-ci revenu, elle lui ordonne de faire monter un garde pour surveiller discrètement Laurence Lexan. Elle fait ensuite entrer dans son cabinet Marianne Puech qui patientait dans le bureau du greffier. Elle a souhaité que les deux femmes ne se croisent pas.

*

C'est un moment chargé d'émotion pour Marianne Puech et pour Julie Cazavonne, enfin face à face dans ce bureau de la galerie Saint-Éloi. Elles ne se sont jamais rencontrées auparavant. Mais Julie Cazavonne connaît mieux Marianne Puech que celle-ci ne la connaît. Grâce aux rapports de la brigade criminelle et de Marion Pylat, elle a pu cerner son étrange personnalité, son parcours original, ses cicatrices intimes.

Mais, à étudier ses déclarations successives, la juge éprouve une certaine difficulté à se faire d'elle une opinion tranchée. Marianne Puech lui apparaît aussi secrète qu'intelligente, peut-être comédienne, à l'évidence volontiers manipulatrice. Le regard fixe, elle semble ailleurs, réfugiée dans un autre monde. Son visage n'exprime aucune angoisse particulière. Elle ne paraît pas éprouver d'appréhension à se retrouver confrontée à un juge d'instruction pour évoquer l'assassinat de son mari. Impassible, elle attend la suite des événements.

La juge lui demande de décliner son identité. Elle s'exécute machinalement. Le greffier prend note sur son ordinateur. Cette formalité terminée, la juge l'observe un instant sans mot dire, tout en la dévisageant. Elle soutient son regard sans sourciller ni chercher à s'y soustraire.

– Qu'avez-vous à me dire ? interroge avec brusquerie Julie Cazavonne.

Silence. Le greffier n'ose bouger. Toujours droite sur sa chaise, Marianne Puech continue à regarder son interrogatrice droit dans les yeux. Elle inspire profondément à plusieurs reprises, se cale un peu mieux sur son siège inconfortable, passe une main dans ses cheveux, et, d'une voix où l'on peut déceler les inflexions d'une douleur manifeste, elle déclare :

– Entre la mort et la honte, Mathieu a choisi de mourir.

Elle s'interrompt comme si elle n'avait rien d'autre à préciser, tout avoué. Ses yeux clairs se voilent, mais elle ne s'effondre pas, ne sort même pas de son sac posé à ses pieds un mouchoir pour essuyer les larmes qui finissent par couler le long de ses joues. Elle regarde toujours fixement la juge.

Julie Cazavonne a été décontenancée par la brièveté de la réplique. Elle la trouve cependant d'une rare pudeur et en mesure la parfaite dignité. Elle lui semble parfaitement résumer et corroborer l'hypothèse du suicide à laquelle elle serait volontiers encline à croire.

– Je veux connaître la vérité en détail, insiste-t-elle sans la quitter des yeux.

Sans se dérober, du même ton un peu machinal et aseptisé, comme si elle répétait la description apprise par cœur d'une mort à laquelle elle serait étrangère, Marianne Puech relate un déroulement des faits concordant en tous points avec les précisions livrées auparavant par Laurence Lexan.

– Je voudrais bien accepter votre thèse, mais elle est techniquement impossible.

– C'est pourtant la stricte vérité. Pourquoi ne voulez-vous pas y croire ? demande, perplexe, Marianne Puech.

Sans répondre, la juge s'empare du téléphone et compose un numéro.

– C'est Julie Cazavonne. Venez me voir tout de suite, s'il vous plaît. J'ai besoin de vous.

En attendant, elle invite Marianne Puech à passer dans le bureau du greffier, à qui elle demande de rester auprès d'elle.

Chapitre 56

Marion Pylat rejoint rapidement la juge. Elle a compris qu'il se passait quelque chose d'important et s'est excusée auprès du patron de la criminelle de ne pouvoir assister à la réunion hebdomadaire qui se tient dans son bureau avec les chefs de groupe en vue de coordonner les enquêtes en cours.

Julie Cazavonne lui fait lire les procès-verbaux des déclarations qu'elle vient de recueillir.

– Très intéressant : elles nous livrent séparément une version des faits parfaitement identique, observe Marion. C'est donc probablement ce qui a dû se passer. Ces femmes ne s'apprécient pas, ne se côtoient pas, il est peu vraisemblable qu'elles se soient mises d'accord sur un scénario identique.

– Eh bien moi, je ne suis pas convaincue. Je crois qu'elles inventent une version des faits et que, contrairement aux apparences, elles n'ont pas tout à fait partie liée. Pourquoi ? Je ne sais trop, mais je le sens. Je vais faire revenir Marianne Puech : restez là, nous allons voir. Cette thèse commune me semble trop belle pour être vraie. C'est un scénario qu'elles ont forgé ensemble, ou peut-être que l'une d'elles a imposé. Vous imaginez Mathieu Puech organisant son suicide devant ces trois femmes, leur demandant d'assister à sa mort puis de la maquiller ? Ce n'est pas concevable. Parmi les portraits qu'on en fait, aucun ne le montre assez mégalomane ou narcissique pour organiser une telle mise en scène. Nous ne sommes ni dans une tragédie grecque, ni dans une pièce de Corneille ou de Racine. Tout cela sonne faux.

– Pourtant, comme vous l'avez remarqué, les aveux des deux femmes concordent et corroborent l'hypothèse du médecin légiste qui a estimé plausible un suicide maquillé en assassinat.

– Vous avez peut-être raison, mais je ne sens pas cette mort telle que les deux femmes la décrivent. Même si elle peut ne pas connaître de limites, la folie a toujours une explication.

Chapitre 57

Marianne Puech se réinstalle face à Julie Cazavonne, tandis que Marion Pylat s'assied à côté du greffier, légèrement en retrait.

– Cela faisait-il longtemps que votre mari possédait une arme chez lui ?

– Je ne sais. Je n'avais pas accès à son coffre. Il ne m'a jamais confié la combinaison permettant de l'ouvrir.

– Savez-vous comment et grâce à qui il aurait pu se procurer cette arme ?

– Aucune idée.

– Se savait-il ou se croyait-il menacé ?

– Non, pas particulièrement. Du moins je ne le pense pas, même si, les derniers temps, comme je l'ai dit à la police, je le trouvais particulièrement nerveux, préoccupé.

– A-t-il fréquenté un stand de tir, des gens passionnés par les armes à feu ?

– Il y a bien longtemps, nous n'étions pas encore mariés, il m'a dit être allé pour se distraire dans un stand de tir situé, je crois, près des Champs-Élysées.

– Était-il chasseur ?

– Il ne l'était plus, mais, adolescent, il chassait en Normandie avec l'un de ses oncles aujourd'hui décédé. Depuis que nous étions ensemble, il n'y allait plus. J'avais une sainte horreur de la chasse, notamment au gros gibier.

– Votre mari aimait-il lire ?

– Il n'en avait pas beaucoup le temps. Par contre, il appréciait la littérature policière, et si l'on donnait un film policier à la télévision, il le regardait volontiers, de préférence à tout autre.

– Si la thèse du suicide est la bonne, comment se fait-il que le test de la paraffine se soit révélé négatif ?

Marianne Puech ignore ce qu'est le test de la paraffine et, par conséquent, n'a rien à répondre à cette question.

La juge lui demande alors :

– Même si cela vous est pénible, pouvez-vous me décrire votre mari face à vous, ce soir-là, aux abords du pont Mirabeau ?

Marianne Puech relate une nouvelle fois la scène, mais la juge l'interrompt :

– Je souhaite savoir si votre mari portait des gants au moment où il a pris le pistolet dans sa poche.

– Des gants, non, mais la main qui a tiré, oui. J'ai d'ailleurs oublié de le préciser. Juste avant de… il s'est tourné vers moi et m'a dit : « Je te demande pardon. Moi mort, tu jetteras mon gant dans la Seine. » C'est ce que j'ai fait.

– Vous avez enregistré, monsieur le greffier ?

– Oui, madame la Juge.

– Faites parapher et signer par Madame Puech.

Elle lui demande à nouveau de l'attendre dans le bureau du greffier à qui elle donne discrètement l'instruction de faire venir un garde pour la surveiller.

Elle se lève et va chercher au bout du couloir Laurence Lexan qui patiente depuis un bon moment en parcourant la *Gazette du Palais* et les *Petites Affiches de la Seine*.

Julie Cazavonne lui demande de confirmer pour le procès-verbal les déclarations qu'elle lui a faites précédemment, puis l'invite à décrire avec précision les ultimes instants de Mathieu Puech.

– Juste avant de prendre l'arme dans sa poche, il a sorti un gant, l'a passé à sa main droite. Tout cela n'a duré que quelques secondes. Il s'est ensuite tourné vers sa femme, lui a demandé pardon. Elle a éclaté en sanglots. En fait, nous pleurions toutes. Nous n'osions bouger, paralysées par la peur. Il a ajouté : « Vous jetterez ce gant à l'eau », puis tout est allé très vite. Nous aurions dû nous précipiter sur lui et l'empêcher de se donner la mort. Nous avons été lâches. Je m'en veux.

Elle n'arrive plus à contenir ses larmes. Marion Pylat n'ose plus bouger. La juge demande :

– Qui lui a ôté le gant ?

– Sa femme, et elle l'a balancé dans la Seine avant même que nous traînions le corps sous le pont.

Elle sanglote de plus belle.

À la demande de la juge, le greffier tente de lui faire signer sa déposition, mais il doit attendre qu'elle ait recouvré son calme. La juge la regarde avec compassion cependant que, d'une main tremblante, elle parvient finalement à parapher le procès-verbal.

Elle fait rentrer dans son cabinet Marianne Puech après avoir fait conduire Laurence Lexan dans la salle d'attente, toujours sous la surveillance d'un garde.

– Madame Puech, avez-vous eu, après la mort de votre mari, un contact direct ou indirect avec Laurence Lexan ?

– Non.

– Vous avez un portable ?

– Oui.

– Prêtez-le-moi un instant.

Marianne Puech fouille dans son sac et tend son appareil à Julie Cazavonne. Celle-ci compose un numéro. L'appareil de la juge se met à sonner. Elle l'éteint, regarde Marianne Puech et lui dit :

– Je ne sais si vous le savez, mais le numéro que je viens d'appeler, et que j'ai ensuite effacé de la mémoire de votre portable, est enregistré chez l'opérateur de téléphonie mobile. Or, en examinant les communications passées par Laurence

Lexan, nous avons constaté qu'elle vous avait appelée à trois reprises depuis le décès de votre mari.

Marianne Puech ne s'attendait manifestement pas à une telle précision. Elle ne souffle mot. La juge laisse s'écouler un long silence tout en la fixant du regard.

– Je n'ai rien à dire.

– Si, la vérité ! réplique d'un ton tranchant la juge, qui ajoute : Je ne suis pas loin de penser que vous avez rencontré Laurence Lexan, qui d'ailleurs se trouve ici dans une pièce voisine, et que j'ai entendue à plusieurs reprises ce matin. Les termes de vos déclarations respectives ont été arrêtés d'un commun accord. Je vous demande de sortir de l'impasse où vous vous êtes enfermée. C'est dans votre intérêt et dans celui de votre fils. Pensez à lui !

Marianne Puech la dévisage avec inquiétude. En évoquant Nicolas, la juge a déclenché chez elle une angoisse manifeste. D'autant plus qu'elle en remet :

– À force de tergiverser, de refuser de me dire ce qui s'est réellement passé, je vais être obligée de vous garder longtemps, de vous placer en détention provisoire…

Marianne Puech est devenue toute pâle, les traits de son visage se creusent, elle ferme un instant les yeux, respire à fond puis fixe la juge :

– Tout m'a été imposé par Laurence Lexan. Elle m'a menacé, si je divergeais de cette version, de faire enlever Nicolas et de lui faire subir le même sort que Mathieu. Elle a même débarqué ce matin chez moi afin de réitérer ses menaces pour le cas où je serais à nouveau entendue par la police ou par vous. Il ne me reste plus que Nicolas. Vous comprenez, madame la Juge ? Dans la vie, je n'ai plus que lui, et il est si fragile…

– Eh bien, dites enfin la vérité, et ne changez pas sans cesse de version.

Malgré sa force de caractère, Marianne Puech a beaucoup de mal à retenir ses larmes, et finit par éclater en sanglots.

– Votre ultime chance, je vous l'offre : je vais vous confronter avec Laurence Lexan. Auparavant, dites-moi : que s'est-il passé ?

– Je ne sais pas. Je n'étais pas présente lorsque Mathieu est mort. Je vous l'ai avoué il y a un instant, tout a été imaginé par cette Laurence Lexan. Je vous le jure, madame la Juge… Moi, je voulais à tout prix sauver Nicolas.

*

La confrontation entre les deux femmes est pénible. Contrairement aux apparences, Marianne Puech est émotive, fragile, tandis que Laurence Lexan se montre sous son vrai jour : dure, agressive, machiavélique.

Sous le feu roulant des questions de la juge, et confrontée aux déclarations de Marianne Puech, elle met du temps à passer aux aveux. Elle finit par reconnaître qu'elle a volontairement tué Mathieu Puech le 12 septembre. Elle précise à Julie Cazavonne les circonstances de son acte :

– Souvent il marchait, avant de rentrer chez lui, le long des quais de la Seine. Je l'avais suivi à plusieurs reprises. Depuis un certain temps, repoussant sèchement mes avances, il avait fini par m'annoncer qu'il ne voulait plus de moi pour assistante, et précisé qu'il avait demandé à la direction de la banque de me congédier ou de me muter le plus loin possible de lui. J'ai considéré cette décision comme une volonté de m'humilier. J'étais comme folle. Pendant plusieurs jours, je n'ai pas dormi, j'ai bu, mélangé tranquillisants et alcool. Avant de partir se faire oublier à la suite de conneries auxquelles il avait participé, mon frère avait laissé chez moi une arme. J'ai décidé de mettre fin à mes jours. Puis, ce soir-là, l'arme dans mon sac, j'ai suivi machinalement Mathieu qui m'avait fait retenir deux places dans l'Eurostar pour Londres. J'ai craqué. Je l'ai donc suivi et, parvenue près du pont Mirabeau, je me suis approché de lui. Il s'est retourné, j'avais le pistolet à la main, il faisait froid, je n'ai pas ôté mes gants, je voulais me suicider devant lui pour lui faire du mal, l'obliger à souffrir autant qu'il m'avait fait souffrir, et, sans réfléchir, pratiquement à bout portant, j'ai tiré sur lui au niveau du crâne. Je ne sais pas ce qui m'a pris. Après, tout est allé très vite, j'ai traîné le corps, disposé le pistolet à son côté, jeté mes gants dans la Seine. J'ai voulu faire croire qu'il s'était suicidé. J'étais comme ivre.

» Plus tard, j'ai compris que la police enquêtait et pouvait ne pas retenir la thèse du suicide. Au surplus, j'étais furieuse après moi de n'avoir pas eu le courage de suivre Mathieu dans la mort. J'ai alors fait n'importe quoi, j'ai imaginé un scénario selon lequel j'étais poursuivie par ses assassins…

– Vous avez mis au point ce scénario et menacé Marianne Puech si elle ne le confirmait pas ?

– Je lui ai téléphoné. Je suis allé chez elle à deux reprises, et encore ce matin. Je l'ai menacée de m'en prendre à son fils. J'ai aussi cherché Cécile, mais ne l'ai pas trouvée…

*

Laurence Lexan est mise en examen pour avoir, le 12 septembre 2010, à Paris, aux abords du pont Mirabeau, volontairement donné la mort à Mathieu Puech ; en vue de faire obstacle à la manifestation de la vérité, falsifié, modifié ou effacé des traces et indices par le déplacement du corps de Mathieu Puech et d'objets, et proféré des menaces de mort visant le fils de la victime…

Chapitre 58

Informé des aveux de Laurence, j'ai sombré dans les bas-fonds de la désespérance. Décidément, le sort s'acharnait sur moi, la vie refusait de me donner une nouvelle chance. Je suis resté plusieurs jours prostré sur mon lit.

Je me suis alors rendu compte que Laurence avait pris dans mon cœur et ma vie toute la place laissée vacante par Emmanuelle. Peut-être malgré elle, elle était devenue ma raison d'espérer, de croire encore en l'avenir. Je perdais ainsi la femme que j'avais appris à aimer après la trahison d'Emmanuelle.

Je n'ai pas eu droit à un permis de visite pour lui parler. Je ne suis donc pas allé la voir au centre de détention de Fleury-Mérogis. C'est son avocat, que j'appelle régulièrement, et dont j'ai réglé une partie des honoraires, qui me donne de ses nouvelles. À chaque fois il me dit qu'elle est digne, acceptant avec sérénité sa situation.

» Votre amie est étonnante : elle assume parfaitement son acte. Un grand fatalisme émane d'elle », m'a-t-il confié, ajoutant que sa plaidoirie allait être délicate, Laurence n'entendant exprimer aucun remords.

L'instruction a duré plusieurs mois ; elle a surtout consisté à attendre les rapports des experts psychiatres. Ceux-ci ont conclu que Laurence était parfaitement responsable de ses actes.

Entendu comme témoin par la juge Julie Cazavonne, j'ai assisté par la suite, au fond du prétoire, à toutes les audiences du procès en assises.

Ç'a été pour moi une rude épreuve, mais je me suis astreint à me tenir à ses côtés. Laurence a d'ailleurs plusieurs fois remarqué ma présence et m'a souri en haussant les épaules. Ce qui voulait dire : « C'est ainsi. C'est le destin. C'est la fatalité, la vie. »

J'ai écouté avec beaucoup d'amertume et de peine le réquisitoire de l'avocat général. Ce magistrat n'a rien compris à la personnalité et au drame de Laurence ; il s'est réfugié derrière le dogme du droit, sans chercher plus loin.

Le prononcé du verdict, après quatre heures de délibéré, a aussi été un instant pénible, pour moi.

Quinze ans de réclusion criminelle !

Quand le président a annoncé la sentence, j'ai regardé Laurence, les yeux humides. Digne, elle a tourné son regard vers moi, m'a fait un petit signe de la main. Un au revoir, pas un adieu.

*

Lucio Antonetti a été relaxé. Il avait été mis en examen pour incitation à la fraude fiscale et complicité. L'accusation n'a pu prouver ses agissements. Il a repris son activité comme si de rien n'était.

Le dossier judiciaire concernant Bruno Bourdalin a été clos par une ordonnance de non-lieu signée par Julie Cazavonne, après réquisitions en ce sens du procureur de la République.

L'assassin de Cécile Pasquier attend en détention de comparaître devant les assises. Il est plus que probable qu'il écopera d'une lourde peine de réclusion criminelle, d'autant qu'il a reconnu avoir commis un autre crime dans des conditions similaires et pour le même motif.

*

Marc Roquette règne plus que jamais sur la Compagnie bancaire et financière. Son pouvoir n'est plus contesté. Il en est heureux. Ses collègues du directoire lui savent gré d'avoir tenu bon. Ils lui font confiance pour continuer à faire progresser les résultats de la banque, les intérêts des clients et les leurs.

Jacques du Tilleul s'est expatrié. Il passe désormais la majeure partie de son temps à Bruxelles où il a intégré un important groupe financier qui gère des patrimoines familiaux. Il continue à bien gagner sa vie. Il séjourne régulièrement pour affaires au Liechtenstein, en Suisse ; il voyage souvent en Chine.

Chapitre 59

Le temps a passé ; dans ma tête le voile de l'oubli recouvre de plus en plus ce que j'ai vécu.

Je n'ai pas eu le courage d'aller rendre visite en prison à Laurence, ni de lui écrire.

Je relis ce matin les épreuves du roman que j'ai terminé. Je l'ai dédié à Mathieu Puech, mais aussi à Marianne et Nicolas. Il sort en librairie le mois prochain.

Dans ce livre, je tente sinon de justifier le geste de Laurence, du moins de comprendre pourquoi elle en est arrivée à pareille extrémité. En exergue, j'ai inscrit une citation de Faulkner extraite de *Tandis que j'agonise* : « Je ne sais pas trop si l'on a le droit de dire qu'un homme est fou ou non. »

J'ai modifié le titre initial du livre, *La Clé*, en *Jeux de haine*, qui correspond à cette histoire, aux relations entre Roquette et du Tilleul, à celles naturellement entre Mathieu Puech et Laurence Lexan. Son geste est l'expression d'un amour déçu qui a viré à la haine. Même s'il y a toujours un grain de raison dans la haine, celle-ci peut vous entraîner vers la folie.

Grâce à l'écriture, j'ai tant bien que mal évacué ma déprime due au chômage, au sentiment d'inutilité qu'il engendre, redoublé par le rejet de ma famille et l'abandon d'Emmanuelle.

Je me suis construit une nouvelle vie. J'ai été admis comme responsable du secteur « Romans » d'une grande librairie des Champs-Élysées. Modeste emploi, mais qui me convient. Il me permet d'avoir assez de temps pour lire et rêvasser. J'ai déjà envie d'entamer la rédaction d'un nouveau roman que je sens naître sous mes doigts dès que je m'installe devant mon ordinateur.

Alors que j'apporte d'ultimes corrections avant le « bon à tirer », mon téléphone vibre. Sans vérifier qui appelle, je l'ouvre.

Je reconnais la voix.

– C'est Emmanuelle. J'ai tout foiré. Je suis seule, déprimée.

Cette fois, sans répondre, c'est moi qui interromps la communication.

Paris, Palais-Royal,
Cap Ferret, février 2011.

DÉJÀ PARUS CHEZ FAYARD NOIR

ÉDITIONS ORIGINALES

Jean-Philippe Arrou-Vignod, *Ferreira revient*
Brigitte Aubert, *Nuits noires*
Brigitte Aubert, *Le Souffle de l'Ogre*
Noël Balen, *Les Fleurs du bal*
François Barcelo, *Les Chroniques de Saint-Placide-de-Ramsay*
Alain Brezault, *La Noce des Blancs cassés*
Ken Bruen, *En effeuillant Baudelaire*
Ken Bruen, *Hackman Blues*
Ken Bruen, *London Boulevard*
Ken Bruen, *Rilke au noir* suivi de *Dernier Appel à Louis MacNeice*
Ken Bruen, *Brooklyn Requiem*
Ken Bruen, *Une pinte de Bruen I*
Ken Bruen, *Une pinte de Bruen II*
François Caradec, *Le Doigt coupé de la rue du Bison*
Colin-Thibert, *Le Festin d'Alice*
James Crumley, *Folie douce*
Jean-Louis Debré, *Quand les brochets font courir les carpes*
Jean-Louis Debré, *Meurtre à l'Assemblée*
Jean-Louis Debré, *Regard de femme*
Alain Demouzon, *Agence Melchior*
Alain Demouzon, *Un amour de Melchior*
Rolo Diez, *Éclipse de lune*
Roberto Drummond, *Sang de Coca-Cola*
James Durham, *Delta Queen*
Dominique Forma, *Skeud*
Tom Grimes, *Mémoires sous médocs*
Pierre Hanot, *Les Clous du fakir*
Joseph Incardona, *Remington*
Joseph Incardona, *220 Volts*
Russell James, *Peindre au noir*
Russell James, *Ça ne fait de mal à personne*

Moussa Konaté, *L'Empreinte du renard*
Moussa Konaté, *La Malédiction du Lamantin*
Carlo Lucarelli, *Enquête interdite*
Sam Millar, *Poussière tu seras*
Sam Millar, *Redemption Factory*
Eddie Muller, *Mister Boxe*
Eddie Muller, *Shadow Boxer*
Fabrice Nicolino, *Le Vent du boulet*
Philippe Paringaux, *Blues blanc*
Chantal Pelletier, *L'Enfer des anges*
Chantal Pelletier, *Noir Caméra !*
Chris Petit, *Le Tueur aux Psaumes*
Scott Phillips, *Cottonwood*
Jean-Bernard Pouy, *Nus* (grand prix de l'Humour noir 2008)
Jean-Bernard Pouy, *La Récup'*
Anne Secret, *L'Escorte*
Romain Slocombe, *La Crucifixion en jaune IV : Regrets d'hiver*
Romain Slocombe, *L'Océan de la stérilité I : Lolita complex*
Romain Slocombe, *L'Océan de la stérilité II : Sexy New York*
Romain Slocombe, *L'Océan de la stérilité III : Shanghai connexion*
Seamus Smyth, *Trois Accidents et un suicide*
Tito Topin, *Bentch & Cie*
Tito Topin, *Bentch blues*
Tito Topin, *Cool, Bentch* !
Georgui et Arkadi Vaïner, *38, rue Petrovka*
Eric Miles Williamson, *Noir Béton*
Don Winslow, *La Griffe du chien*

RÉÉDITIONS

Frédéric Dard, alias Max Beeting, *On demande un cadavre*
Frédéric Dard, alias Wel Norton, *Monsieur 34*
Frédéric Dard, alias Frédéric Charles, *La Main Morte*
Frédéric Dard, alias F. D. Ricard, *Le Mystère du cube blanc*
Frédéric Dard, alias Frédéric Charles, *Vengeance !*

Frédéric Dard, alias Frédéric Charles, *La Grande Friture*
Frédéric Dard, alias Max Beeting, *La Mort silencieuse*
Frédéric Dard, alias Verne Goody, *Vingt-Huit Minutes d'angoisse*
Frédéric Dard, alias Cornel Milk, *Le Tueur aux gants blancs*
Frédéric Dard, alias Cornel Milk, *Le Disque mystérieux*, suivi de *L'Assassinat du somnambule*
Alain Demouzon, *Le Premier-Né d'Égypte*
Alain Demouzon, *Mouche*
Alain Demouzon, *Un coup pourri*
Alain Demouzon, *Le Retour de Luis*
Alain Demouzon, *La Pêche au vif*
Alain Demouzon, *Mes crimes imparfaits*

Photocomposition Nord Compo
Villeneuve-d'Ascq

PAPIER À BASE DE FIBRES CERTIFIÉES

Fayard s'engage pour l'environnement en réduisant l'empreinte carbone de ses livres. Celle de cet exemplaire est de :
0,750 kg éq. CO_2
Rendez-vous sur www.fayard-durable.fr

Achevé d'imprimer en France
par JOUVE
en novembre 2013

N° d'impression : 2131838Z

Dépôt légal : avril 2013
36-17-2639-7/05